뒤바뀐 교환학생

뒤바뀐 교환학생

초판 1쇄 2017년 2월 6일

지은이 크리스티네 뇌슬링어

펴낸이 윤진성
옮긴이 김재희

펴낸곳 지니책
등록 2016년 6월 29일 제2016-000147호
주소 서울시 강남구 도곡로 422 5층
전화 02) 569-2168
팩스 02) 563-2148
전자주소 geniebooks@hanmail.net

©지니책 2017, Printed in Korea.

ISBN 979-11-958474-1-9 03850
값 12,000원

「이 도서의 국립중앙도서관 출판예정도서목록(CIP)은 서지정보유통지원시스템 홈페이지(http://seoji.nl.go.kr)와
국가자료공동목록시스템(http://www.nl.go.kr/kolisnet)에서 이용하실 수 있습니다.(CIP제어번호: CIP2017001888)」

뒤바뀐 교환학생

그해 여름 한 가족을 뒤집어놓은 '재스퍼 사건'

크리스티네 뇌슬링어 지음

김재희 옮김

지니책

차례

사건의 전주곡

재스퍼 사건 전반부

재스퍼 사건 후반부

'재스퍼 사건'의 전모를 밝히며

내 이름은 에발트 미터마여. 나이는 열네 살. 지금부터 내가 하려는 이야기는, 나의 열세 번째 생일을 보낸 지 일주일 후에 시작되어 총 6주 동안 진행된 어느 '사건'에 관한 것이다. 덧셈만 잘해도 알 수 있듯, 그 사건이 끝났을 때 나는 만 13세하고도 7주짜리 소년이 되어 있었다.

　내가 여기에 쓰는 건, 우리 국어 선생님 말씀대로라면 이른바 '체험학습 보고서'다. 쉽게 말해서 내가 직접 겪은 일을 글로 푼다는 것인데, 그 일을 어떻게 다 글로 옮길 수 있을지 난감하기만 하다. 하지만 최선을 다해서 정리해보려 한다.

　나와 우리 가족은 사건이 벌어진 6주 동안 참 많은 일을 감당하느라 혼쭐이 났다. 숨가쁘게 돌아가는 사건들을 수습하느라 살짝 맛이 갈 뻔도 했다. 아마도 평소 우리 집이 별다른 사건이 없기로 유명한 집이어서 더 그랬을 것이다. 학교에서 가끔 '주말에 일어난 일'이나 뭐 그 밖에 가족에 관한 작문 숙제를 내주기라도 하면, 나는 C학점이라도 받기 위해 어떻게든 적당한 사건을 꾸며 쓰곤 했다. 그만큼 우리 집에서는 당최 '쓸 거리'를 찾기가 힘들었다.

우리 엄마 말로는, 그건 우리 가족이 그만큼 화목한 증거라고 한다. 반면에 누나는 화목한 거랑 지루한 거랑은 엄청 다르다고 주장한다. 누나 말에 따르면 우리 집은 그저 무지무지 지루할 뿐이라는 거다.

어느 쪽이 맞든, 아무튼 난 그런 평탄함에 오래도록 길들어 있었다. 그래서 내가 태어나 처음 겪어본 그 '난리법석'과 '혼비백산'의 상황을 어떻게 글로 옮겨야 할지 참으로 막막하기만 하다. 더욱이 그 사건이 이미 다 끝난 뒤에 정리하려니, 무슨 얘기부터 시작해야 좋을지조차 모르겠다.

꼬박꼬박 일기라도 좀 써두었다면, 아니, 주말마다 몰아서 한 번씩이라도 꾸준히 정리해두었다면 한결 쉬웠을 텐데. 이제 와 생각하니 그러지 못한 나 자신이 후회스럽다. 하지만 이마저도 부질없는 짓이기에, 다 덮어두고 이제 이야기를 시작한다.

1

사건의 전주곡

가족, 내 인생 최대의 아이러니

현모양처 엄마가 학교에 온 이유

재수 한번 더럽게 없던 그날은 금요일이었다. 두 시간 수업을 듣고 마침내 20분간 쉴 수 있게 되었을 때, 나는 집에서 가져온 사과를 꺼내서 베어 물었다. 그런데 재수가 없으려고 그랬던지 사각사각한 맛이 하나도 없었다. 이상하다 했더니 역시 속이 꺼멓게 썩어 있었다. 가뜩이나 기분이 상해 있는데, 화장실에 다녀온 요헨 피본카가 내 자리를 지나치며 불쑥 말을 꺼냈다.

"에레쉬, 너네 엄마 왔더라. 영어랑 무슨 얘기 하던데."

우리 반의 몇몇 애들은 나를 "에레쉬"라고 부른다. 그 괴상망측한 발음만으로도 행복해 죽겠다는 놈들이니 내버려둬야지 어쩌겠는가. 그 괴상한 이름은 학기초에 제출한 주민등록등본에서 따온 것이다. 평소에는 쓸 일이 전혀 없지만, 내 주민등록등본에는 '미터마여'라는 성과 '에발트'라는 이름에 더해, '레오나르트'와 '슈테판'과 '이시도르'라는 이름까지 적혀 있다. 그러니까 내 이름을 정식으로 부르자면 "에발트 레오나르트 슈테판 이시도르 미터마여"가 되는 셈. 이 심난한 비밀을 알게 된 볼프강 엠베르거가 그냥 지나칠 리 없었다. 그는 내 이름 네 개의 첫 발음들을 하나로 묶어 "에레쉬!"라고 작명해버렸고, 그러자 몇몇 다른 아이들도 뒤따라 그 이름으로 부르기 시작했다.

주민등록등본에 내 이름이 그렇게 길게 적힌 데는, 알고 보면 허무하기 짝이 없는 사연이 있다. 평소 나를 부를 때 쓰는 '에발트'는 우리 엄마가 큰외숙, 그러니까 엄마 오빠의 이름을 따와서 붙인 거고, '레오나르트'는 할머니(우리는 외할머니를 할머니라 부른다)가 붙여준 거라는데 어디서 따온 건지는 잊었다. 그리고 아빠와 할머님(친할머니는 예의를 갖춰서 할머님이라 부른다)은 '슈테판'에 목숨을 거셨다고 한다. 슈테판은 워낙 흔한 이름이니 이 정도에서만 끝났어도 무난했을 것 같은데, 우리 부모님은 큰아버지에게 아부하느라 그 뒤에 '이시도르'까지 붙이고 말았다. 이시도르 큰아버지로 말하면 워낙 부자로 소문나신 분이어서, 그분의 조카로 태어난 사내 녀석들의 이름에는 이시도르가 덤으로 달려 있는 경우가 많다. 그러니 누구나 다 하는 그 정도의 아부로, 행여 큰아버지가 자기 재산의 일부를 내게 유산으로 물려줄 리 없지 않은가. 진작부터 이를 알아본 나는 일찍이 마음을 접어버렸다.

"에레쉬, 영어가 너네 엄마한테 무슨 볼일 있냐?"

요헨 피본카가 궁금하다는 듯 내게 물었지만, 단언컨대 영어 선생님이 우리 엄마에게 볼일 같은 게 있을 리 없었다. 오히려 그와는 반대로 엄마가 영어 선생님한테 볼일이 있었을 거다. 어떻게 내 영어 점수 좀 올려볼 길이 없을까, 최소한 B학점이라도 받게 하려면 어떻게 해야 할까, 엄마는 늘 애타게 그 방법을 찾고 있으니까. 아닌 게 아니라 내 영어 성적이 불안하긴 하다. 여름방학이 딱 한 달 남은 요즘, 다른 과목은 전부 A 아니면 B 정도는 되어 엄마의 기대치에 이르렀지만 영어만은 예외다. 잘하면 턱걸이로 B 정도는 받을 수 있겠지만, 아무래도 C일 확률이 더 높다. 나는 특히 발음이 안 좋아서 늘 그게 골칫거리다.

현모양처인 울 엄마는 자식들 공부 잘하는 게 인생의 목표인 사람으로, 누나랑 내가 성적표에 '올A'만 받아 온다면 한이 없겠다는 말을 입에 달고 산다. 꿈에라도 한 번 입어보는 게 평생 소원이라는 까만 밍크코트를 선물 받는 것보다 더 기쁘겠다나 뭐라나. 자식들 성적에 이렇게나 집착하는 엄마로서는, 영어 선생님을 찾아가 내게 도움이 될 만한 정보를 빼내려는 게 지극히 자연스러운 일인지도 모르겠다. 그 편이 적어도 한 달 뒤 내 성적표에서 C를 보는 것보다는 낫다고 생각할 테니까. 물론 엄마가 자기 입으로 그런 소릴 한 적은 없다. 하지만 우리 엄마는 그러고도 남을 사람이라는 걸 누구보다 잘 알고 있는 나는, 엄마가 영어와 얘기하고 있다는 소리를 들은 그 즉시 사태를 알아차렸다.

그렇다고 요헨 피본카에게 그런 눈치를 보여서는 절대 안 된다. 무슨 소리를 들으려고 내가 함부로 입을 놀리겠는가. 만약 우리 엄마의 그런 행각이 누군가에게 알려진다면, 나는 꼼짝없이 왕따가 되고 말 것이다. 영어 점수 때문에 살맛을 잃은 사람이 나 하나는 아니니까. 내가 아는 것만 쳐도 우리 반에 최소한 다섯은 되고, 더 이상 기대와 희망을 가질 수도 없게 이미 D로 확정된 아이도 두 명이나 된다.

"글쎄, 영어가 왜 울 엄마를 오라 그랬지? 난 아무 소리도 못 들었는데…"

의아함이 가득한 얼굴로 쳐다보는 요헨 피본카에게, 나는 우선 딱 잡아뗐다. 그리고 제발 영어 선생님이 우리 엄마 꾐에 넘어가지 않기를 속으로 간절히 빌었다. 내가 아무리 실력이 달려도 그렇지, 엄마의 촌지 덕분에 점수가 올라가는 일 따위를 두고볼 수는 없지 않은가. 그건 정말 더럽고 치사하고 비열한 짓이다. 게다가 애들 눈에는 이런 일이 너무나 정확하게 보이는 법이어서, 얼마 안 가 나는 '마마보이'라는 놀림에 시달릴 게 뻔하다. 오, 제발… 난 그런 주접스런 소리를 듣고 사느니 차라리 일찍 세상을 하직하는 게 나을 거라는 생각을 했다.

수업을 마치고 눈썹이 휘날리게 집에 왔을 때, 나는 쉬는 시간부터 전전긍긍했던 일이 사실임을 알고 경악했다. 엄마는 역시나 영어 선생님한테 '사심 없는 선물'을 갖다 바친 게 틀림없었다. 하지만 기대했던 소득은 얻지 못한 눈치였다.

"도대체 이해를 못하겠어."

엄마는 투덜거렸다.

"꽤나 예의 바르고 괜찮은 선생님인 줄 알았는데 말이야. 오늘따라 뭐 좀 안 좋은 일이 있었는지, 내가 민망해서 정말…"

영어 선생님에게 안 좋은 일이 뭐가 있겠는가. 우리 엄마가 쉬는 시간에 찾아가 자꾸 쓸데없는 소리를 늘어놓으니 좀 못마땅한 얼굴을 하고 있었을 테지. 안 봐도 훤하다. 나라도 그랬겠다. 맛있는 소시지 파이를 입에 넣으려는 순간 학부모가 찾아와서 자기 아이 성적 문제로 말도 안 되는 소리를 자꾸 꺼내는데 화나지 않을 선생님이 어디 있겠는가 말이다. 눈앞에서 계속 소시지 파이가 어른거릴 텐데…. 이건 그냥 짐작으로 하는 얘기가 절대 아니다. 영어 선생님은 전부터 몇 차례나 우리에게, 제발 부모님들이 쉬는 시간에 선생님을 찾아오지 않게 하라고 신신당부하곤 했다.

"상담 시간은 꿀꿀이죽 쑤라고 있는 게 아니거든? 그러니 너희가 훌륭하신 부모님들께 잘 말씀드려서, 황금 같은 쉬는 시간엔 제발 좀 선생님들을 방해하지 않도록 해주려무나."

나는 물론 영어 선생님의 이 간절한 소망을 엄마에게 정확하게 전달했다. 하지만 엄마는 영어 선생님이 엄마 아들의 성적보다 소시지 파이에 훨씬 더 집착한다는 인생의 아이러니를 너무나 간단히 무시해버렸다.

아무도 내 의견을 묻지 않았다

나는 점심을 먹으러 부엌 식탁에 가 앉았다. 아빠랑 누나 없이 집에 달랑 엄마와 나 둘이 있을 때면, 이렇게 그냥 부엌의 간이 식탁에서 밥을 먹곤 한다. 식탁에는 스파게티 국수와 소스가 놓여 있었다. 국수를 소스에 비벼 허겁지겁 입에 넣는데, 아니 이게 뭔 자다 봉창 두드리는 엉뚱한 소리란 말인가.

"너를 영국으로 보내라더라!"

막 입에 집어넣은 스파게티 때문에 나는 한참 동안 말을 못했다. 간신히 국숫발을 삼키고 나서 엄마에게 물었다.

"누가 그런 소리를 해요?"

바보가 아닌 이상 누가 그런 소릴 했는지 모를 리가 있겠는가. 다만 나는 자기 생각을 교묘히 감추기 위해 남을 끌어들여 얘기하는 엄마의 방식에 불쑥 짜증이 났을 뿐이다. 게다가 정작 내게 얘기해야 할 중요한 사실 -'사심 없는 선물'을 들고 학교에 찾아간 것-은 일언반구도 없이, 아무 상관없는 얘기들만 잔뜩 늘어놓다가 난데없이 영국 얘기를 꺼내는 엄마에게 정말로 기가 막혔다.

"영어 선생님 말고 누가 또 그런 소릴 하시겠니?"

엄마는 말귀를 못 알아듣는 내가 한심하다는 듯 고개를 설레설레 저으며, 절망의 나락으로 떨어지는 아들의 얼굴을 빤히 바라보았다.

"적극 권하신대. 특히 너는 발음 때문에 C 이상은 받기가 힘들다더구나. 그런데도 너는 어떻게 된 애가 아직 한 번도 선생님께 도와달라고 한 적이 없다면서?"

처음에 엄마가 '영국' 운운했을 때는 그래도 나와 상의를 하려고 하는 줄 알았다. 그런데 어느새 엄마의 말투는 나를 책망하며 야단치는 쪽으로 변해가고 있었다. 목소리도 점점 냉랭해졌다. 나는 이 쓰라린 인생의 아이러니에 식욕이 떨어져 스파게티 접시를 옆으로 밀쳐버렸다.

엄마는 자리에서 일어나 오늘 학교에 들고 갔던 핸드백을 가지고 오더니 시퍼런 빛깔의 광고지 한 장을 꺼내 중얼중얼 읽기 시작했다.

"7월 15일부터 8월 15일까지 영국 옥스퍼드에서 하는 어학연수…"

그 시퍼런 종이에 뭐라고 쓰여 있는지는 나 또한 잘 알고 있다. 언제부턴가 내 가방 안에도 같은 종이가 처참하게 구겨진 채 한자리를 차지하고 있으니까. 그건 학교에서 벌써 몇 주 전에 우리들에게 나눠준 거였다.

"아직 자리가 좀 남았다더라. 이따가 아빠 오시면 얘기해보자꾸나."

엄마는 혼자 열심히 얘기하더니 그 종이를 탁탁 접어 식탁 모서리에 있는 빵 소쿠리 한쪽에 올려놓았다. 그러고는 왜 음식을 남기느냐는 잔소리도 잊은 채, 접시들을 설거지 기계 속에 넣고 스위치를 눌렀다. 그런 엄마를 바라보고 있자니, 내 얼굴이 점점 창백해지는 게 느껴졌다. 거울을 보지 않고도, 나는 내 안색이 대도시 골목에 쌓여 있는 잿빛 눈처럼 으스스한 빛깔이 되어가고 있음을 알 수 있었다. 이런 황당한 일 앞에서 내 얼굴은 대개 그렇게 된다. 머리로 올라갈 피가 아래로 다 빠져 배에 몰린 다음 거기서 뜨겁게 달궈지며 부글부글 끓기 시작하면, 게임에서나 나올 좀비를 연상시키는 바로 그 흉측한 몰골이 되는 것이다.

나는 엄마가 내 의견을 존중하기는커녕, 내가 바라는 것에 대해서 한 마디 물어볼 생각조차 하지 않는다는 점에 기가 막혔다. 늘 그런 식이다. 양말이나 내의, 심지어 티셔츠나 바지를 살 때도 엄마는 나의 취향이나 유행과는 아랑곳없이 자기가 좋아하는 걸로 산다. 엄마는 자기가 어떤 것을 좋아하면 나도 그런 줄 믿어버리는, 이상한 뇌 구조를 가진 게 틀림없다.

방학 때 가는 캠프나 가족 소풍, 그리고 외국으로 떠나는 어학연수도 마찬가지다. 엄마는 자신의 결정이 아들에게 가장 좋은 것인 줄 언제나 착각한다. 혼자서 열심히 생각을 굴리다 마땅한 답을 찾지 못할 때, 엄마가 의견을 구하는 상대는 기껏해야 아빠밖에 없다. 이건 나를 두 번 죽이는 일이다. 엄마는 왜 나한테도 한 번쯤 물어볼 수 있다는 생각을 도통 못하는 것일까?

"그게 최선의 선택이라굽쇼?"

내 인생 최대의 아이러니인 이 문제를 놓고 집요하게 고민한 끝에 내린 결론은, 내가 아무런 저항을 하지 않아서 이런 꼴을 자초했다는 것이다. 초등학교 때 내 짝이던 마틴 호디나는 그런 나를 이해할 수가 없다고 했다. 그 녀석은 내키지 않는 일이 생기면 그 자리에서 입에 거품을 물고 소름 돋는 비명을 지르며 발작을 일으키곤 한다. 그로 인해 마틴네 식구들은 얘가 또 언제 발작을 일으킬까 안절부절, 혼비백산, 노심초사하면서 늘 그 녀석의 눈치를 본다. 무슨 일이든 먼저 그 녀석의 의견을 묻고 또 묻고 확인하는 건 당연지사다. 행여 마틴이 발작을 일으킬까 두려워 미연에 방지한다고 할까?

그렇다고 내가 마틴처럼 굴 수는 없는 노릇이다. 늘 얌전하고 신사적이던 애가 뒤늦게 그런 전략을 쓴다는 건 암만 봐도 무리다. 그건 서너 살 적부터 시작해 오랜 시간 부모를 길들여온 아이들이나 누릴 수 있는 특권이다. 생각해보라. 어떻게 열네 살이

나 먹었는데 하루아침에 갑자기 돌변하여 발작을 시작할 수 있
단 말인가. 게다가 발작을 일으키려면 엄청난 양의 혈액을 머리
위로 끌어올릴 내공이 있어야 하는데, 그 점에서도 나는 실격이
다. 마틴 호디나가 발작을 일으킬 때 보면 무엇보다 얼굴이 먼저
타오르는 공처럼 벌겋게 달아오른다. 하지만 내 경우는 앞에서
도 말했듯 그와 정반대다. 머리의 피가 한 방울도 남지 않고 죄
다 아래로 빠져나가 배 속에 고이고 나서야 갑자기 끓기 시작하
니, 도저히 어쩔 도리가 없는 것이다.

우리 누나 말에 따르면, 저항을 하기에는 내가 너무 순하고 참
을성이 많은 인간이라고 한다. 하지만 내가 정말 순하기만 한 사
람이라면 배 속에서 끓는 피, 그 뜨거운 분노를 대체 어떻게 설
명할 수 있을까? 또한 내가 참을성이 많다면 아무리 화가 나도
배 속에서 피가 끓지는 않을 게 아닌가! 머리로 몰린 분노의 핏
덩어리를 아래쪽으로 몽땅 끌어내린 후 배 속에서 조용히 가라
앉힐 수 있을 테니까 말이다. 이런 설명을 상세하게 늘어놓자 누
나는 킥킥거리며 나를 놀렸다.

"그럼 답은 하나네. 현모양처 어머니가 지켜낸 화목한 가정의
결실이 바로 너라는 거지. 범생이 가문에서 자란 덕분에 언제나
말 잘 듣고 착한 내 동생!"

누나 말이 아주 틀린 것 같지는 않다. 하지만 범생이를 양육하
는 가정교육 덕분에 내가 얌전한 아이로 자랐고, 그래서 찍소리

한마디 못하고 옥스퍼드 어학코스에 끌려가야 한다는 건 아무리 생각해도 내 인생 최대의 굴욕이자 절대로 용납할 수 없는 참혹한 비극이라는 생각이 든다.

물론 그 훌륭한 옥스퍼드에 가고 싶어 하는 애들도 상당수 있다는 것을, 나라고 모를 리 없다. 시퍼런 안내지를 받았을 때부터 환호성을 지르며 거기 가고 싶다고 손을 든 별종이 우리 반에도 실은 다섯이나 있었다. 그 가운데 셋은 부모님에게 허락을 받아내느라 아직도 작업 중이고, 둘은 가정 형편 때문에 도저히 꿈도 꿀 수 없다고 한다.

그러나 나는 그들과 다르다. 여름방학을 옥스퍼드의 사감 선생님과 보낼 생각을 하면, 도저히 이대로 노예처럼 끌려갈 수는 없다는 마음뿐이다. 무엇보다도 나는 단체로 함께 움직이는 건 딱 질색이고, 몇몇 교사의 지도와 미리 짜인 시간표에 따라 생활해야 하는 것 또한 정말 왕짜증이다. 여름방학에 하는 야영이든, 겨울방학에 하는 스키캠프든 다 마찬가지다. 나를 조금이라도 이해하는 사람이라면(그 누구보다 우리 엄마가 그래야 한다고 나는 믿는다), 이 한 가지만은 꼭 좀 알아주었으면 좋겠다.

옥스퍼드에서 하는 영어 연수라고 다른 단체 프로그램과 다를 리 없다. 아니, 심지어 가장 최악일 거라고 나는 단언한다. 맛대가리 없는 급식으로 하루 세끼를 때우고, 이층침대로 꽉꽉 들어찬 방을 여럿이 함께 써야 할 게 뻔하지 않은가. 같은 방을 쓰는 애들 중에는 잠버릇이 고약하거나 이 갈고 코 고는 친구들도 몇 명쯤은 꼭 있을 테고, 속옷과 양말 정도는 스스로 빨아야 할 게 분명하다. 어디 그뿐이랴. 이따금 견학이나 소풍을 갈 때조차 시도 때도 없이 이뤄지는 지도교사의 인원 점검에 학생들은 시달릴 테고, 볼일이 급해 화장실에 가거나 예술품 좀 감상하느라 살짝 대열에서 이탈하기라도 하면 곧장 비난이 쇄도할 것이다. 그런 상황에서 늘 듣게 되는 촌스런 레퍼토리 - 현지 경찰은 물론 부모님한테도 실종 신고를 할 뻔했다는 유치찬란한 협박 - 도 물론 무한 반복되겠지.

아, 아무리 생각해도 이건 아니다. 최소한 방학 때만이라도 그런 지루하고 어처구니없는 상황을 피하고 싶은 게 내 소원이라고!

나는 이처럼 절박한 심정을 토로하며 오후 내내 엄마를 이해시키려 노력했지만, 엄마 귀에는 내 말이 들리지 않는 듯했다. 엄마는 내가 옥스퍼드에 가서 한 달만 지내고 오면 단어도 늘고 발음도 좋아질 거라 했다. 또한 다음 학기부터는 영어에 자신감이 생겨 최소한 B, 아니 잘하면 A학점도 받아 올 수 있을 거라면서, 엄마는 저 혼자 행복에 겨운 얼굴로 마냥 즐거워했다.

그런 엄마 눈에는 내가 좋은 기회를 제공하는 부모에게 고마운 줄도 모르는 철부지 녀석으로 보일 게 뻔하다. 하지만 교육에 남다른 소양을 쌓았다고 자부하시는 우리 모친께서는 내게 직접적인 비난을 날리거나 야단을 치기보다, "부모 맘 아는 애들이 세상에 얼마나 되겠느냐"며 자신의 안타까운 마음을 토로하는 간접적인 방식으로 현모양처인 자신을 자화자찬하기 일쑤다. 심지어 자기 아들이 아닌 남의 집 아이들을 두고 얘기하듯 비겁한 태도로 똑같은 소리를 수십 번 반복한다. 가만히 들어보면 그건 결국 감사할 줄 모르는 아들을 비난하는 것에 다름없지만, 엄마는 그 사실을 도무지 깨닫지 못하는 것 같다.

"다른 애들 같으면, 부모가 나서서 영어 연수를 보내준다면 고마워서 어쩔 줄 모를 거다. 그게 비용이 만만한 게 아니잖니? 그렇다고 우리 집에 돈이 남아도는 것도 아니고. 사실 우리는 넉넉하지 않은 살림을 쪼개고 쪼개서 너희한테 그런 희생을 하는 거란다."

저녁에 아빠가 집에 돌아오자마자 엄마는 바로 영어 연수 이야기를 꺼냈다. 아빠는 그것이 나를 위한 최선의 선택이라며 엄마에게 맞장구를 쳤다. 그 모습이 어찌나 비굴하게 아부하는 것처럼 보이던지, 아빠가 엄마한테 무슨 책잡힐 일이라도 하신 건가, 의문이 들 정도였다. 아빠는 거기에 한 달만 갔다 오면 윗니 아랫니 사이에 잠깐 혓바닥을 끼우고 발음하는 번데기 소리(th)만 좋아지는 게 아니라, 이제 막 청소년기에 접어든 내가 독립적인 인간으로 성장하는 데 중요한 계기가 될 거라고 힘주어 강조했다.

"에발트, 이건 네가 인간적으로 성숙할 수 있는 절호의 기회야."

아빠는 아예 신파극 배우가 된 것 같았다.

"또래들하고 한 달 동안 지내면서 너희들만의 세계를 꾸며보는 거야. 에발트! 청춘이 왜 그토록 아름다운 건지 너도 비로소 알게 될 거다. 너희 같은 어린 청춘들에게는 이 세상에 우정보다 소중한 건 없거든. 이 말이 무슨 뜻인지 너는 옥스퍼드에 가서 깨닫게 될 거야. 친구들과 뜨거운 땀과 눈물을 함께 쏟으며 빛나는 청춘의 의미를 진지하게 새겨볼 수 있을 거라구."

제발, 제발, 오 하느님 제발! 내 그럴 줄 알았다니까. 유치원 다닐 때부터 우리 아빠는 내가 '진정한' 친구를 사귀지 못한 점을 안타깝게 여기며 가슴 아파 했다. 지금까지도 아들의 그 문제로 노심초사하며 밤잠을 설치시는 훌륭한 아빠시다. 아빠 주장에 따르면, 내 나이 때 자기는 최소한 네 사람의 '진정한' 친구가 곁에 있었고 그들 사이에서 본인이 대장 노릇을 도맡아서 했다고 한다. 그리고 이런 얘기 끝에는 항상 근심 가득한 눈으로 나를 쳐다보며 이렇게 물어보곤 했다. "그래, 그동안 친구는 좀 사귀었냐?"

아빠는 내게 뭔가 정신적인 문제가 있어서 '진정한' 친구를 사귀지 못한다고 여긴다. 그게 아니면 나한테 어떤 '결함'이 있어서 아무도 나를 친구로 삼고 싶어 하지 않는 것 같은데, 도대체 그 결함이 뭔지를 알 수 없다며 걱정하신다. 하지만 내가 볼 때 그 모든 의혹과 걱정은 아빠가 기성세대라서 날 이해하지 못한다는 증거일 뿐이다. 무엇보다 정작 나 자신은 진정한 친구 어쩌구에 대해 고민할 마음이 전혀 없는데도, 아빠는 도무지 그 사실을 받아들이지 못한다.

엄마가 내 영어 성적을 불안해하며 옥스퍼드 영어 연수에 목을 맨다면, 아빠는 내가 친구들과의 관계에서 완전무결하길 바라는 마음으로 그것을 강요하고 있다. 내가 어떤 식으로 저항을 해도 아무 소용이 없는 이유는 이 때문이다. 나를 옥스퍼드에만 보내버리면 엄마의 불안도 아빠의 근심도 모두 해결된다고 믿기에, 그들은 상당한 경제적 부담을 떠안는 한이 있더라도 그 정도는 기꺼이 감수할 작정이었다.

나의 유일한 구원자, 빌레 누나

아, 내가 왜 진작 우리 누나를 생각하지 못했을까! 나보다 두 살 위로, 벌써 열여섯 살이나 먹은 우리 누나 쉬빌레 미트마여는 머리가 휙휙 도는 그야말로 '문제 해결의 최고 영재'다. 보통은 쉬빌레가 아닌 그냥 "빌레"로 줄여 부르는 우리 누나는 약 0.03초 만에 사태를 파악하는 능력을 지닌 데다, 절대로 자기에게 손해가 돌아오지 않도록 다른 사람의 마음을 사로잡기까지 하는 임기응변의 달인이다. 암기력은 또 얼마나 좋은지! 이해가 안 되는 문제가 있으면 무조건 답까지 달달 외워버리는 통에, 누나는 당일치기로 공부하고도 A를 척척 잘만 따낸다. 이렇게 무조건 달달 외운 다음 시험지에 재빨리 토해내면 자기 머릿속이 텅 비면서 아주 시원하게 된다는 것이 누나의 지론이다. 이토록 영악스럽고 현명한 빌레 누나가 도와준다면 이 세상에 못할 일은 별로 없다고 나는 믿는다. 그렇다, 내게는 위대한 누나가 있단 말이다!

나는 정말이지 여름방학 동안 영국으로 영어 연수를 가고 싶지 않다. 그래서 내 나름대로 반항도 해보고 있지만 우리 부모님은 꿈쩍도 않는다. 다행스럽게도 이 기막힌 현실을 우리 누님께서 눈치 채고는, 불쌍한 동생을 돕겠다는 신호로 내게 살짝 윙크를 했다. 누나가 드디어 내게 구원의 손길을 뻗쳤다는 사실에 감개무량한 나는 속으로 찔끔 눈물까지 흘렸다. 이렇게 노예처럼 끌려가야 하는 것인가 하고 거의 포기한 상태였기에, 구원을 예고하는 누나의 신호가 주는 감격은 더욱더 컸다.

하지만 미련한 동생 에발트 미터마여가 빌레 누나의 깊은 속내를 제대로 헤아리기까지는 약간의 설명과 시간이 필요했다. 빌레 누나가 눈 하나 깜짝 않고 내게 다짜고짜 이런 말을 내질렀을 때만 해도, 나는 누나의 심중을 도무지 가늠할 수가 없었다.

"이 바보 멍충아, 너 옥스퍼드에 가서 베레나하고 약혼하면 되잖아. 그렇게 간단한 일을 갖고 무슨 세상 끝난 것처럼 죽는 시늉을 하고 그러냐?"

"미쳤냐?"

나는 기겁하여 누나한테 대들었다. 하지만 누나의 그 말 속에 뭔가 중요한 계략이 담겨 있을지도 모른다는 본능적이 직감이 작동한 덕분에, 대드는 것치고 내 목소리는 그다지 크거나 거칠지 않았다.

"구해달라매?"

누나는 불쌍한 동생의 종아리를 발가락으로 툭툭 차며 제멋대로 말을 내뱉었다.

"너 그거 몰라? 여름방학에 연수 가는 애들, 취침 시간에 몰래들 빠져나와 한밤의 세레나데를 부르다가 약혼까지 간다던데? 밤이면 밤마다 짝짓기를 하는 애들이 무지하게 많다는 거지. 작년 여름에는 네 쌍이나 생겼다던걸."

누나는 킥킥거리며 말을 이었다.

"우리 반에 너 알잖아, 게르투르드. 걔는 야, 부모님한테 들켜서 비 오는 날 먼지 나게 얻어터졌어. 다시는 어떤 연수도 안 보내준다더라."

아, 그거였구나! 이 간단하고도 명료한 진리의 내막을 나는 천천히, 그리고 느긋한 마음으로 깨달아가고 있었다.

"역시 빌레 누나는 위대하고 거룩해!"

그런데 누나를 칭찬하면서도 한편으로는 왠지 찜찜하고 미진한 마음을 떨쳐내기 힘들었다. 사실 누나가 말한 사건이 그렇게 보기 드문 건 아니다. 우리 학교만 해도 여름 캠프가 끝나면 "누구랑 누구랑 사귄다더라" "누구랑 누구랑 키스했다더라"는 얘기들이 캠프 다녀온 애들 입을 통해 학교 안에 퍼지곤 한다. 그리고 그런 정도의 사건은 스키 캠프나 학교 축제 때도 흔히 생긴다. 너무나 흔해서 더 이상 비밀도 아닐 정도다.

캠프 때는 비단 연애 사건만이 아니라 다른 일들도 생긴다. 작년 스키 캠프 때 우리 반의 오티 벨벤카는 두꺼운 양말 속에 술병을 하나 감춰 왔다. 러시아 사람들이 마신다는 독한 보드카였는데, 선생님들이 다 잠든 한밤중에 몇몇이 몰래 일어나 침대 모서리에 둘러앉아서 홀짝거리기 시작했다. 한 병을 완전히 비우고 취해버린 아이들은 여기저기 시체처럼 늘어져서 신음 소리를 내었고, 어떤 녀석은 다음 날 괴로움을 이기지 못해 병원으로 실려가기도 했다. 그런데 이 사건이 훗날 엄청난 무용담으로 각색돼 아이들 사이에 퍼져 나갔다. 알고 보니 오티 벨벤카를 비롯해 보드카를 함께 홀짝거린 녀석들이 합세해 스키 캠프에서의 '황홀했던' 술 파티를 그리워하며 마구 뻥을 쳐댄 것이다. 과장이 얼마나 심했으면, 나중에 그 캠프는 아예 '그 겨울 영원히 못 잊을 축제'로 둔갑하고 말았다. 캠프에 가지 않은 친구 중 어떤 녀석은 내게 "거기서 것두 빨았냐?"고 묻기까지 했다. '것두'가 '담배'인 줄 안 나는 "그랬다"고 답했는데, 누나 말에 따르면 "담배는 그냥 피우는 거구, 하시시 같은 마약 정도는 돼야 '빨았다'구 하는 거"라고 했다.

나는 이 사건의 전말을 통해 캠프의 분위기가 어떤지, 그 후일 담들이 어떻게 부풀려지는지 등을 파악할 수 있었다. 그래서 연애 사건도 소문 그대로가 진실은 아니라는 것을 짐작하고 있었다. 하지만 엄마가 그런 것까지 알 리 없으니, 일단은 누나의 계략대로 밀고 나가기로 했다.

그날 저녁, 누나와 나는 이런 종류의 이야기를 엄마 앞에서 장장 네 시간 동안이나 떠들어댔다. 해마다 방학 때 영어 연수를 가는 요헨 피본카의 말을 인용해 "남자들 사이에서 술병은 돌게 마련"이라고 큰소리를 치기도 했고, 옥스퍼드로 아이들을 인도하는 훌륭하신 사감 선생님도 술 앞에선 맥을 못 춘다는 얘기를 할 때는 더 신나게 열을 올렸다. 누나는 누나대로 한밤의 키스와 세레나데와 약혼식에 관한 이야기를 쉴 새 없이 늘어놓았다.

나와 빌레 누나가 주거니 받거니 지껄이는 '어학연수 괴담'을 주워듣던 엄마는 점점 안색이 창백해져 갔다. 몇 차례인가는 작게 한숨도 내쉬었다. 그러다가 갑자기 정신이 돌아온 것인지, 엄마는 다짜고짜 우리들을 야단치기 시작했다.

"빌레! 그리고 에발트! 어떻게 그런 못된 소리만 골라 듣고 다니니? 정말 더 이상은 듣고 있을 수가 없구나."

엄마는 끝날 기색이 보이지 않는 우리의 대화를 그쯤에서 중단시키려 했다. 그렇지만 누나의 계략에 이미 빠져든 나는 더욱

더 신이 나서 떠들어댔다. 결국 엄마는 화가 난 듯 거실 문을 박차고 나가더니 안방으로 들어가버렸다.

다음 날 아침, 엄마는 식탁에 앉은 내게 "어젯밤 아빠와 옥스퍼드 건에 대해 다시 한 번 진지하게 얘기를 해봤는데, 영국으로 보내기에는 네가 아직 어리다는 결론을 내렸다"는 반갑고 눈물겨운 소식을 들려주었다.

"다른 애들도 다 가는데 뭘 그래요?"

빌레 누나가 시치미를 떼며 식탁 밑으로 내 발을 툭툭 건드렸다.

"에발트는 또래보다 유난히 어리잖니…"

엄마의 해명이었다.

"어제까지만 해도 괜찮다더니."

누나의 '작업'은 계속되었다.

"아직 혼자서는 좀 무리지."

이번엔 아빠가 엄마를 거들었다.

"스키 캠프도 두 번이나 다녀왔고 여름 캠프도 일주일 다녀왔는데 뭘."

누나의 말에 엄마가 변명하듯 말했다.

"하지만 외국은 아니었잖아. 말이 안 통하니까, 그건 큰 차이지."

이어서 아빠가 또 한 번의 지원 사격에 나섰다.

"더군다나 영국에는 아직 한 번도 가본 적이 없잖니."

"어저께는 다르게 말하셨잖아요."

누나가 자꾸 딴죽을 거는 게 슬슬 불안해진 나는, 식탁 밑으로 누나 발을 지그시 밟으며 이쯤에서 그만하라는 신호를 보냈다. 다 된 죽에 코 빠뜨리는 사고를 저지를까 봐 슬그머니 겁이 나기도 했다. 옥스퍼드가 날아갔으니 그거면 됐지, 뭐 저리 잘난 척을 하며 할 얘기가 많은 건지. 마음 같아서는 누나를 한 대 쿡 쥐어박고 싶기도 했다.

다행히 눈치 빠른 누나는 거기에서 딱 멈춰주었다. 아니, 시계가 벌써 7시 30분을 가리키고 있는 걸로 보아, 어쩌면 누나는 그저 서둘러 학교에 가야 했던 건지도 모른다.

부모와 우린 어색한 사이

학교 가는 길에 누나는 계속 킥킥거리며 말했다.

"재밌어 죽겠다. 울 엄마 넘 귀엽지 않냐? 크크… 우리보다 더 순진하다니깐. 특히 성에 대해선 아주 숙맥이야, 숙맥."

"부모님들이 다 그렇지, 뭐 그거 갖고 그러냐!"

내 말에 누나는 고개를 흔들며 아니라고 했다.

"아냐. 우리 엄마 아빠가 좀 한심한 거야. 다른 집 부모들은 그래도 자기네 아이들만큼은 확실히 단속하거든. 근데 우리 엄마 아빠는 아예 그런 소리를 입에도 못 올리잖아."

다른 집 부모들의 경우, 예컨대 자녀가 여름 캠프에 가게 되면 '함부로 이성 친구의 몸을 만지면 안 된다'는 식으로 훨씬 구체적으로 단속한다고 누나는 말했다.

"근데 울 엄마 아빠는 그런 말을 들으면 자기네가 먼저 얼굴이 빨개지잖아. 무슨 어른들이 그런 일에 나보다 더 쑥스러워하고 그럴까. 엄마 아빠는 '섹스'라는 단어는 아직 입 밖에 내보지도 못했을걸."

누나는 문득 내 기색을 살피며 조심스레 물어왔다.

"너한테는 혹시 그런 말 하신 적 있니? 성교육이라든가, 뭐 그런 거…"

나는 그런 적 없다는 뜻으로 고개를 흔들었다.

"거봐! 그렇다니까. 이건 부모로서 완전 책임 회피 아니니?"

누나는 아침부터 열을 올리며 우리 부모님을 비난했다. 나는 그에 전적으로 동조할 수 없었지만, 그때 마침 저쪽 골목에서 누나 친구인 이레네 투석이 우리를 보고 달려오는 바람에 아무 대답을 할 수 없었다.

1년 전쯤인가. 사실 아빠는 엄청나게 심각한 얼굴로 내게 그 이야기를 꺼내려 시도한 적이 있었다.

"에발트, 아빠가 너한테 긴히 들려줄 얘기가 있단다."

아빠하고 나, 이렇게 둘만 집에 있을 때였다. 그런데 하필이면 그렇게 말문을 연 것과 동시에 치통이 시작되어, 아빠는 곧장 화장실로 달려가야 했다.

당시에 나는 무척 겁이 났다. 무슨 일이지? 혹시 할머니가 위독하신가? 아니면 할머님께서? 아니, 아빠네 회사가 갑자기 문을 닫아서 더 이상 돈벌이를 할 수가 없는 건 아닐까? 어쩌면 벌써 집에 돈이 바닥났을지도 모른다. 그래서 방학을 해도 휴가도 못 가고 꼼짝없이 집에 처박혀 있어야 하는지도. 그게 아니면 어디 멀리 지방 도시로 이사를 가야 할 수도 있겠다 싶었다. 그러자 과거에 아빠가 승진해서 다른 도시로 전근할 뻔한 일이 떠올랐다. 다행히 그때는 아빠 동료가 그 자리를 가로채는 바람에 이사 갈 필요가 없었는데, 과연 지금은…?

이런저런 걱정을 하며 아빠를 기다린 지 몇 분. 드디어 화장실에서 나온 아빠가 다시 내 곁에 앉아 아까 하려던 말을 계속했다. 요지는 내 나이가 벌써 "아이에서 어른으로 이행하는 성적 전환기"에 이르렀음을 인정해야 한다는 거였다. 난 우선 숨을 한 번 크게 내쉬었다. 할머니 두 분이 모두 무사하시다니, 그에 대한 안도의 숨이었다. 아빠가 직장을 잃은 것도, 우리 집에 돈이 떨어지거나 이사를 가야 하는 것도 아니라니, 그 또한 다행이었다. 이런 나를 앞에 두고 아빠는 곧 더듬거리면서도 쉴 새 없이 말을 이어갔다. 이른바 '성교육'을 시작하는 아빠의 이마에는 송골송골 땀방울이 맺혔다.

"사랑하는 사람 사이에는, 그러니까 일테면… 음, 성적인 욕망이라는 게 때로 생길 수도 있는데, 음, 다시 말해서 그저 상대를 껴안아주는 것만으로도, 그러니까 이를테면 사람들 말로는, 음 뭐랄까…"

아빠가 절절매는 모습이 너무도 안쓰러워 도저히 더 이상은 보고 있을 수가 없었다. 그래서 내가 얼른 나머지 말을 다 해버렸다.

"저기, 아빠. 그런 거라면 나한테 설명 안 해도 돼요. 학교에서 다 배웠어요."

그건 거짓말이었다. 물론 아기가 엄마 배 속에서 어떻게 자라 바깥으로 나오는지, 그런 거는 초등학교 때 다 배웠다. 꼬리 달린 정자들이 난자를 향해 열심히 헤엄쳐 간다는 이야기를, 여자 선생님은 무슨 『해저 삼만 리』 같은 동화를 읽어주듯 들려주었다. 하지만 아기를 만들고 싶을 때 여자랑 남자가 실제로 무얼 어떻게 하는지, 그리고 아기를 만들고 싶지 않을 때는 또 어떻게 하며, 왜 그렇게 하는지에 대해서는 어디서도 전혀 배운 바가 없었다.

솔직히 나는 그런 것도 좀 제대로 알고 싶다. 하지만 우리 아빠로부터는 절대 사절이다. 별것도 아닌 얘기를 꺼낼 때마다 충치가 문제를 일으켜 화장실로 달려가야 하고, 한참 있다 돌아와서도 기껏해야 방안을 뱅뱅 돌며 쓸데없는 간투사나 남발하는 아빠로부터 그 얘길 들으려면 아마 한 달이 지나도 다 못 들을 게 뻔하다. 더욱이 아빠와 나, 우리 둘에게 모두 괴로운 그 일을 굳이 둘 사이에 진행할 필요는 없지 않은가. 내가 '다 안다'고 거짓말을 한 이유는 바로 그래서였다. 그렇게 해서라도 나는 곤혹스런 시간을 끝내고 싶었다. 그제야 아빠 얼굴에 화색이 돌았다. 아빠는 날아갈 듯 가벼운 걸음으로 거실을 나가더니 곧 빳빳한 20유로짜리 새 지폐를 들고 와 내 손에 쥐여주었다.

이는 평소 같으면 있을 수 없는 일이었다. 우리 아빠가 어떤 사람인가. 월요일 아침마다 몇 푼 되지 않는 용돈을 주면서도 있는 대로 싫은 표정을 짓는 구두쇠가 아닌가. 이따금 용돈이 부족해서 손을 벌리면, 아빠는 늘 바들바들 떨리는 손가락으로 몇 유로 집어주는 게 전부다. 다음 월요일에 용돈을 줄 때는, 심지어 그 금액은 제할 만큼 좀 깐깐하고 계산이 정확한 분이기도 하다. 그런 아빠가 별 이유도 없이 20유로를 내 손에 덥석 쥐여주다니! 사춘기 아들에게 성교육을 시켜야 하는 게 아빠한테는 진짜 고역이었던 게 분명하다.

아, 언제 이야기가 이렇게 샛길로 새버렸을까? 잠깐만 얘기하고 넘어가려 했는데, 완전히 다른 길로 새고 말았다. 이제 다시 본론으로 돌아가려다.

평온함을 깨버린 이상한 쪽지

옥스퍼드 연수 건이 마무리 된 이후 일주일은 너무도 평온했다. 나처럼 그럭저럭 성적이 되는 학생들에게 학기말 시험이 끝난 뒤부터 방학까지는 무척 지루한 시간이다. 시험도 끝났겠다, 아무런 부담 없이 가방만 들고 학교와 집을 오락가락하면 되기 때문이다. 수업마저 한없이 늘어져, 꼬박꼬박 졸다가 잠을 깨어 여기가 어딘가 깜짝 놀라기도 한다. 이렇게 허송세월을 보내느니 차라리 집에 누워 있는 게 낫겠다는 생각이 들기도 하는데, 그럴 때면 "우리 아이가 여름 독감에 걸려 학교에 가기 어렵겠습니다."라고 시원하게 결석계라도 한 장 써줄 생각을 미처 하지 못하는 부모님이 답답하고 원망스럽다.

학교에 가서 나른하게 풀어진 눈으로 졸다가 대충 시간만 때우고 오는 것보다는, 차라리 침대에 누워 보고 싶은 책이나 실컷 보는 게 훨씬 더 교육적이란 사실을 어른들은 왜 당최 깨닫지 못하는 걸까? 방학을 앞둔 이 기간에는 어차피 학교에 가봤자 수업에 집중하는 애보다 책상 밑에 다른 책을 숨겨 놓고 보는 애들이 훨씬 더 많은데 말이다. 평소에는 거들떠보지 않는 책도 선생님 눈길을 피해 살금살금 훔쳐보면 꿀맛 같은 재미가 있기에, 대부분의 아이들은 무릎 위에 몰래 올려놓을 책을 한 권씩 더 챙겨 학교에 간다.

그렇다고 누구나 마음 편히 이런 짓을 할 수 있는 건 아니다. 기말고사 성적이 C와 D 사이에서 왔다 갔다 하는 애들은 거의 초죽음이 되어 이 기간을 보낸다. 팔자 좋게 판타지 소설이나 만화책을 들여다보며 마음껏 여유를 부리는 여느 아이들과 달리, 그 애들은 수행평가나 수업 태도에서라도 점수를 조금이나

마 올려보고자 안간힘을 쓰며 비지땀을 흘려야 하는 것이다. 그러고 보면 그 애들이 왜 선생님들보다 더 불쾌하고 싸늘한 눈으로 딴짓하는 아이들을 쳐다보는지도 이해가 된다. 나라도 그 답답하고 억울한 심정을 털어버리기는 쉽지 않을 것 같다. 하지만 내가 아무리 형제애를 발휘해 그런 친구에게 도움의 손길을 뻗어 최소한 C는 받도록 해주고 싶어도, 그건 그리 간단한 문제가 아니다.

예를 들어 내가 선생님께 질문하는 것처럼 해서 어떤 아이에게 정답을 알려주려 한다고 치자. 내 의도가 제대로 먹히기 위해서는 최소한 그 아이가 내 질문을 알아들을 정도의 실력은 갖추고 있어야 한다. 문제는 그런 말을 '알아듣는' 정도의 실력을 지닌 애라면 B에서 A로 올라가는 일은 가능해도, D에서 헤매다가 C로 올라가는 일은 정말 드물다는 것이다. F에서 꾸준히 삽질을 하는 녀석들은 더 말할 나위가 없다. 이쪽에서 아무리 구원의 손길을 보내도 그 녀석들은 도무지 눈치를 채지 못하고 엉뚱한 짓만 골라서 한다. 정말 인생의 아이러니가 아닐 수 없다.

지리 시험 시간에 일어난 일이다. 남아프리카공화국에 대한 문제가 나와서, 나는 요헨 피본카에게 그 나라에는 광산이 많고 흑연이 많이 생산된다는 사실을 일러주려고 했다. 이걸 어떻게 알려줄까 고민하다가 문득 '연필심'을 보고 아이디어가 떠오른 나는, 애처로운 눈빛의 요헨에게 얼른 연필을 치켜들었다. 그걸 본 요헨이 내게 눈짓을 보냈다. 내가 고개를 끄덕이자, 그가 환해진 얼굴로 씩씩하게 대답하였다.

"남아프리카에서는 색연필이 많이 생산됩니다."

교실은 순식간에 웃음바다가 되었고, 요헨 피본카는 D도 모자라 F까지 밀려나고 말았다.

이 한가롭고도 지루한 기간의 수업이 막바지에 이르렀을 즈음, 그러니까 수학 시간이었는데, 레네 슈톨린카로부터 쪽지가 하나 날아왔다. 거기에는 영문을 알 수 없는 이상한 말이 적혀 있었다.

"그 애 받기로 했니? 울 엄마가 빨리 알아야 한다고 물어보랬어. 어저께 너희 집에 백 번도 넘게 전화했는데 계속 통화 중이었대."

이게 뭔 소리람? 레네의 쪽지에서 내가 알아들을 수 있는 말은 우리 집 전화기가 계속 '통화 중'이었다는 것뿐이었다. 그건 친구 이레네 투섹과 이틀째 옥신각신 중인 누나 때문에 그런 거였다. 사건은 제3의 친구 베레나 하벨이 빌레 누나에게 전화를 걸어 "이레네가 며칠 전 우리 동아리에 와서 빌레는 거짓말쟁이라고 했다"고 말한 데서 시작되었다. 이에 우리 누나는 제4의 친구와 제5의 친구에게 계속 전화를 해서 그 얘기를 낱낱이 전했고, 그러자 이번엔 이레네 누나가 득달같이 빌레 누나에게 전화를 걸어 "베레나가 너에 대해 떠들어던 소리를 전해 들었다"는 이야기를 꺼냈다. 그러면서 이레네 누나는 자기가 왜 제일 친한 친구를 모함했겠느냐며, 자기는 절대 그런 소리를 한 적이 없다고 억울한 심정을 구구절절 토로했다. 결국 이레네 누나에게 마음이 풀린 빌레 누나는 이레네와의 통화가 끝나자마자 곧바로 다른 누나들한테 전화를 걸어 이 사실을 일일이 알리기 시작했다. 그러다 보니 온종일 전화가 불통인 건 당연한 이치였다.

쉬는 시간에 나는 그 쪽지를 갖고 레네 슈톨린카에게 가서 물었다.

"이게 무슨 소리야?"

"그 영국 애 말야. 너희 집에서 받을 건지 말 건지 울 엄마가 알아오랬어. 너희가 안 받으면 바로 취소한다고."

레네가 시큰둥하게 대답했다.

"대체 '영국애'가 뭐야?"

내 질문에 레네는 동물원 원숭이 대하듯 이상한 눈으로 나를 바라보았다. 하지만 나는 정말로 레네가 뭐라는 건지 알 수 없었다. '영국애'라니, 뭐 요즘 유행하는 물건이라도 되는 모양인데, 솔직히 남자인 내가 뭘 알겠는가? 대충 상황이 짐작되긴 한다. 이번에도 우리 엄마가 레네 엄마에게 무슨 물건을 사다 달라고 부탁한 거겠지. 백화점 직원인 레네 엄마를 통하면 어떤 물건이든 15퍼센트 정도 싸게 살 수 있으니까. 그래도 그렇지, 내가 그런 걸 일일이 다 알기란 불가능하지 않은가?

'영국애'는 대체 무슨 물건?

다음 시작종이 울릴 때쯤에서야 나는 비로소 '영국애'가 부엌에서 사용하는 신상 가전제품도 아니고, 영국식 체크무늬 식탁보도 아니란 걸 알게 되었다. 영국 애는 현재 런던에 사는 열네 살짜리 남자아이로, 레네 슈톨린카의 말을 빌리면 검정색 머리칼에 비교적 단정하고 똑똑한 편이라고 했다.

알고 보니 작년 여름 레네의 오빠인 페터 형이 6주간 영국에 교환학생으로 가 있을 때 그 아이네 집에서 묵었다고 한다. 그래서 이번 방학에는 그 아이가 '교환학생'으로 레네의 집에 와서 6주 동안 묵을 예정이었다고. 그런데 하필이면 지금 레네의 할아버지가 많이 아프신 데다 심한 통증으로 온종일 집이 떠나가도록 신음 소리를 내기 때문에, 도저히 다른 사람한테 와 있으라고 할 수가 없다는 거였다.

"의사 선생님 말씀이, 더 이상 나아질 것 같지 않대. 어쩌면 이번 여름을 못 넘기고 돌아가실 수도 있다고 하던걸. 이런 사정이라 우리 집에 톰을 묵게 할 수 없다고 엄마가 그러셨어. 도저히 손님을 치를 형편이 아니란 거지. 그걸 너희 엄마가 어떻게 아시고 울 엄마한테 그랬다던데? 그럼 혹시 너희 집에서 받아도 괜찮겠냐고 말야. 엊그저께 너네 엄마가 슈퍼에 왔다가 우리 엄마를 만났다나 봐."

레네는 톰인지 뭔지 하는 그 영국 애를 둘러싼 여러 정황에 대해 시시콜콜 빠짐없이 일러주었다. 말을 하는 중간에 레네는 몇 차례나 나를 한심하다는 듯이 바라보았다. 어쩜 그렇게 자기 집에서 일어나는 일을 하나도 모를 수 있냐고 속으로 궁금해하는 눈치였다. 그러다 레네는 갑자기 깔깔 웃으면서 내 약점을 꾹 찔러댔다.

"네 영어 발음이 너무나 걱정스럽다면서, 너희 엄마가 톰을 꼭 너희 집에 와 있게 하고 싶다고 그랬대."

순간 나는 부끄러움에 얼굴이 달아올랐다. 몸 둘 바를 모르고 쩔쩔매는 나와 달리, 레네의 표정에는 자기 아들의 심각한 영어 발음을 어떻게든 고쳐주려고 수단과 방법을 가리지 않는 우리 엄마에 대한 간접적인 비난과 나에 대한 동정의 기색이 역력했다.

"걔, 우리 집에 안 와!"

다음 쉬는 시간이 되자마자 나는 서둘러 레네에게 가서 말했다.

"왜?"

레네는 이상하다는 듯 내게 물었다.

"네가 그걸 어떻게 알아? 넌 너희 집에 걔가 올 거라는 것도 전혀 몰랐었잖아."

"내가 싫다 그러면 우리 집은 안 해. 내가 싫다 그럴 거야."

나의 대답에 레네는 잠시 고개를 갸우뚱하더니 갑자기 혀를 쏙 내밀면서 말했다.

"치, 네 맘대로 될 것 같지는 않은데?"

속으로는 몹시 분했지만 나는 꾹 참고 그냥 내 자리로 갔다. 머리의 피가 이번에도 중력을 견디지 못하고 죄다 아래로 쏟아져 배 속에서 부글부글 끓는 것만 같았다. 아니, 이번에는 그 어느 때보다도 더 격렬하게 끓어오르고 있음을, 나는 확실히 느낄 수 있었다. 이렇게 황당한 일이 또 어디 있는가. 레네의 말은 결국 우리 집에서 벌어지는 일, 우리 반 애들도 모두 아는 그 일을 오직 나만 모르고 있었다는 게 아닌가.

이제껏 바보 노릇을 했다는 생각에 분을 참지 못한 나는 수업 시간 내내 씨근거리다, 그다음 쉬는 시간에 빌레 누나 교실로 황급히 달려갔다. 혹시 누나는 교환학생인지 뭔지에 대해 아는 게 있는지 따져 묻기 위해서였다. 그런데 누나 역시 모르는 일이라고 했다. 하긴 누나는 요 며칠 동안 전화기에만 매달려 있었으니까. 그러지 않을 땐 줄곧 헤드폰을 끼고 살았고.

엄마는 누나가 헤드폰을 귀에다 꽂고 음악에 빠져 있는 모습에 항상 진저리를 치며 짜증을 낸다.

"으이그 지겨워! 그게 얼마나 나쁜 건 줄 정말 모르니? 아주 멍청이가 되기로 작정을 한 모양이구나. 그렇게 줄창 귀에다 꽂고 음악을 들으면 주의가 산만해져서 아무것도 못한다고, 내 얼마나 더 얘기를 해야 알아듣겠니?"

날마다 똑같은 엄마의 잔소리에도 누나는 요지부동이다. 심지어 요 며칠 동안은 음악을 듣지 않을 때도 귀에다 헤드폰을 꽂고 다녔다. 자기 방에서는 물론이고 거실과 식당, 화장실에 갈 때도 헤드폰 줄을 질질 끌고 다니는 누나를 보면, 이제 자기는 집안일에 끼어들지 않겠다고 시위하는 것 같기도 했다. 이에 진짜로 화가 난 엄마는 툭하면 누나가 끼고 다니는 헤드폰을 불구덩이에다 처넣어버리겠다고 으름장을 놓았다. 하지만 우리 집은 중앙난방에다 조리기도 가스가 아닌 전기로 바꾼 지 오래여서, 집 안에 불구덩이는 고사하고 작은 불꽃 하나도 찾아볼 길이 없다.

언젠가 엄마랑 누나랑 헤드폰을 갖고 실랑이를 벌이다가 머리 부분의 금속이 휘어진 적도 있었다. 누나는 서러워서 몇 시간을 흑흑거리다 퉁퉁 부은 눈으로 내게 말했다. 더 이상 이런 집에서는 도저히 살 수 없으니 얼른 가출할 거라고. 어디 외국으로 건너가서 일손이 필요한 집에 아기 돌보는 보모로라도 취직할 계획이라고. 누나는 자못 비장한 목소리로 자기 결심을 얘기했지만 곧바로 흐지부지되고 말았다.

다시 본론으로 돌아가면, 빌레 누나 또한 '교환학생'에 대해 아는 바가 전혀 없다는 것이다. 다만 누나는 등교하기 직전에 얼핏 들었다면서, 엄마와 아빠의 대화 내용을 내게 전해주었다. 그걸 그대로 옮겨보면 이렇다.

엄마 "레네 엄마에게 전화를 해야 하는데, 그냥 백화점으로 전화해서 바꿔달라고 해도 되는 건지 모르겠어요."

아빠 "보통 회사에서는 근무 시간에 전화를 바꿔주지 않아요."

누나는 위의 대화가 '교환학생'보다는 다른 일과 관련된 것 같다고 믿는 눈치였다. 내가 처음에 '영국애'를 백화점 신상으로 오해했듯, 누나 역시 엄마가 레네 엄마를 통해 어떤 물건을 15퍼센트 할인된 가격에 구매하려고 한다는 쪽에 더 무게를 실었다. 그도 그럴 것이 현모양처인 우리 엄마는 할인가에 엄청난 집착을 보이기 때문이다. 싸게 살 수 있다면 아무 필요 없는 물건인데도 덥석 집어 드는 엄마의 충동구매를 숱하게 보고 자란 누나와 나로서는, 그렇게 생각하는 것도 무리가 아니었다.

교환학생 톰, 재스퍼로 '교환'되다

나는야 말 잘 듣는 새끼 오리

그런데 이번에는 누나의 촉이 어긋났다. 엄마는 그 런던 출신 앤지 뭔지를 6주 동안 우리 집에 묵게 할 작정이었고, 이로써 레네 슈톨린카의 말이 맞다는 게 증명되었다. 다만 엄마의 태도가 웬일인지 지나치게 차분해져 있었다. 내가 학교에서 레네에게 들은 황당한 이야기에 대해서 물었을 때, 평소 같으면 내 영어 발음과 성적을 입이 부르트도록 강조하며 왜 반드시 영국 애를 우리 집으로 데리고 와야 하는지를 힘주어 말했을 텐데, 엄마는 전혀 그러지 않았다. 오히려 낮게 깔린 목소리로 "아직 결정되지 않았"다며, 전화로든 편지로든 톰의 부모님과 직접 얘기해야 알 수 있는 사안이라 대답했다. 다시 말해 곱게 키운 아드님을 잘 알지도 못하는 우리 집에 보낼 의향이 있는지, 혹시 이미 마음으로 정해둔 다른 집이 있는 건 아닌지, 톰 부모님의 의향을 먼저 확인하는 게 중요하다는 거였다.

이 어처구니없는 상황에 대해 누나는 끼어들려고 하지 않았다. 엄마가 헤드폰을 싫어할수록 더욱 그에 집착하며 팽팽한 기 싸움을 벌이는 누나는, 양쪽 귀를 완전히 틀어막은 채 내 호소를 묵살해버렸다. 아니, 세상이 다 끝난 것 같은 사람 얼굴을 하고 나한테까지 악을 쓰며 신경질을 부렸다.

"제발 나 좀 내버려둬. 영국 애가 오든 오골계가 오든 난 상관없어!"

누나는 이 세상 모든 게 다 싫고 누구와도 얘기하고 싶지 않다는 투였다. 가장 친한 이레네 누나한테 배반을 당한 후유증일까?

빌레 누나가 침통한 얼굴로 전화기에 대고 친구들에게 기막힌 심정을 토로하는 걸 주워들은 바에 의하면, 이레네 누나와의 관계에 문제가 생긴 건 오로지 한 남자 때문이었다. 말하자면 가장 친한 친구 둘이 한 남자를 두고 벌이는 삼각관계 같은 거라고 할까? 그 남자 주인공은 우리 학교 상급반의 세바스티안 형으로, 누나가 그 형을 좋아한다는 건 알 만한 사람은 이미 다 아는 사실이다. 그런데 이레네 누나도 속으로 그 형을 좋아했던 모양이다. 그래서 그런 건지는 모르겠지만, 암튼 빌레 누나의 표현을 빌리면 '사이코 이레네'가 다른 친구들한테 "빌레가 세바스티안 앞에서 꼬리를 쳤다"는 소문을 내고 다녔다고 한다. 심지어 "꽃 분홍 연애편지까지 보냈다"고 떠들어댔다는 거다.

이레네 누나가 그런 말을 한 게 사실인지 아닌지는 차치하고라도, 우리 누나가 세바스티안 형에게 건넨 편지가 연애편지가 아니라는 것은 내가 장담한다. 그건 그저 피아노 선생님의 심부름일 뿐이었다. 두 사람은 같은 선생님에게서 피아노를 배운다. 그런데 선생님한테 갑자기 무슨 일이 생기는 바람에 세바스티안 형의 화요일 수업을 수요일로 옮겨야 했나 보다. 선생님은 그런 내용이 담긴 편지를 빌레 누나를 통해 세바스티안 형에게 전하고자 했고, 누나는 당연히 선생님의 부탁을 들어주었다. 이레네 누나도 물론 이 사실을 알고 있었다. 문제는 이레네 누나가 친구들에게 얘기하기를, 빌레가 그 편지에 빨간 하트에 화살이 관통하는 그림을 그려서 줬을 거라는 식으로 부풀렸다는 것이다.

나는 우리 누나가 그 사건으로 인해 받았을 상처를 조금은 이해한다. 그런 그림을 그리지 않았다면 더 억울하겠지만, 설사 편지에 그런 그림을 그려서 전했다 해도, 가장 친하다고 굳게 믿어온 친구가 남들에게 그런 얘기를 하고 다닌다면 상당히 기분이 꿀꿀하지 않을까? 내가 누나라도 그런 얘기에는 귀를 영원히 틀어막고 싶을 것이다. 사정이 이러하니 엄마가 아무리 누나에게 헤드폰을 벗으라고 잔소리를 해봤자 '쇠귀에 경 읽기'가 될 수밖에 없는 게 당연하다.

엄마도 누나가 왜 그러는지 나만큼은 그 사정을 알고 있다. 우리 엄마는 자식들의 사생활을 존중하는, 그렇게 점잖고 이성적인 분이 결코 아니기 때문이다. 집안일을 하는 척하면서 한 귀로는 우리들 얘기를 조금이라도 더 들으려고 온갖 작전을 다 펼치는 게, 바로 우리 엄마의 주특기다. 누나나 내가 수화기만 들면 괜히 전화기 근처를 어슬렁대며 서랍장을 뒤지거나 다림질을 해대는 식이다. 심지어는 아무 얘기도 안 듣는 척 시치미를 떼면서 엉뚱한 잔소리로 분위기를 띄우기까지 한다.

"전화 요금은 누가 다 내라는 거니? 용건만 간단히 하고 이제 좀 끊을 수 없니?"

사실 엄마는 원래부터 이레네 누나를 마음에 들어 하지 않았다. 그러던 차에 둘 사이가 틀어졌으니 엄마로서는 오히려 다행스러웠는지도 모른다. 엄마는 그런 자신의 속내를 숨기지도 않고 빌레 누나에게 "오히려 잘됐다"는 식으로 얘기했다. 걔는 어울려서 좋을 게 없는 애다, 난 처음 봤을 때부터 걔가 언제라도 뒤통수를 칠 아이라는 걸 알아봤다, 그러게 내 눈은 절대로 못 속인다 등등의 소리를 몇 번이고 반복하며, 그러니 앞으로는 부디 엄마의 이야기에 귀 기울이고 모든 일을 엄마와 상의하면서 이 세상을 살아갈 것을 딸에게 호소했다. 엄마의 계속되는 설교를 곁에서 듣고 있자니, 나 같아도 헤드폰으로 아예 귀를 꽝꽝 틀어막고 살겠다는 생각이 들었다. 물론 내가 그처럼 과감하고 무모하게 행동할 수 있을지는 결코 장담할 수 없지만 말이다.

설명이 좀 길었는데, 아무튼 내가 말하고자 하는 요지는 최근의 이런 상황 때문에 내가 정말로 외톨이가 돼버렸다는 것이다. 유일하게 내 문제를 털어놓고 조언을 구할 수 있는 누나가 저렇게 자기 세계에만 틀어박혀 있으니, 내 가슴 가득 차오르는 분노와 슬픔을 덜어낼 길이 없었다. 아무리 좋게 생각하려 해도 그 고귀하신 영국인 톰과 여름방학을 함께 지낼 일은 끔찍하게만 느껴졌고, 나와는 한마디 상의도 없이 그런 결정을 내린 엄마한테도 무지하게 화가 났다.

하지만 무엇보다도 나는, 이번 여름방학을 위해 세워둔 나만의 계획이 수포로 돌아갈 위험에 처했다는 것에 속이 상했다. 이제껏 아무에게도 얘기한 적 없는 나만의 계획! 마음은 굴뚝같지만 아직 감히 부모님께 말을 꺼내본 적 없는 그 일을 이번에는 꼭 실행에 옮길 생각이었다. 나도 이제는 나이를 먹을 만큼 먹었으니 그 정도 일은 할 수 있다고 생각했기 때문이다.

저녁 식사를 마치고 나는 마침내 오래 전부터 가슴 속에 품어온 열망을 부모님에게 털어놓았다. 서너 주일 동안 나 혼자 살아보는 게 소원이라고, 세상과 완전히 연락을 끊고 정말 오롯이 나 혼자서만 지내보는 게 나의 오랜 꿈이라고 말이다.

우리 할머니는 시골에 작은 텃밭이 달린 오두막을 한 채 갖고 계시다. 몇 년 전까지만 해도 할머니는 그곳을 왔다 갔다 하시며 텃밭을 일구셨다. 하지만 최근에 할머니는 다리가 아파 더 이상은 혼자서 그곳에 갈 수가 없으시다. 더군다나 거기서 할 일이라곤 텃밭에서 흙 만지는 것밖에 없는데, 할아버지가 돌아가신 이후로는 그 일이 재미가 없다고 하신다. 텃밭에서 자라는 것들을 보면 공연히 할아버지 생각만 더 간절해져 쓸쓸해지신다나? 그래서 생각한 것이, 딱 한 달만이라도 내가 할머니 농장에 가서 혼자 살아보자는 거였다!

나는 자못 비장한 표정을 지어 보이며 지난 겨울방학부터 지금껏 내내 이 꿈을 먹으며 살았노라고, 여름방학만 되면 읽을 책 몇 권과 약간의 식량만 달랑 배낭에 챙겨 아무도 없는 그곳으로 떠날 예정이었다고 부모님께 털어놓았다. 그런데 재수가 없으려고 그랬는지 내 이야기는 자꾸 엉뚱한 쪽으로 빗나갔고, 결국 아빠는 영국에서 오는 교환학생을 피하려고 내가 황당한 계획을 급조해낸 거라고 믿게 되었다.

"뭐? 할머니 농장으로 도망을 가겠다고? 거기 가서 숨어 있는 게 더 낫다 이거냐?"

엄마 역시 노발대발이었다. 또다시 그런 소릴 했다가는 그 텃밭에서 영원히 '안빈낙도'나 하며 살게 될 줄 알라면서, 아무리 영어 발음이 창피해도 그렇지 어떻게 갑자기 할머니 농장에 가서 숨어 있을 생각을 하느냐고 마구 비난을 퍼부어댔다. 엄마는 또 네가 도대체 몇 살이나 먹었다고 집 떠날 생각을 하느냐, 이제 겨우 열네 살밖에 안 먹은 게 어떻게 집을 떠나 살아보겠다는 소릴 하느냐고 눈물까지 흘려가며 엄청 슬퍼했다. 엄마 말에 따르면, 열네 살짜리는 절대 혼자 있는 걸 좋아할 리가 없다는 거다. 그러므로 내가 정말로 그걸 원한다면 나는 정상이 아니라는 건데, 정상적인 엄마가 있는 집에서 자라난 아이들은 결코 그렇게 되지 않는다고 했다.

분위기가 험악해지자 아빠는 특유의 썰렁한 농담조로 말을 바꾸기 시작했다.

"야 이 녀석아, 네가 할머니 텃밭의 달팽이가 되기 전에 교환학생 일곱 명을 얼른 우리 집에 들여야겠다. 남들과 섞여 지내는 게 그토록 싫은 모양인데, 그건 다 아빠의 잘못이야. 그러니 이번 기회에 모르는 친구들하고 함께 지내는 법을 아빠가 확실하게 가르쳐주마. 됐단 놈아!"

아빠가 길고 긴 훈계의 끄트머리에 무지 힘을 줘서 내갈기듯 표현하는 "됐단 놈아!"는 "됐다 이놈아!"의 준말이다. 아빠는 내게 가끔 그 말을 쓰곤 하는데, 그건 더 이상 그 문제에 대해서는 입도 벙긋하지 말란 뜻이다. 다시 말해 '됐단 놈아'는 어떤 변명이나 반대, 저항이나 시위도 통하지 않는다는 아주 간단한 신호이자, 이제 얘기가 다 끝났다는 선언인 셈이다.

일단 아빠가 이렇게 나오면 제아무리 날고 기는 재주를 지닌 빌레 누나도 어쩔 수가 없다. 마치 거대한 절벽 앞에 홀로 서 있는 듯한 외로움을 느끼는 것 말고는 아무것도 할 수 있는 게 없다고 할까? 심지어 누나처럼 능력과 재주가 뛰어나지도 않은 나로서는, 결국 내가 할 수 있는 일로 다시 돌아가는 수밖에 없다. 내가 할 수 있는 일? 그건 부모님의 말씀을 따르는 거다. 어미 오리를 따라다니는 새끼 오리처럼, 부모님 꽁무니만 바라보고 그냥 졸졸 졸졸 따라가는 것이다.

비호감에서 호감으로

그로부터 한두 주가 지난 뒤, 나는 레네의 오빠 페터 형을 만나 그나마 위로를 받았다. 페터 형이 말하길, 영국 아이 톰이 와 있는 6주 동안 자기가 다 알아서 할 테니 너는 아무 걱정 말라는 거였다. 또한 형은 톰이 얌전하고 조금은 내성적이지만 좋은 집안에서 제대로 배우고 자란, 정말로 '괜찮은 친구'라고 했다.

"범생이 티가 나서 처음엔 좀 밥맛일 수도 있어. 하지만 좀 더 친해지면 누구라도 좋아할 수밖에 없는 친구지!"

하지만 무엇보다 나를 안심시킨 페터 형의 말은 따로 있었다. 그건 톰이 비록 우리 집에서 묵는다 하더라도 밤에 와서 "잠만 좀 잘 뿐", 낮에는 자기랑 시간을 함께 보내게 될 거라는 이야기였다.

페터 형은 톰이 보낸 편지도 몇 통 보여주었다. 상당히 귀엽고 아기자기한 느낌의 편지였다. 독일어를 배우려는 학생답게 톰은 편지의 첫 장을 독일어로 쓰는 성의를 보였다. 쉽고 짤막한 문장들로 이루어져 있었지만, 그렇게 계속 쓰는 것도 만만한 일은 아닌지 두 번째 장부터는 영어로 되어 있었다.

편지를 읽은 덕분에 나는 톰에 관한 몇 가지 흥미로운 사실들을 알게 되었다. 술집에서 쓰는 종이 컵받침과 성냥갑을 수집하는 것이 취미라는 것, 치열 상태가 좋지 않아 보철을 하고 다닌다는 것, 판타지나 공상과학 분야의 소설만큼은 누구에게도 뒤지지 않을 정도로 많이 읽는다는 것, 학교생활에 적응을 잘하고 있고 공부에도 재미를 느낀다는 것…. 아, 그리고 그는 자기 형에 대해서도 재미난 얘기를 들려주었다. 이름은 '재스퍼'고, 달밤에 밖에 나가 달구경을 하는 좀 별난 취미를 갖고 있다는 것. 그런 재스퍼를 골똘히 지켜보며 언제나 그의 뒤를 졸졸 따라다니는 미친 고양이도 한 마리 집에 있는데, 그의 이름은 '사라'라고 했다.

장난스러우면서도 재치가 넘치는 편지를 훑어보면서 나는 어느새 톰에게 호감이 생기기 시작하는 걸 느꼈다. 심지어는 이런 생각이 들기까지 했다. 오히려 잘된 일이야! 톰이 오지 않는다고 해도 어차피 이번 여름방학에 내가 할머니의 오두막에서 혼자 지낼 수 있는 가능성은 별로 없는걸 뭐. 이렇게 된 바에야 차라리 부모님 뜻에 확실히 순종하고, 이걸 내세워서 다음 여름방학에 내 주장을 확실하게 밀어붙이면 그때는 승산이 있을지도 몰라!

인생의 즐거운 아이러니란 바로 이런 거구나 싶어서, 나는 갑자기 기분이 좋아졌다.

방학을 며칠 앞둔 어느 날, 우리 집에 연보랏빛 편지 두 통이 도착했다. 하나는 부모님 앞으로 온 것이고, 다른 하나엔 내 이름이 적혀 있었다. 볼펜으로 꼭꼭 눌러쓴 작고 동글동글한 글씨를 보는 순간, 나는 그것이 톰이 보낸 편지임을 바로 알아보았다.

부모님 앞으로 보낸 편지에는 그냥 평범한 인사말이 공손한 독일어로 쓰여 있었다. 별 의미 없는 그 편지를, 우리 부모님은 마치 그 댁 어르신들께서 톰에게 쓰게 한 것처럼 예의를 갖추며 큰 목소리로 읽었다. 내게 온 편지 또한 아주 짧았다. 톰은 편지지에 검은 머리의 귀엽게 생긴 남자애 사진 한 장을 붙이고는, 그 밑에 "이게 나야. 어떻게 생겼는지 궁금해할 것 같아서…"라고 써놓았다.

이레네 투섹과 어느새 화해하고 아무 일 없었다는 듯 다시 어울리기 시작한 이후 음악을 들을 때 말고는 헤드폰을 얌전히 벗고 다니게 된 빌레 누나는, 톰의 사진을 보더니 진짜로 귀엽다고 마구 호들갑을 떨었다. 그뿐 아니라 톰이 어린 것을 너무나 아쉬워하며 푹푹 한숨까지 내쉬었다.

"어머, 아깝다! 겨우 열네 살밖에 안됐다니. 딱 두 살만 더 먹었어도 나랑 어떻게 좀 해볼 수 있을 텐데…. 그럼 이번 여름은 한결 괜찮게 보낼 수 있을 텐데 말이야."

나는 누나에게 열여섯과 열넷이면 겨우 두 살밖에 차이가 안 나는데 뭘 그러느냐고 태클을 걸었다. 우리 부모님 친구 분들 중에도 부인이 남편보다 서너 살 많은 경우가 꽤 된다. 더군다나 그분들이 다른 여느 커플들보다 더 잘 산다는 엄마의 말을 들은 적도 있다. 하지만 빌레 누나는, 자기는 열여덟 아니면 열아홉 살 오빠들만 상대한다고 주장했다.

"꼬마 에발트야, 잘 들어두렴. 우리 여자들은 남자들보다 훨씬 조숙하단 말이야. 솔직히 말하면 동갑내기 애들은 남자로 보이지도 않는다구. 젖비린내가 나서 도저히 상대할 수가 없다 이 말씀이야."

"알았어."

우리 누나가 저런 이야기를 할 때면 그냥 내버려두는 것밖에는 방법이 없다. 훌륭한 누나 앞에서 그것 말고 뭐 뾰족한 수가 또 있겠는가. 자기 방식을 굳건히 고수하는 걸로 자존심을 지키며 살아가는 사람들에게는 그들 나름의 귀여운 구석이 있다. 그 모습이 좀 어쭙잖다고 해서 놀리거나 그들의 약점으로 삼아서는 절대 안 된다는 걸, 나는 위대한 빌레 누나한테 확실히 배웠다. 있는 그대로 서로를 인정하면서 상대를 존중해야 한다는 것을 말이다.

널 위한 준비는 이미 끝났어!

엄마는 톰을 맞이하기 위한 준비를 모두 끝냈다. 하지만 어찌된 일인지 날이 갈수록 더 바빠지는 것 같았다. 엄마는 입만 열었다 하면 톰 이야기로 침을 튀겼고, 심지어 수건과 베갯잇에 우리 것과 똑같은 십자수 장식을 한 다음 거기에 톰의 이름까지 수놓았다.

"아무래도 낯선 사람들과 지내야 하니 어색한 점이 많지 않겠니?"

엄마는 톰이 우리와 한 가족이라는 느낌을 갖기를 원했다. 그래서 접시며 컵도 우리들 것과 똑같은 글씨체로 "Tom"이라는 이름이 새겨진 것들을 골라 사왔다.

물론 내 방도 새로 단장했다. 원래 내 방 한쪽에는 농장에서 과일 담을 때 쓰는 큰 상자들이 가로 4미터 높이 1미터 정도의 자리를 차지하고 있었다. 안에는 온갖 잡동사니들이 들어 있고, 위는 물건을 올려놓는 선반으로 이용되어온 상자들이다. 엄마는 이 상자들을 어떻게 할까 고민하다가, 먼저 안에 든 물건들을 차곡차곡 정리한 다음 가로 2미터 높이 2미터로 다시 쌓았다. 그렇게 해서 2미터 정도 되는 여유 공간이 새로 생겨나자, 엄마는 다락방에 있던 침대를 옮겨와 상자들과 같은 파란 색깔로 칠한 후 그 자리에 놓았다. 할인점에서 사 온 조립식 선반을 침대 옆 자투리 공간에 끼워 맞추는 순발력과 창의력도 발휘했다. 또한 할인점에서 함께 구입해온 램프를 선반 위에 올려놓고서, 엄마는 혼자 좋아하고 감탄하며 간혹 손뼉도 쳤다. 어디 그뿐이랴. 지하실에서 옛날 식탁을 꺼내온 엄마는 역시 파란색으로 다시 칠을 한 다음 창문 앞쪽에 들여놓았다.

"책상으로 써도 손색이 없잖니?"

엄마가 무지하게 행복한 얼굴로 말했다.

"레네 엄마 말로는, 톰이 엄청난 책벌레라지 뭐니. 많이 읽는 아이들은 글도 많이 쓰니까 책상이 따로 필요할 거야."

이렇게 엄마가 정성을 쏟은 덕분에 내 방은 전혀 다른 공간으로 변해버렸다. 그렇다고 딱히 공간이 전보다 편해졌는가 하면, 그에 대해 나는 별로 할 말이 없다.

한편 아빠는 나를 볼 때마다 아침저녁으로 같은 질문을 해댔는데, 그건 "새 친구 톰"에게 편지 잘 받았다고 답장을 했느냐는 거였다. 솔직히 나는 답장 쓸 필요를 전혀 느끼지 못했지만 아빠가 나만 보면 들볶아대니 그게 지겨워서라도 착한 아들이 되기로 했다.

런던으로 보내기 위해 준비된 내 편지는 한마디로 썰렁한 코미디 같았다. 아빠는 먼저 그 편지에 붙일 가족사진을 하나 찾았다. 뭉게구름이 떠 있는 하늘을 배경으로 산봉우리 하나가 뾰족하게 솟아 있는 그 사진에서, 아빠와 엄마는 엄청나게 촌스런 자세로 포즈를 취하고 있었다. 나는 두 사람 앞에 쪼그리고 앉아 있었는데, 우리는 모두 등산 파카를 입고 알프스 모자를 쓰고 있었다.

아빠는 그 사진에 풀을 묻혀 편지지에 붙인 후 각 사람에게 번호를 매겼다. 그러고는 나보고 사진 아래에 설명을 달라고 했다. 나는 아빠가 불러주는 조금 이상한 영어를 받아쓰느라 상당히 고생을 했다.

1. My father
2. My mother
3. That's me!

여기까지는 그래도 쉬웠지만 다음부터가 문제였다. 영어가 점점 어렵고 이상해지기 시작한 것이다.

My sister Sybille, called Bille, was taking us up, that is the ground, why you can not see her!
(우리 누나 쉬빌레는 보통 빌레라고 불려. 그런데 누나가 이 사진을 박는 바람에 여기서는 볼 수가 없어!)

나는 여러 차례 글자를 고치느라 끙끙대면서 아빠의 엉성한 영어를 빠짐없이 받아 적었다. 과연 본토 사람들이 이 어설픈 오스트리아 영어를 알아들을 수 있을지, 솔직히 자신은 없었다. 하지만 늘 "영어만은 자신 있다"고 큰소리치는 아빠 앞에서 굳이 그걸 입 밖에 드러내고 싶지는 않았기에, 나는 심오한 영어의 바다에서 허우적대는 아빠가 불러주는 대로 그저 열심히 받아 적기만 했다.

Dear Tom.
we are all glad to meet you next week on Sunday. We have everything prepared for you. We hope that you will feel very well by us.

Your friend Ewald and his parents and sister!

친애하는 톰에게.
우리는 다음주 일요일 너를 만날 생각에 모두 기쁘다. 널 위한 모든 준비를 해놓았어. 우리 집에 와서 아주 편하게 지내기를 바란다.

너의 친구 에발트와 그의 부모님과 누나가!

학창시절에 외국어, 그중에서도 특히 영어를 좋아했다며 아빠는 편지 내용을 불러주는 내내 너무나 흐뭇해했다. 그러니 내가 무슨 시시비비를 따지겠는가. 편지를 다 받아쓰자마자 나는 서둘러 봉투에 넣고 풀칠을 해버렸다. 혹시라도 그 사이에 빌레 누나가 들어와 아빠의 심각한 영어 실력을 질타하는 일이 없도록 효도를 한 셈이다.

누나는 때때로 나에게 상대를 배려하는 마음을 가져야 한다고 멋진 설교를 늘어놓곤 한다. 하지만 정작 자신은, 특히 부모님에게는 지독히 모진 편이라, 아빠의 영어 편지를 보면 당장 킥킥대며 어디가 어떻게 틀렸는지 꼬집어낼 것이 분명하다. 그런 누나로부터 나는 아빠를 지켜주고 싶었다. 아빠도 자기 나름으로는 자부심을 갖고 사는 분이니까. 게다가 누나가 따지고 들면 편지를 다시 받아써야 할 텐데, 그건 정말이지 절대로 하고 싶지 않은 피곤한 일이었다.

톰을 만나기 일주일 전

톰이 도착하는 일요일까지 다시 지루하고 평온한 나날들이 이어졌다. 하긴 우리 집에 무슨 특별한 일이 일어나겠는가. 중간에 내 생일이 끼어 있었지만, 그 또한 여느 생일처럼 그냥 지나간 하루에 불과했다.

아니, 어떤 면에서는 내 생일이 얘깃거리가 될 수도 있겠다. 내가 정말 좋아하는 선물을 한 번도 받아본 적이 없다는 점에서 말이다. 이번 생일에 아빠는 『천문학』, 『핵분열』, 『우리 고장 꽃이름 알기』, 『동굴벽화』 같은 '교육적 가치'가 철철 넘치는 책들을 사주셨다. 그리고 엄마는 유치원 애들이나 입을 것 같은 하늘색 줄무늬의 손세탁이 필요 없는 티셔츠를, 할머니는 헐렁한 크기의 러닝셔츠와 팬티 여섯 벌을 내게 안겼다. 할머님은 양말 여섯 켤레를 사주셨는데, 지난 1년 동안 왕발이 된 내게는 하나도 맞지 않아 가게에 가서 두 치수 큰 걸로 바꿔 와야 했다. 이 중 그 어느 것도 내 맘에 드는 것은 없었다. 선물을 받을 때마다 오히려 나는 이렇게 소리 지르고 싶은 걸 억지로 참아야 했다. '교육적 가치'가 철철 넘치는 교양도서나, '다루기 쉽고 튼튼하며 절대 유행을 타지 않는' 티셔츠, 속옷, 양말 따위는 이제 정말 사절이라구요!

꼬맹이들에게나 어울릴 유치찬란한 물건들 사이에서, 그나마 반가운 선물이 하나 있기는 했다. 빌레 누나가 선물한 플래시 만화 시리즈로, 마침 용돈이 바닥난 이레네 누나가 우리 누나한테 헐값에 넘긴 책이었다. 헌책이긴 하지만 내 손에 들어온 순간 손끝이 짜릿했는데, 이게 웬일? 책장을 열자마자 이레네 누나 동생인 오스카 투섹의 이름이 턱하니 박혀 있지 않은가. 그러니까 그 책의 원래 주인은 이레네 누나가 아닌 동생 오스카였던 거다. 더 정확히 말하면 그 애가 누나에게 선물한 책이 내게 들어왔거나, 아니면 역시 용돈이 바닥나서 헐값에 넘긴 그 애의 책들이 누나 손을 거쳐 내게로 온 거겠지. 내 그럴 줄 알았다니까!

그런데 알고 보니 사정은 나의 예측보다 훨씬 더 안 좋았다. 이레네 누나가 우리 누나에게 "웅얼웅얼 기어들어가는 소리로 고백"한 바에 따르면, 자기는 동생이 더 이상 안 보는 책인 줄 알고 팔았는데 그 애가 갑자기 그 책을 찾고 있으니 빨리 보고 돌려달라는 거였다. 만약 동생이 이를 알게 되면 집에서 난리가 날 것 같다나? 그나마 쓸 만했던 선물 하나는 결국 이틀 후 내 품을 떠나 다시 주인에게 돌아가고 말았다.

아, 참! 생일 말고 한 가지 사건이 더 있긴 했다. 톰을 마중하러 공항에 가기 꼭 한 주 전 일요일이었다. 그날은 누나와 내가 방학하면서 받아온 성적표를 부모님에게 평가받는 날이었다. 누나의 성적표에 크게 만족한 아빠는 A학점 하나당 20유로씩, B학점은 10유로씩 쳐주었다. 아빠는 내게도 역시 똑같은 기준을 적용하여 상금을 주면서 이렇게 말했다. 아빠는 공부 잘했다고 아이들에게 돈을 주는 것에는 반대하지만, 다른 부모들이 모두 그렇게 하니 혹시 우리 아이들이 너무 실망해서 기가 죽을까봐 주는 거라고. 굳이 말하지 않아도 될 아빠의 '개념 있는' 교육관에 누나와 나는 소리 없이 웃을 수밖에 없었다.

한편 엄마는 내 성적표에 찍힌 영어 점수 C에 낙담한 얼굴로 한숨을 내쉬다가, 누나의 성적표를 손에 들고는 룰루랄라 신나서 하늘을 날 듯했다. 누구 들으라고 하는 소린지 "우리 딸 빌레는 미술 하나만 빼고는 전부 A야."라고 큰 소리로 여러 차례 강조하기도 했다.

"정말 못쓰겠구나!"

딸의 성적에 갑자기 기세등등해진 엄마는 할 말이 아주 많은 것 같았다.

"정말로 몹쓸 여자야. 어떻게 선생이란 사람이 이렇게 제멋대로니? 우리 딸처럼 성실한 애한테, 왜 자기 멋대로 점수를 매기느냐 말이야. 멀쩡한 애 성적표를 요렇게 형편없게 만들어버리다니!"

나는 엄마에게 누나 그림 솜씨가 신통치 않은 건 사실이라고, 미술 선생님이 B학점을 준 것도 그나마 누나가 다른 과목을 잘하니까 그런 거라고, 엄마도 누나가 선 하나 똑바로 긋지 못해 여러 번에 나눠서 긋는 걸 잘 알지 않느냐고 말해주었다. 이에 누나도 고개를 끄덕거렸다.

"그게 뭐 어떻다는 거야?"

엄마는 전혀 내 말을 못 알아듣는 눈치였다. 그러자 빌레 누나가 나서서 구체적인 사례를 들어 자세하게 설명하기 시작했다.

"그러니까 엄마, 얼마 전에 내가 얼룩소 한 마리를 그렸는데, 우리 반 애들은 전부 그걸 점박이 개인 줄 알더란 말이야. 소가 아니라 몸집 큰 개로 보인다는 거지."

이렇게 확실한 예를 들어도 엄마는 도통 흥분을 가라앉힐 줄 몰랐다. 오히려 엄마는 자기 역시 빌레가 미술에 특별한 소질이 있는 건 아님을 안다면서, 하지만 미술 과목은 어차피 중요한 게 아니므로 기왕이면 A를 주면 좀 좋겠냐며 이상한 억지를 부렸다.

"미술은 사실 별로 중요한 과목이 아니잖니."

슬슬 짜증이 나려는 빌레 누나를 앞에 두고, 엄마는 아무 눈치도 없이 자기 생각을 계속 털어놓았다.

"개학하면 내가 미술 선생님을 한번 찾아가봐야겠다. 도대체 우리 딸 어디가 그렇게 못마땅한지 내가 직접 물어볼란다."

"그만 좀 해, 제발!"

누나가 드디어 소리를 질렀다.

"나 정말, 엄마 땜에 창피해서 학교 못 다니겠어!"

엄마는 누나의 갑작스런 기습에 풀이 죽었다.

"그래, 알았다. 안 그럴게. 나는 그저 별로 중요하지도 않은 과목 때문에 우리 딸이 올A를 놓친 게 속상해서 그러는 거지."

누나는 깊은 한숨을 내뱉더니, 마치 어린 동생을 야단치듯 엄마를 마구 다그쳤다.

"어쩜 엄마는 그렇게 앞뒤 논리가 없어? 억지 좀 쓰지 말란 말이야, 제발! 미술은 전혀 중요한 과목이 아니라고 해놓고는, 그렇게 중요하지도 않은 일에 왜 그리 열을 내고 그래? 그럴 일이 전혀 아니잖아!"

"그래도 그것 땜에 네 성적표가 지저분해졌잖니!"

누가 봐도 궁색한 변명이었다. 그 말에 누나는 벌떡 일어서더니 경멸이 가득한 눈으로 엄마를 노려보며 소리 질렀다.

"엄마, 정말 바보 아냐? 올A에 목을 매는 물신숭배자야, 정말!"

누나는 얼이 빠진 엄마에게 있는 대로 신경질을 부리고는 나가버렸다. 한참 동안 아무 소리 못 하고 앉아 있는 엄마를 곁눈질로 훔쳐보니, 이마에 팬 주름이며 축 처진 입꼬리가 유난히 안쓰럽게 두드러졌다.

"내가 언제 목을 맸니? '물심숭배'는 또 뭐야?"

엄마는 내게 물었다. 나는 어깨를 들썩 올렸다 내리며, 물신숭배인지 물심숭배인지 나도 전혀 못 알아들었다는 시늉을 했다. 그제야 엄마 얼굴에서 수심이 걷히는 게 느껴졌다. 엄마는 다시 주름 펴진 팽팽한 얼굴로 돌아와 상냥한 목소리로 내게 말했다.

"거봐라, 에발트. 누나도 속으로는 화가 나는 거야. 애가 워낙 의젓해서 기분 나쁜 내색을 안 하려고 참았던 거지. 그러다 갑자기 복받친 거라구. 자존심 때문에 그래. 그깟 미술 하나 때문에 올A를 놓쳤으니 저도 얼마나 속상하겠니? 그런데도 겉으로는 아무렇지 않은 척하잖니. 아유, 저 깍쟁이!"

나는 울 엄마가 이렇게 나갈 때가 가장 두렵다. 어쩜 저렇게 주제 파악을 못하고 딴소리만 계속할 수 있는 건지. 오, 내 인생의 최고 아이러니, 불쌍한 우리 엄마! 사오정 엄마를 누가 좀, 제발 좀 말려주세요!

공항 가는 날 아침의 소동

방학하고 두 번째 일요일, 드디어 톰을 맞으러 공항에 가는 날이다. 이미 여러 차례 예행연습을 했으므로, 더 이상의 준비는 필요 없었다. 오후 3시 10분까지 공항에 도착해야 하니 늦어도 12시에는 집에서 나가야 한다고 부모님은 며칠째 같은 말을 되풀이했다. 공항까지 넉넉하게 3시간을 잡은 것인데, 그건 우리 집이 공항에서 그만큼 멀어서가 아니라 두 분이 평소 지나치게 약속을 지키지 않는 버릇 때문이었다. 우리 부모님은 시간 약속을 지키는 일이 거의 없다. 언제나 아주 일찌감치 약속 장소에 도착해야 직성이 풀린다. 두 분은 나더러 언제나 늦는다고 잔소리를 하지만, 시간을 지키지 않는다는 점에서는 너무 일찍 나가는 거나 너무 늦게 나가는 거나 마찬가지라고 나는 생각한다.

영국에서 혼자 오는 톰을 위해, 우리는 레네의 오빠인 페터 슈톨린카를 차에 태워 함께 공항에 나가기로 했다. 아무래도 아는 얼굴이 하나라도 있으면, 집 떠나 낯선 곳에 왔다는 불안감이 덜할 것 같아서였다. 페터 형네 집을 경유한다는 점을 감안하더라도, 우리 집에서 공항까지 가는 데는 45분이면 충분하다. 그러니까 집에서 1시간 15분 전에만 나가도 톰의 비행기가 도착하기 10분 전에는 공항에 가 있을 수 있다는 결론이 나온다.

그런데 시간 약속을 지킬 줄 모르는 우리 부모님의 계산법은 그렇지 않다. 만에 하나 우리 집과 페터 형네 사이 어딘가에서 도로공사를 하고 있거나, 운이 지독하게 나빠 신호등마다 걸리거나 하면 어떡하느냐는 거다. 사고가 나서 차들이 꼼짝 못할 수도 있고, 혹시 무슨 불미스런 일로 시위대가 몰려나와 도로를 점거하면 샛길을 찾아 어렵게 빠져나가야 할 수도 있다는 말씀 역시 빼놓지 않는다. 여기에 더해 두 분은 페터 형의 준비가 늦어질 경우까지 예상하여 대비한다. 그뿐만 아니다. 비행기는 보통 연착을 하지만 아주 가끔은 예정된 시간보다 일찍 도착하기도 한다면서, 만약 그런 경우가 발생하면 우리 톰이 얼마나 난감하겠냐며 걱정이 늘어진다. 그래서 두 분이 내린 결론인즉슨, 우리가 일찍 나가는 게 훨씬 현명하다는 것이다. 모든 경우의 수를 고려해도 75분이면 충분한 것이 3시간으로 늘어난 이유는 바로 이 때문이다.

그런데 일요일 아침, 전혀 예상치 못한 사건이 터지는 바람에 부모님의 꼼꼼한 시간 계산이 무색해지고 말았다. 그날 아주 이른 시간에 피셔 부인으로부터 한 통의 전화가 걸려온 것이다. 우리 할머님 옆집 할머니인 피셔 부인은, 전화를 받은 아빠에게 할머님 상태가 좋지 않으니 가능한 한 빨리 할머님 댁으로 오라고 했다.

할머님이나 피셔 부인은 할머님 댁 앞에 있는 공중전화를 이용해 우리 집에 연락을 하신다. 할머님이 전화가 없기 때문이다. 할머님은 집 앞에 공중전화가 있는데 굳이 집전화를 가질 필요가 있냐면서, 공중전화로 거는 게 비용도 적게 들고 쓸데없는 전화질도 안 할 수 있어 더 좋다고 하신다. 하지만 똑똑한 우리 누나의 해석은 다르다. 할머님이 전화를 갖고 있으면 아무래도 우리 식구들이 할머님 댁에 덜 가게 된다는 것이다. 할머님의 입장에서는 전화로 목소리만 듣는 것보다는 집까지 자식들을 오게 만들어 얼굴을 보는 편이 더 좋을 거라는 얘기다.

이번에도 피셔 부인은 공중전화로 연락을 해왔는데 연결 상태가 썩 좋지 않았다. 전화가 동전만 삼키고 자꾸 끊기는 바람에, 피셔 부인과 아빠는 "여보세요!" 외에 몇 마디 주고받지도 못했다. 대체 무슨 일이 일어난 건지 정확한 사정을 알기 어려운 상황 때문에, 엄마 아빠는 더욱 불안해했다. 아빠는 이제 정말 마음의 준비를 단단히 해야 할지도 모른다면서 우선 할머님 댁으로 가서 직접 상태를 확인하자고 했다. 분주하게 서두르는 가운데서도 우리 부모님은 공항 갈 시간 계산을 놓치지 않았다. 할머님 댁에 갔다가 다시 집에 들르기에는 시간이 부족하다는 부모님의 계산법에 따라, 페터 형만 차에 태워 가고 빌레 누나는 그냥 집에 남아 있기로 했다.

할머님은 빈* 변두리의, 작은 마당이 달린 연립 주택 단지에

---

* 오스트리아의 수도. 유럽의 한가운데에 있는 오스트리아는 독일, 체코, 스위스, 이탈리아, 그리고 헝가리, 슬로바키아와 국경을 맞대고 있는 국가로, 19세기까지는 지금의 독일과 함께 '신성로마제국'이라는 이름으로 불렸다. 언어는 여전히 독일어를 쓰며, 동유럽과 서유럽이 만나는 지정학적인 위치로 인해 예부터 다양한 문화가 공존해 왔다. 특히 수도 빈은 풍부한 역사적 산물을 자랑하는 문화 예술의 도시로 유명하다.

혼자 살고 계신다. 아빠 말로는 할머님이 너무 늙으셔서 이제는 혼자 지내면 안 될 것 같다고 한다. 하지만 할머님은 절대로 양로원에는 가지 않을 거라 하신다. 지금 살고 있는 집을 떠나면 당신은 뿌리 뽑힌 꽃처럼 금방 시들고 말 거라며, 아빠에게 그냥 그 집에 살겠다고 못을 박았단다.

우리는 8시 좀 전에 할머님 집에 도착했다. 차 타고 오는 내내 내 어깨에 머리를 처박고 있던 페터 형은, 차가 완전히 멈추도록 도통 잠에서 깨어날 줄 몰랐다. 페터 형은 방학이 시작되고부터 늦게 자고 늦게 일어나는 생활을 해왔다고 한다. 다음날 특별한 일이 없으면 늦은 밤까지 텔레비전을 보다가 애국가 제창이 끝난 후에야 잠자리에 들곤 했다는 것이다. 그런 형을 사전에 아무 예고도 없이 갑자기 아침 일찍 끌고 나왔으니, 그가 아직 제정신을 차리지 못하는 것은 당연했다.

간신히 페터 형을 일으켜 차에서 내리면서 보니, 그가 얼마나 엉망으로 입고 있는지가 비로소 눈에 띄었다. 잠옷 위에 허겁지겁 티셔츠와 청바지를 주워 입은 모양으로, 여기저기가 우글쭈글했다. 또 한쪽 발엔 초록 양말을, 다른 쪽엔 하얀 양말을 짝짝이로 신고 있었다. 길이가 발목을 살짝 덮는 정도밖에 되지 않는 게, 그마저도 레네의 양말임이 분명했다. 가만 보니 형이 입고 있는 브이넥 모양의 티셔츠도 레네의 것 같았다. 자기 옷이라면 저렇게 꽉 끼일 리가 없지 않은가. 가뜩이나 좁아터진 옷도 흉한데,

그 밖으로 잠옷이 삐죽삐죽 튀어나온 꼴이라니. 목둘레는 물론이고 손목과 허리 부분에도 사정없이 삐져나온 잠옷 때문에 형의 스타일은 차마 눈뜨고 못 봐줄 정도였다.

하지만 페터 형은 대범한 사람이다. 남들이 자기를 어떻게 보든 별로 상관하지 않는다. 내 어깨에 기대어 잠들고도 미안해하거나 쑥스러워하는 기색이 전혀 없다. 꿀맛 같은 잠을 누릴 수만 있다면 누가 뭐래도 괜찮다는 식이다. 아닌 게 아니라 형은 할머님 댁에 들어와서도 이내 곯아떨어지고 말았다. 심지어는 혼잣말인지 잠꼬대인지 모를 말을, 중간 중간 입까지 다셔가며 이렇게 중얼거리기도 했다.

"집에서는 흠냐흠냐… 할아버지 신음 소리에 시달리며 잠을 잤는데, 이젠 너희 할머니 신음 소리 때문에 흠냐흠냐… 잠에서 깨는구나…"

그렇다고 페터 형이 버릇이 없거나 어른에게 막 대하는 사람은 결코 아니다. 오히려 형은 마음씨 착하고 자기 할아버지에게도 무지 살갑게 군다. 우리 할머님한테도 무례하게 군 적은 여태껏 한 번도 없다.

할머님은 하얀색의 두꺼운 오리털 이불을 덮고 침대에 누워 계셨다. 페터 형의 말대로 할머님 입에서는 신음 소리가 계속 흘러나왔다. 나는 할머님 침대 곁으로 가지 않았다. 자리에 누울 때 할머님이 틀니를 뺀다는 것을 잘 알고 있기 때문이었다.

틀니를 뺀 할머님 얼굴은 정말이지 끔찍하다. 이런 표현은 죄송하지만, 틀니 없는 할머님 입은 주름이 잔뜩 잡힌 멍게 주둥이 같다.

엄마는 할머님 곁에 바싹 다가가 할머님이 무슨 말씀을 하는지 알아들으려 열심히 귀를 기울였다. 정말로 상태가 심각한 건지 그것부터 확인하기 위해서였다. 사실 엄마와 아빠는 늘 할머님의 식습관을 불안해한다. 먹는 거라면 뭐든 자기 입에다 버리는 이상한 습관과 고집이 할머님에게 있기 때문이다. 평생을 그렇게 사셔서 도저히 고칠 수 없다는 그 버릇 때문에, 할머님은 종종 탈이 나곤 한다. 노인네가 엄청난 양의 음식 쓰레기를 시시때때로 자기의 작은 위에 쏟아붓는데 어떻게 탈이 안 나고 배기겠는가. 할머님은 심지어 고약한 냄새가 나든 말든, 음식 색깔이 이상하든 말든 상관하지 않는다. 그런 음식을 먹고 구역질을 하면서도 "음식을 잘못 먹어서 나오는 구역질은 별로 위험한 게 아니"라는 말로 변명하기 일쑤다.

그런데 신기하게도 우리 할머님이 상한 음식 때문에 구역질을 할 때는, 캐모마일 같은 허브 차 하나면 문제가 금세 해결된다. 정말 위험한 경우는 할머님의 지병인 고혈압으로 구역질이 날 때다. 그럴 때는 곧바로 의사를 불러야 한다. 우리가 이른 아침 할머님 댁에 들른 그 날이 하필이면 그런 경우였다. 할머님은 캐모마일 차를 마신 지 한 시간이 지나도록 차도를 보이지 않았고, 아빠는 이제 더 이상 안 되겠다며 병원에 전화를 걸었다. 다행히 의사 선생님이 응급전화를 받긴 했지만, 정작 할머님 댁에 도착한 건 그로부터 두 시간이나 지난 뒤였다. 의사 선생님 말로는, 일요일에는 정말로 다급한 경우에만 왕진을 한다고 했다.

할머님의 상태를 파악한 의사 선생님은 할머님 배가 잔뜩 부풀어 있으며, 특히 쓸개 부위의 증세가 심각하다고 진단을 내렸다. 그러면서 "거위 간 버터를 바른 빵을 최소한 다섯 개는 먹어치운 사람 같다"고 했는데, 이 말에 할머님은 더욱 심하게 신음소리를 내면서 자기는 절대 그러지 않았다고 부인했다. 의사 선생님은 그런 할머님에게 재빨리 주사를 한 대 꾹 찔렀다. 그러고 나서 여러 봉지의 약을 챙겨주면서 "아무튼 노인네들은 골칫덩어리"라고 투덜거렸다.

할머님의 분노, 엄마의 불안증

의사 선생님이 나가자마자 엄마는 할머님에게 노인의 건강한 식사법에 대해 장황하게 연설을 늘어놓았다. 그게 듣기 싫은지 할머님은 오리털 이불을 머리까지 덮어쓰며 귀를 막아버렸다. 아빠가 엄마에게 쇠귀에 경 읽는 소리는 더 이상 하지도 말라며 타박하자, 엄마는 그제야 잔소리를 멈추고 어질러진 할머님

집 여기저기를 치우기 시작했다. 페터 형과 나도 엄마를 거들었고, 아빠는 마당으로 나가 잡초 뽑는 일을 했다.

할머님은 우리가 청소하는 것도 못마땅한지, 계속해서 이불을 뒤집어쓰고는 뭐라고 투덜거렸다. 집을 들쑤셔 엉망으로 만들고 있다는, 뭐 그런 내용 같았다. 할머님께서 열심히 말씀을 하신다는 건, 그만큼 통증이 가라앉았다는 증거다. 하지만 여전히 틀니를 뺀 상태로 말하는 거라서 정확하게 알아듣기는 어려웠다. 다만 우리는 그게 말도 안 되는 불평불만에 뭔가 괴상한 욕설이라는 점만은 분명히 느낄 수 있었다.

마침내 할머님의 분노가 폭발한 건 엄마가 식탁에 나뒹굴던 필터 다섯 개를 버리려 할 때였다. 노발대발한 할머님은, 웬일인지 충분히 알아들을 수 있는 발음으로 크게 소리치셨다.

"그거 가만두지 못하겠니? 꽃에다 줄 거름인데, 보면 모르겠냐고!"

엄마는 그 곁에 말라빠진 레몬 조각도 집어 들었다가 도로 내려놓아야 했다.

"홍차에 섞어 마시려고 일부러 거기 놓아둔 거다!"

"아유, 어머니. 여기 곰팡이가 잔뜩 끼었잖아요!"

이번에는 엄마도 물러서지 않았다.

"뭔 소리야. 곰팡이는 내가 깨끗이 베어버렸어!"

할머님의 저항은 끈질기게 계속되었다.

"어련하시겠어요. 한 번 더 탈이 나셔야 속이 시원하시겠죠. 의사 선생님이 달려오시고, 우리 모두 혼비백산 달려와서 돌봐드리는 게 소원이시잖아요."

엄마가 지지 않고 소리를 지르자, 할머님은 자리에서 홱 돌아누우며 다시 그 심통 섞인 욕지거리를 내뱉기 시작했다.

"내가 언제 누구 도움이 필요하다든? 내가 언제 너희들보고 달려오라 그랬어? 저 옆집 할망구, 염병할 놈의 여편네한테 절대로 전화하지 말라고 내가 얼마나 신신당부를 했는데!"

결국 할머님은 화를 이기지 못하고 캐모마일 차가 아직 남아 있는 금속 컵을 벽 쪽으로 냅다 집어던졌다. 설마 그 컵에 엄마가 맞기를 바라신 걸까? 나중에 엄마는 분명 그러셨을 거라고 주장했고 페터 형도 그에 동조했지만, 나는 잘 모르겠다. 그렇다고 내가 할머님의 행동을 두둔하는 건 아니다. 화가 많이 난다고 해서 금속 컵을 벽에다 던지는 그런 사람은 정말이지 꼴불견이니까. 주름진 멍게 주둥이도 그것보다 흉측하지는 않을 것 같다.

자리에서 일어나 침대에 앉아 계신 할머님을 보니 분노의 여신, 아니, 가진 거라곤 심통밖에 없는 괴물이 떠올랐다. 하얀 머리카락이 바싹 마른 어깨를 뒤덮고 있는 모습이란, 아, 정말이지 끔찍했다. 한편으로는 불쌍하다는 생각이 들다가도, 자기 성질을 어쩌지 못하고 씨근대는 밉상스런 모습을 보면 다시 정나미가 뚝 떨어졌다.

할머님의 행동에 속이 상한 엄마는 아빠가 있는 마당으로 나가버렸다. 그러자 할머님은 지난밤에 속이 불편해 한잠도 못 잤다면서, 이제 몸이 괜찮아졌으니 눈을 좀 붙이고 싶다 하셨다. 나와 페터 형은 다시 침대에 눕는 할머님을 보고 방을 나와 마당으로 향했다. 엄마는 나를 보더니 누나에게 전화를 하라고 시켰다. 할머님 상태가 괜찮다는 것을 알려주어 누나를 안심시키라는 거였다. 나는 페터 형과 함께 밖으로 나가 집에 전화를 걸었다. 하지만 계속해서 통화 중이라 끝내 누나와는 말 한 마디 섞지 못하고 그냥 할머님 댁으로 돌아왔다.

엄마는 아직도 화가 풀리지 않은 모양인지, "며느리 맞아 죽으라고 컵을 던지는 고약한 노인네한테 뭘 더 기대하겠냐"며 계속해서 투덜대고 있었다. 그러더니 잠시 후 조심스런 목소리로, 이제 할머님이 잠드셨으니 그냥 가도 괜찮지 않겠냐고, 공항 가는 길에 점심이라도 먹어둬야 하지 않겠냐고 물으며 아빠의 기색을 살폈다. 이 말에 가장 반색한 사람은 아침도 먹기 전에 갑자기 끌려온 페터 형이었다. 아닌 게 아니라 형의 배에서는 아까부터 꼬르륵 소리가 요란하게 울리는 중이었다.

엄마는 부엌에 들어가 할머님이 드실 캐모마일 차를 한 주전자 가득 끓이고는, 나보고 그걸 들고 할머님 방에 들어가 탁자 위에 올려두라고 했다. 자기는 도저히 할머님 침대 가까이에 다가갈 엄두가 나지 않는다는 말도 덧붙였다. 엄마가 시키는 대로 주전자를 들고 방에 들어가자 할머님이 유난히 생색을 내면서 페터 형까지 불러 우리 손에 각각 5유로씩을 쥐여주셨다. 그러고는 뽀뽀를 해달라는 표시로 뺨을 내미셨다. 나는 할머님의 주름 가득한 뺨에 뽀뽀하는 걸 별로 좋아하지 않는다. 그래도 헤어질 때는 늘 뽀뽀를 해드리는 편인데, 오늘은 할머님의 추태를 본 뒤라서 그런지 정말로 뽀뽀할 마음이 안 생겨 억지로 해드렸다.

반대로 페터 형은 아무 거리낌없이 할머님의 다른 쪽 뺨에다 뽀뽀를 했다. 생각지 않은 5유로가 생겼으니 그 정도 서비스쯤이야 기꺼이 해드리는 게 당연하다고 여긴 모양이었다. 나중에 내가 할머님의 주름 운운하자, 페터 형은 노인네한테 주름 있는 게 뭐가 어떠냐면서 오히려 나를 이상한 놈 취급했다. 그러면서 자기는 여동생 레네 같은 여드름 박사만 아니면 어떤 여자의 뺨에도 뽀뽀할 수 있다고 호언장담했다.

다시 차를 타고 공항으로 향하다가 우리는 아주 예쁜 식당 하나를 발견하고 그리로 들어갔다. 그런데 벌써 오후 2시가 다 된 시간이라 고를 수 있는 메뉴가 별로 없었다. 매니저는 우리더러 다른 음식은 바닥이 났으니 생선 요리를 먹으라고 했다. 우리가 생선은 별로라고 하자, 그는 그럼 돼지족발이나 굴라쉬* 중에 하

---

* 헝가리의 전통 음식으로 우리나라 김치찌개와 맛이 비슷하다. 소고기가 덩어리째 잔뜩 들어가고 뻘건 국물이 걸쭉한 게 특징.

나를 고르라고 했다. 우리 중에는 돼지족발을 좋아하는 사람이 없어 모두 굴라쉬를 시켰다.

식당에서도 엄마는 여전히 안절부절못하는 기색이었다. 무엇보다 깔끔한 식당에 걸맞지 않은 페터 형의 옷차림이 거슬리는 눈치였다. 아닌 게 아니라 목덜미와 소맷부리로 잠옷이 삐져나온 형의 옷차림은, 유난 떠는 엄마뿐 아니라 누가 봐도 우스꽝스러웠다. 그러나 차마 형의 옷차림을 대놓고 지적하진 못하고, 엄마는 주문한 음식이 너무 늦게 나오면 어떡하냐, 다 먹지도 못할 뿐더러 혹시 공항에도 늦게 도착하게 되는 것 아니냐 따위의 다른 걱정들을 끊임없이 늘어놓았다.

다행히 밥은 무사히 먹을 수 있었다. 하지만 형과 내가 눈독을 들인 아이스크림은 말도 꺼낼 수 없었다. 우물쭈물하다가는 공항에 늦는다고 하도 성화를 부리는 엄마 때문에, 숨조차 편하게 쉬지 못하는 분위기였다. 특히 아빠는 엄마의 잔소리를 대표로 뒤집어쓰느라 곤욕을 치르는 중이었다. 엄마 말인즉슨, 아빠는 식사를 끝낸 즉시 계산부터 했어야 했다. 종업원을 불렀는데 그가 제때 오지 않았다고 아빠가 항변하자, 엄마는 당신 목소리가 너무 작았다며 또 타박을 했다. 그것으로도 모자라 200유로 지폐를 낼 사람이 어찌 그리 태평스레 자리에 앉아 있을 수가 있냐면서, 큰돈을 내고 거스름을 받아야 할 것 같으면 서둘러서 계산을 끝내는 게 옳지 않느냐고 엄마는 조목조목 따지며 아빠를 몰아세웠다.

재스퍼, 혹은 마귀 새끼라 불리는 아이

엄마의 불안과 걱정과 잔소리가 무색하게, 우리는 너무 일찍 공항에 도착했다. 톰이 도착할 때까지 최소한 삼십 분을 더 기다려야 했다. 우리는 대기실에 앉아 두꺼운 유리벽 너머 저쪽에서 무슨 일이 벌어지는지 지켜보며 시간을 때웠다. 비행기에서 내린 사람들이 쏟아져 나올 때마다 우리는 그들의 사소한 몸짓 하나하나를 신기한 눈으로 바라보았다. 하지만 그들은 이쪽으로는 눈길도 주지 않은 채, 오로지 컨베이어 벨트를 따라 회전하는 가방들 속에서 자기 것을 찾느라 온 신경을 집중하고 있었다.

그런 광경을 지켜보고 있자니 왠지 모르게 기분이 묘해졌다. 마치 내가 외국에라도 온 것처럼 문득 고향이 그리워졌다고 할까? 애초에 우리 부모님이 바라던 대로 내가 만약 교환학생이 되어 집을 떠났더라면 지금 딱 그런 심정일 텐데 싶어, 살짝 아쉬운 마음이 들기도 했다. 나는 큰 가방을 짊어지고 어딘가 먼 나라로 떠나는 상상을 해보았다. 그러자 비행기에 몸을 싣고 발 아래 멀어져가는 조국의 땅을 내려다보는 심정을 약간은 알 것도 같았다. 불과 몇 주 전까지만 해도 이런 상상 자체를 허락하지 않던 내가 갑자기 왜 이러는 건지. 또 교환학생으로 떠나려던 내가 어쩌다 톰이라는 교환학생을 마중나오게 된 건지. 인생은 역시 이상한 아이러니라는 생각이 들었다.

그때 마침 런던에서 출발한 비행기가 도착했다는 방송이 흘러나왔다. 잠시 후 왁자지껄하게 몰려나오는 청소년들의 모습이 유리벽 너머로 환하게 드러났다. 페터 형은 자리에서 일어나더니 유리벽에 코를 처박고는 아이들 무리에서 열심히 톰을 찾았다. 그러나 컨베이어 벨트 앞에 몰려서서 수선을 떠는 아이들 사이에서 톰을 찾기란 쉽지 않아 보였다. 페터 형은 마음이 조급한지 이렇게 투덜거렸다.

"자식, 왜 이렇게 꾸물대는 거야. 얘가 설마, 비행기를 놓친 건 아니겠지? 아, 도대체 어디 있는 거냐구. 꼴을 볼 수가 없네."

나는 페터 형을 진정시켰다.

"여기선 애들 등밖에 안 보이잖아. 좀만 더 기다리면 나오겠지."

하지만 페터 형은, 깜깜한 밤중에도 톰을 알아보는 자기가 설마 그 애의 등짝을 못 알아보겠냐며 오히려 나를 타박했다.

"아냐, 아냐. 얘, 안 온 거야. 안 온 게 분명하다구!"

형은 안달하며 씩씩거렸다. 그러다 어느 순간, 그는 갑자기 자기 눈을 두 손으로 마구 비비며 소리를 질러대기 시작했다.

"아니, 세상에 이런 일이! 마귀 새끼가 나타났다!"

"그게 뭔 소리야? 뭐가 어떻게 됐다구?"

다급하게 묻는 내 말에, 페터 형은 계속해서 자기 눈을 비비다가 급기야는 그 손으로 자기 뺨을 여러 번 때리기까지 했다.

마치 세상이 뒤집어지기라도 한 것처럼 갈피를 못 잡고 온갖 난리를 피우는 형의 모습에, 나는 물론이고 엄마와 아빠도 당황할 수밖에 없었다.

"왜 그러니, 페터?"

엄마가 걱정이 되는 얼굴로 물었다.

"무슨 일인지 말 좀 해보렴."

아빠의 목소리 또한 심각했다.

우리 가족 세 사람은 페터의 시선이 고정돼 있는 곳으로 고개를 돌려 주시했다. 유리벽 저쪽에서는 런던발 비행기에서 쏟아져 나온 가방과 배낭과 보따리들이 이제 막 컨베이어 벨트를 따라 돌아가는 참이었다. 그 행렬의 제일 앞에는 한눈에도 몹시 낡아 보이는 시뻘건 보따리가 있었다. 지퍼가 제대로 잠기지 않았는지 곧 내용물이 쏟아질 기세였다. 그 뒤로는 초록색 가방과 엄청나게 큰 군인용 배낭이 이어졌는데, 뭣보다 배낭의 꼴이 몹시 우스웠다. 짐이 너무 많아 주둥이가 잘 여며지지 않아서 그런 건지, 배낭 주인은 그 부위를 아랍 사람들이 흔히 목에 두르고 다니는 흰색 검정색 머플러로 칭칭 감아 놓았다.

그때 누군가 가방 행렬의 맨 앞자리를 차지하고 있던 그 세 개를 연속으로 챙기는 게 보였다. 엄청 덩치가 좋아서 학생들 가운데 단연 눈에 띄는 녀석이었다. 주근깨가 한가득 박혀 있는 얼굴에 빨간 금발이 인상적인 그 녀석은, 가장 부피가 큰 군인용 배낭을 등에 짊어진 다음 빨간 보따리와 초록색 가방을 양손에 하나씩 들었다. 그러고는 저벅저벅 걷는가 싶더니 어느새 벌써 세관을 통과하고 있었다.

페터 형은 사색이 된 얼굴로 나와 우리 부모님을 번갈아 쳐다보다가, 난데없이 영어로 소리를 지르기 시작했다.

"For heaven's sake! It's Jasper the devil!"

아마 지난여름에 겪은 어떤 사건과 방금 전의 정신적인 충격이 뒤섞이면서, 형은 자기도 모르게 모국어 대신 그 당시 많이 썼던 영어 표현을 마구 쏟아내고 있는 듯했다. 뭐 그리 어렵거나 대단한 표현은 아니지만, 굳이 번역을 하자면 이렇다. "하느님 맙소사! 저건 마귀 새끼 재스퍼라고!"

형이 '마귀 새끼 재스퍼'라고 말한 애는 낡고 우스꽝스러운 가방 세 개를 척척 몸에 걸치고 재빨리 세관을 향해 걸어온, 바로 그 빨간 머리 뚱보 녀석이었다.

"재스퍼가 누구니?"

엄마가 물었다.

"톰의 형이에요."

페터 형이 대답했다.

"교환학생 톰이 그럼 저 애로 다시 교환된 거니?"

아빠가 물었다.

"그럼, 우리 톰은 대체 어디 있는 거니?"

이어진 엄마의 질문에 그걸 내가 어떻게 알겠냐는 투로 페터 형은 어깨를 들썩였다.

런던에서 온 아이들이 하나둘 세관을 통과해 밖으로 나오기 시작했다. 그와 동시에 마중나온 보호자들은 손에 들고 있던 사진과 얼굴을 일일이 대조하면서 자기 집에 묵을 학생을 찾아내 반갑게 맞아들였다. 이 수선스런 군중 속에서, 오로지 재스퍼라는 이름의 덩치만이 거대하고 묵중한 바위 같았다. 결국엔 주둥이가 터지고 만 그의 보따리에서 쏟아져 나온 물건들로 몇 명의 애들이 넘어질 뻔했는데도, 그 녀석은 전혀 동요하는 모습을 보이지 않았다.

갑자기 그 덩치가 맘에 든 나는, 행방이 묘연해진 톰에 대해서는 얼른 미련을 떨어버리고 신기한 눈으로 재스퍼를 살펴보았다. 그 애가 바지 뒷주머니에서 뭔가를 꺼내 들었다. 그건 한 장의 사진이었다! 뒤편에 편지지 쪼가리가 더덕더덕 붙어 있는, 내가 톰에게 보낸 우리 가족사진 말이다. 그걸 골똘히 쳐다보던 그가 드디어 고개를 들고 별로 달갑지 않은 얼굴로 주변을 둘러보기 시작했다. 그러다 어느 순간 나하고 눈이 마주쳤다. 내가 고개를 끄덕하며 아는 척을 했지만, 그의 달갑지 않은 표정에는 아무런 변화가 없었다. 그는 내 옆에 있는 페터 형을 발견하고서야 다시 가방과 배낭과 보따리를 한 손으로 거머쥐고 뒤뚱거리는 오리걸음으로 우리에게 걸어왔다.

그 애는 내 앞에서 걸음을 멈추고 자기 짐들을 내려놓았다. 그러고는 알프스 모자를 쓴 사진 속 세 사람과 우리를 맞춰 보더니 먼저 입을 열었다.

"I am Jasper!"

"And where is Tom?"

페터 형이 물었다. 재스퍼라는 이름의 그 덩치는 밥맛이라는 표정으로 페터 형을 바라보다가, 퉁명스레 몇 마디 영어로 내뱉었다.

"He is sick. Broke his left leg. They sent me instead of him!"

"오, 제기랄! 송충이, 구더기, 매미 애벌레!"

페터 형은 나만 알아들을 수 있는 소리로 중얼거렸다.

톰의 왼쪽 다리가 부러져 대신 형 재스퍼가 왔다는 얘기를 듣고도 엄마와 아빠는 별로 상관이 없다는 얼굴이었다. 하긴, 누가 오든지 그게 영국인이기만 하다면 두 분에게 무슨 큰 문제랴. 슬쩍 아빠의 얼굴을 보니, 드디어 이 기회에 자식 놈이 낯선 친구와 잘 지내는 훈련을 하도록 돕겠다는 열정으로 두 눈이 반짝반짝 빛나고 있었다. 엄마 또한 자기 아들이 그저 이번 기회에 '윗니 아랫니 사이에 혓바닥을 끼우고 하는 th 발음' 하나만 똑똑하게 배울 수 있다면 이 세상에 더 이상 바랄 게 없다는 눈빛이었다.

하지만 그때 나는 어쩐지 불길한 예감이 스멀스멀 올라오는 것을 느꼈다. 재스퍼를 가리켜 마귀 새끼라고 욕하며 질색하는 페터 형 때문이었을까, 아니면 내 안의 어떤 '초능력' 비슷한 게 마침 그 순간에 작동했던 것일까. 모든 사건이 마무리된 지금도 사실은 잘 모르겠다.

아무튼 톰과 '교환'되어 온 교환학생 재스퍼는 그렇게 우리 가족 앞에 모습을 드러냈다. 그리고 6주라는 시간을 우리와 함께 보냈다. 이게 바로 내가 정말 쓰고자 하는 이야기다. 이제부터 내가 일명 '재스퍼 사건'이라 부르는 그 모든 것의 전모를 밝히려 한다.

2

재스퍼 사건 전반부

들도 보도 못한 신인류의 출현

7월 19일 일요일

돌멩이를 끌고 다니는 아이

공항을 빠져나와 다 같이 차가 있는 곳으로 이동하면서 엄마와 아빠는 재스퍼의 짐들을 옮겨주려고 했다. 그 순간 재스퍼가 성난 짐승의 소리를 냈다. 절대로 과장이 아니다. 그건 정말 으르렁거리는 짐승의 소리였다. 왜 그 몸집 큰 개들이 살점 두둑한 뼈다귀를 빼앗겼을 때 내는 무시무시한 소리 있잖은가. 엄마와 아빠는 소스라치게 놀라며 재스퍼의 가방에서 얼른 손을 떼었다. 재스퍼는 세 개나 되는 가방과 배낭과 보따리 전부를 자기 손으로 직접 들었다. 뒷면에 편지지 조각이 더덕더덕 붙어 있던 우리 가족의 사진은 벌써 어딘가에 흘려버린 게 분명했다.

엄마는 재스퍼에게 괜찮다는 미소를 지어 보이며, 적절하게 사태를 수습하려는 듯 아빠에게 말했다.

"재스퍼가 많이 긴장했나 봐요. 낯선 곳에 왔으니 당연하지."

차가 있는 곳에 도착해 아빠가 트렁크 뚜껑을 열자 재스퍼는 거기에 가방과 보따리를 집어넣었다. 군인들이나 메는 큰 배낭은 도저히 자기 힘으로 안 되겠는지 순순히 아빠에게 맡겼지만, 아빠는 그것을 들어올리다가 다시 땅에 내려놓고 말았다. 튼튼한 성인 남자의 힘으로도 역부족일 만큼 그 배낭은 너무나 무거워 보였다.

"어휴…"

아빠는 신음 소리를 내며 재스퍼에게 말을 건넸다.

"대체 뭐가 들었기에 이렇게 무겁니? 20킬로는 족히 되겠구나."

아빠는 자세를 가다듬고 다시 한 번 배낭을 들어 트렁크에 집어넣는 일을 시도했다. 다행히 이번에는 성공이었다.

"조약돌을 수집한 게 틀림없어요. 쟤는 어디라도 그 돌멩이들을 끌고 다녀요."

페터 형이 말했다.

"그래? 꼬마 수집가로구나!"

아빠는 재스퍼에게 아부하듯 미소를 날리면서 영어로 대화를 시도했다.

"Stones?"

재스퍼는 아무런 대답을 하지 않았지만, 친절한 아빠는 오스트리아에도 돌멩이가 많다고 알려주었다. 그 모습이 마치 신나게 영어 연습을 하는 사람 같아 보였다.

"In Austria we have many stones."

여전히 묵묵부답인 재스퍼. 그리고 계속해서 어설픈 영어로 말을 거는 우리 아빠.

"If you are interested in stones, you will make eyes by us!"

재스퍼는 이번에도 아빠 말을 씹었다. 한마디로 개무시당한 아빠는 그제야 한숨을 쉬며 운전석에 앉았다. 나머지 사람들도 모두 아빠를 뒤따라 차에 올랐다. 우리는 앞자리를 재스퍼에게 양보하고 뒷좌석에 나, 엄마, 페터 형 순서대로 앉았다. 뒤에서 아빠와 재스퍼가 뒤통수를 나란히 하고 앉은 것을 보니, 집으로 가는 길에 아빠가 또 어떤 식의 영어를 구사할지가 걱정되었다.

아빠의 영어는 순 '독일식'이다. 다시 말해 독일어를 사용하는 우리들 사이에나 통하는 '독글리시'라는 얘기다. 방금 아빠가 구사한 문장만 봐도 그렇다. 너는 이 나라에서도 얼마든지 예쁜 돌멩이들을 찾아낼 수 있을 거란 말을 "You will make eyes by us!"라고 표현하지 않았나. 영어가 아빠 때문에 고생을 해서 그런가? 저 애도 어쩐지 그런 이유에서 우리를 무시하는 것만 같았다. 그런 생각을 하니 아빠가 한심해서 견딜 수 없어 얼굴이 저절로 찌푸려졌다. 그러자 피터 형이 제 가슴을 뜯어내는 시늉을 하며 안타깝다는 듯 내게 말했다.

"쟤한테는 그럴 필요가 없어. 정말이야, 나만 믿으라니까!"

예상대로 아빠는 운전을 하면서도 재스퍼에게 끊임없이 말을 붙였다. 창밖으로 보이는 건물 하나하나를 설명하기 위해 몹시, 심하게, 애를 쓰는 거였다.

"This is the big em… eh … 정유소!"

"This is a little town named 슈베하르트."

"This is 공동묘지. All dead people of Vienna are living here!"

아니 저게 무슨 영어야! 아빠가 아무리 떠들어봤자 재스퍼는 '빈의 죽은 사람들이 모두 함께 모여 살고 있다'는 공동묘지 따위에는 눈길을 줄 생각조차 하지 않았다. 그런데도 아빠는 기가 막힌 독글리시를 계속해서 내뱉었다.

"Now we drive the belt along!"

이 말은 이제 우리가 '둘레길'을 따라 가겠다는 뜻이다. 그런데 왜 영어로 belt를 썼는가 하면, 아빠 고향 사람들은 예전부터 '둘레길'을 주로 '띠 길'이라고 불러왔기 때문이다. 다시 말해 '띠 길'을 마구잡이 식의 영어로 옮기려다 보니 허리띠가 돼버린 것이다. 난 이제라도 "아빠, 제발 그만!" 하고 외치려던 참이었다.

그런데 다행인지 불행인지 재스퍼가 아무런 반응도 보이지 않기에, 나도 그냥 입을 다물고 있었다.

그 아이는 말은 한 마디도 안 하는 대신, 바지 주머니에서 커다란 봉지를 하나 꺼내더니 거기서 땅콩을 꺼내 까먹기 시작했다. 붉은 빛깔의 얇은 껍질이 아닌, 두껍고 누런 껍데기에 싸인 땅콩이었다. 그걸 껍질째 입에 넣고 빠개서는 퉤 하고 아무데나 뱉어버린 다음 알갱이는 우적우적 씹어 먹었다. 그러자 곧 누렇고 붉은 땅콩 껍질들이 바닥에 쌓이고 여기저기 땅콩 가루가 날리며, 차 안이 땅콩으로 엉망이 돼버렸다.

나는 입을 떡 벌리고 그 아이가 하는 짓을 그저 보고만 있었다. 이 상황에서 엄마는 과연 어떻게 반응할까, 나는 그게 가장 궁금했다. 세상에서 제일가는 '청결주의자'인 엄마는 단지 집뿐만이 아니라 아빠 차의 청결에까지 목숨을 거는 완벽한 현모양처이기 때문이다. 나는 물론이고 누나라도 엄마가 만들어놓은 청결 상태를 훼손하는 행위를 할 시에는 결코 처벌을 면할 수 없었다.

우리 식구들은 누구라도 아빠 차에 탈 때는 먼저 신발부터 탈탈 털어야 한다. 또 몇 시간이고 계속될 엄마의 잔소리를 단단히 각오하지 않고는, 작은 부스러기 하나라도 차에 흘릴 수 없다. 그런데 이게 웬일인가. 차를 거의 쓰레기장으로 만들어버린 재스퍼에게 잔소리를 하기는커녕, 엄마는 그저 생글생글 웃고만 있는 게 아닌가. 아니, 방금 전에 엄마의 올라간 입꼬리 사이에서 신음 소리가 새어 나오는 걸 들은 것도 같은데…, 내가 잘못 들은 걸까?

엄마는 예의 그 미소 띤 얼굴로 페터 형에게 부탁했다.

"페터야, 재스퍼가 땅콩은 좀 그만 먹었으면 좋겠구나. 집에 가면 내가 구워 놓은 맛있는 케이크가 있는데, 땅콩으로 미리 배를 채우면 케이크를 못 먹잖니?"

페터 형은 절레절레 고개를 흔들었다.

"나는 특별한 경우가 아니면 쟤랑 얘기 안 해요."

그러고는 앞자리에 앉은 재스퍼를 가리키며 한마디 덧붙였다.

"쟤랑은 몇 번 만나지도 못했지만요, 암튼 쟤랑 나랑은 정말 앙숙이에요. 그리고…"

이제 형은 진실을 호소하기라도 하듯, 거의 애원하는 목소리로 엄마에게 말했다.

"쟤요, 진짜 누구 말도 안 들어요. 뭐든 기를 쓰고 반대로만 하는 청개구리라고요."

"아이, 애는! 친구한테 그렇게 말하면 못쓰지…."

엄마의 얼굴엔 아직 생글거리는 웃음이 남아 있었다. 그러나 조금씩 풀이 죽어가는 모습이 역력해, 어쩐지 보기에 안쓰러웠다.

"제발 아줌마, 제 말 좀 들으시라고요!"

페터 형은 앞자리에 앉은 붉은 금발의 떡 벌어진 어깨를 노려보다가, 화를 참지 못하겠다는 듯 씩씩거리며 우리 엄마에게 마지막 경고를 보냈다.

"안 돼요, 절대 안 돼. 쟤 빨리 돌려보내세요. 안 그러면 정말 큰일 난다고요!"

앞자리를 꽉 채운 채 꼼짝 않던 재스퍼의 머리가 서서히 우리 쪽으로 돌려지기 시작했다. 잠시 후엔 어깨도 따라 돌았다. 이제 그의 시선은 정확히 페터 형에게 꽂혀 있었다. 그는 한참을 그렇게 페터 형을 노려보다가 몹시 가라앉은 목소리로, 그러나 누구나 알아들을 수 있을 만큼 험한 욕설로 쏘아붙였다.

"Shut up, old bloody bastard!"

천천히 몸을 돌려 다시 원위치로 돌아간 그는 마치 아무 일도 없었다는 듯 땅콩 까먹기를 계속했다. 엄마는 납빛처럼 창백해진 얼굴로 옆에 앉은 페터 형에게 조심스럽게 속삭였다.

"네가 하는 얘기를 알아들은 것 같다."

"당연하죠. 쟤도 학교에서 독일어 배워요. 벌써 1년도 넘었을걸요."

페터 형의 답변에 엄마는 깜짝 놀란 기색을 감추려 애쓰면서 재스퍼를 향해 말을 걸었다.

"재스퍼, 너 독일어 할 줄 아는구나!"

욕지거리를 아무렇게나 내뱉는 사람에게 친절하고 상냥한 태도로 사근사근 말을 거는 건 사실 쉬운 일이 아니다. 그러니까 엄마는 지금 자기 나름대로 상당히 노력하고 있는 거였다.

"No!"

재스퍼의 대답은 너무도 단호하여 위협적으로 들렸다. 날 좀 제발 그냥 내버려두라고, 그러지 않으면 나도 더는 가만있지 않겠다고 으르렁거리는 것만 같았다.

그 이후 집에 도착할 때까지, 차 안에서 입을 연 사람은 아무도 없었다. 집에 도착해 차에서 내릴 때나 현관에 들어설 때도 마찬가지였다. 모두 약속이라도 한 듯 입을 굳게 다물고 한 마디도 하지 않았다. 아니, 트렁크에서 짐 꺼내는 것을 도와주고자 아빠가 재스퍼의 그 무거운 배낭에 손을 댔을 때, 그만이 유일하게 다시 한 번 예의 그 짐승처럼 으르렁거리는 소리를 냈다.

빌레 누나와 재스퍼의 만남

우리 가족은 빈 시내 문화 보존 지역에 있는, 고색창연한 건물 5층에 산다. 백 년도 더 된 집이어서 승강기 같은 건 당연히 없다. 금속 재질의 계단은 특이하게 나선형으로 되어 있어, 마치 오리들이 행진하는 것처럼 한 사람씩 순서대로 올라가야 한다. 그러다 보니 무거운 짐을 아무에게도 맡기지 않고 혼자 끌고 가는 재스퍼가 자연스레 맨 뒤에 서게 되었다.

"여보, 쟤 좀 도와줘요. 혼자서는 너무 무겁잖아요."

엄마가 뭐라 하자 아빠가 퉁명스레 대답했다.

"아, 본인이 싫다잖아."

아빠는 방금 전보다 더 화난 목소리로 괜히 엄마를 타박했다.

"당신 못 봤어? 내가 자기 짐에 손대면 당장 물어버릴 기세 아냐?"

말은 그렇게 해도 아빠는 재스퍼를 향해 짐을 들어주겠다는 호의를 내보이며, 또 한 번 엉터리 영어 대화를 시도했다.

"Would you be so kind and give me a part of your things?"

재스퍼는 이번에도 아무런 대답을 하지 않았다. 그저 귀찮다는 듯 고개를 내두르며 한 계단 한 계단 그 무거운 짐을 옮겨갈 뿐이었다.

"싫다는데 할 수 없지 뭐…"

아빠가 중얼대는 소릴 들으며 우리는 나선형 계단을 따라 행진을 계속했다. 맨손으로 발걸음도 가볍게 앞장선 우리 셋과, 엄청난 짐을 들고 힘겹게 계단을 오르는 재스퍼 사이의 간격이 점점 더 벌어지기 시작했다. 우리가 5층 집에 도착해 현관으로 들어설 때 재스퍼는 겨우 3층을 향해 오르는 중이었다. 저 아래서 씩씩대는 재스퍼의 숨소리가 나선형 계단을 타고 우리 집까지 거칠게 울려 퍼졌다.

현관으로 달려나온 누나는 톰 대신에 재스퍼가 우리 집에 묵게 되었다는 소식을 벌써 알고 있었다.

"그걸 어떻게 알았어?"

엄마가 물었다.

"재스퍼 부모님이 몇 번 전화했었어요. 저랑 제법 길게 통화를 했거든요."

누나는 은근히 자기 영어 실력을 과시하며 자초지종을 설명했다. 누나 말로는 우리가 집에서 막 나가자마자 톰과 재스퍼의 아버지인 픽피어 씨가 전화를 해서, 지난밤 톰이 계단에서 넘어지는 사고를 당해 다리가 부러지고 말았다는 소식을 알려왔다고 했다. 톰은 부상이 심해 다리를 통째로 깁스하고 당분간 꼼짝없이 누워 지내야 한단다. 결론은 그래서 톰이 빈으로 오는 비행기를 도저히 탈 수 없다는 거였다.

누나는 픽피어 씨의 영어가 너무 빨라 이따금 알아듣기 힘들었지만 그래도 필요한 의사소통은 무리 없이 할 수 있었다면서, 자기가 알아들은 말들만 골라 멋지게 이어 붙이며 떠들어댔다.

"그래서 페터 슈틀린카네 집으로 전화를 했죠. 그랬더니 다들 방금 떠났다고 그러시잖아요."

누나의 보고는 계속되었다.

"근데 한 30분쯤 있다가 픽피어 씨가 또 전화를 하셨어요. 톰 대신 그의 형을 보내도 괜찮겠냐고요. 전화를 끊고 생각해보니 그 아저씨는 통화하는 내내 나를 엄마로 착각하신 것 같았어요. 암튼 그분 말로는, 톰의 비행기 표를 반환할 수가 없어 형을 대신 보내겠다고 하던걸요? 이 소식을 전하려고 엄마한테 연락했는데 연결이 계속 안 되는 거예요. 아시다시피 할머님 댁으로는 전화도 할 수 없고. 아예 내가 할머님 댁으로 부지런히 달려갈까도 생각해봤지만, 내가 거기에 도착할 때쯤이면 엄마 아빠는 벌써 공항으로 떠났겠더라고요. 그런데, 다 잘된 거죠?"

아직도 열에 들떠 흥분해 있는 누나의 말에 엄마와 아빠는 그냥 떨떠름한 얼굴로 고개를 끄덕였다. 빌레 누나는 우리 뒤쪽을 살펴보다 현관문 손잡이를 잡고 물었다.

"근데 걔는 어디 있어요?"

그때였다. 갑자기 총성처럼 시끄러운 소리가 고막을 찢으며 우리 아파트 건물 전체를 흔들기 시작하더니 아주 천천히 잠잠해지는 거였다. 마른하늘에 날벼락이라고 했던가? 그 무지막지한 소리에 우리는 정말이지 동네에 지진이 난 줄 알고 가슴을 쓸어내렸다.

"재스퍼 배낭에 있던 돌들이 죄다 쏟아졌어요."

페터 형이 바깥을 살펴보더니 별일 아니라는 듯 내뱉었다.

"내 그럴 줄 알았다니까. 배낭 싸맨 머플러가 무게를 견디지 못할 줄 알았다고요."

"가서 좀 도와줘야 하는 것 아니니?"

엄마가 불안한 얼굴로 물었다.

"또 으르렁대면 어쩌려구 그래?"

아빠의 대답이었다.

"아니, 왜들 이러세요?"

빌레 누나가 정색을 하며 문밖으로 나가 빠른 걸음으로 계단을 내려갔다.

엄마는 부엌으로 가서 찻물을 올리고, 아빠는 거실 탁자에 간식 차릴 준비를 했다. 페터 형과 나는 엉거주춤 현관에 선 채 바깥의 기색을 살폈지만 짐승의 소리는 들리지 않았다. 찰각찰각 하는 돌멩이 소리만 나선형 계단을 타고 올라올 뿐이었다. 조약돌끼리 부딪힐 때 나는 그런 소리였다.

엄마가 드디어 '멘붕'에 빠지다

페터 형과 나는 그냥 집 안으로 들어왔다. 새로 구운 케이크의 고소한 냄새를 참을 수 없어 막 그걸 먹으려는데, 때마침 누나와 재스퍼가 함께 현관문 안으로 들어오는 게 보였다. 여행 가방과 보따리는 누나가 들고, 재스퍼는 여전히 그 아랍 사람들 머플러로 친친 동여맨 배낭에 매달려 있었다.

"돌멩이들이 글쎄 지하실까지 굴러 내려갔지 뭐예요."

돌들을 주워 올리느라 고생한 듯 누나가 헉헉대며 말했다.

"한 개도 빠짐없이 우리가 다 주웠지? 끝내주는 모양이 진짜 많아요. 심장 모양에 콩팥 모양도 있고, 또 가운데 구멍이 뚫린 것도 있고. 줄무늬도 너무너무 예뻐요. 난 세상에 그렇게 예쁜 돌들이 있는 줄 첨 알았어!"

"Please, take a seat, Jasper!"

엄마가 친절하게 의자를 가리키며 재스퍼에게 앉으라고 권했다. 그리고 잘라 놓은 케이크 조각을 하나 건넸다. 재스퍼가 탁자 가까이로 와서 자리를 잡고 앉는데, 유독 그의 손이 눈에 띄었다. 그의 손은 양쪽 다 까마귀보다 더 새까매져 있었다. 굴러 떨어진 돌들을 집어 올리느라, 먼지 쌓인 계단을 훑고 다녀서 그렇게 된 것 같았다. 재스퍼와 함께 그 일을 한 빌레 누나의 손도 더럽긴 마찬가지였다. 누나는 손을 씻으러 화장실로 갔다. 비누로도 잘 씻기지 않는지 한참이나 물소리가 들렸다.

"Jasper, your hands!"

엄마가 손가락으로 재스퍼의 손을 가리켰다. 재스퍼는 굴뚝에 들어갔다 나온 것처럼 새까매진 자기 손을 꼼꼼히 들여다보더니, 열 개가 모두 다 있어 참 다행이라는 표정을 지었다.

"They are dirty!"

이번에는 엄마가 나무라듯 좀 더 큰 소리로 더럽다고 말했다. 하지만 재스퍼는 더 이상 자기 손가락에는 관심이 없어 보였다. 그의 시선은 오로지 접시에 담긴 스위스 식 버찌케이크에만 꽂혀 있었다. 그는 접시를 잡아당겨 하얀 크림 가운데 있는 빨간 버찌를 한참 동안 쳐다보더니, 시커먼 손가락 두 개로 버찌를 잡아 빼서 자기 입속에 집어넣고는 쪽쪽 소리가 나게 빨아먹었다. 입속에 들어갔다 빠져나온 그의 손가락은 나머지 손가락들과는 때깔이 달랐다. 한결 뽀얀 빛깔을 되찾았다 할까.

"Jasper, go and wash your hands!"

엄마가 재스퍼에게 진짜로 화난 목소리로 어서 손을 씻고 오라고 했다. 재스퍼는 겁먹은 눈으로 엄마를 보다가 슬그머니 눈길을 피했다. 엄마는 그런 재스퍼에게서 시선을 거두지 않고 계속 화난 얼굴을 했다.

풀이 죽은 재스퍼는 크게 한숨을 쉬더니, 주머니에서 휴대용 휴지를 꺼냈다. 포장도 뜯지 않은 새것이었다. 그는 포장지를 뜯어 거실 바닥에 아무렇게나 집어던졌다. 또 휴지를 뽑아 거기에 열심히 손가락을 문지르고는, 시커메진 휴지도 바닥에 그냥 내팽개쳤다. 슬쩍 엄마를 보니 상상을 초월하는 그 광경에 완전히 넋이 빠져 있었다.

"쟨 원래 저래요. 완전 사이코 거지새끼라니까요."

페터 형은 이제야 재스퍼의 정체가 밝혀져 속이 시원하다는 듯, 엄마에게 더 상세하게 설명하기 시작했다.

"쟤는요, 절대 안 씻어요. 여름에 수영하러 물에 들어갈 때 빼고는 아예 목욕도 안 할걸요? 수영하면서 일 년 동안 밀린 때를 한꺼번에 벗기고 나올 거라고요."

재스퍼는 다른 간식들은 쳐다도 안 보고, 케이크를 마구 헤집어대면서 하얀 크림 속에 박혀 있는 버찌만 닥치는 대로 꺼내 먹었다. 엄마가 최고의 솜씨를 발휘해서 만든 케이크의 시트와 부드러운 생크림, 그리고 그 위에 멋들어지게 장식한 초콜릿들은 거들떠보지도 않고 그대로 남겨두었다.

탁자에서 먹던 음식을 다 치운 다음에, 엄마는 재스퍼를 내 방으로 데리고 갔다. 새로 들여놓은 침대며 책상, 그리고 재스퍼가 가져온 옷들을 위해 절반쯤 비워 놓은 상자들을 그 애에게 보여주기 위해서였다. 재스퍼는 자기 침대에 털썩 주저앉았다. 내 방이 맘에 드는 건지 아닌지, 그 속은 도무지 알 수 없었다. 침대에 앉아 있던 재스퍼가 건너편 내 침대를 손가락으로 가리켰다. 저건 뭐냐고 묻는 듯했다.

"Here sleeps Ewald."

엄마가 거기서는 내가 잔다고 일러주었다.

"No."

재스퍼는 싫다고 했다.

"I need a room for my own!"

자기에겐 혼자 독차지할 '자기만의 방'이 필요하다는 거였다. 그러고는 갑자기 벌떡 일어나 창문으로 다가가 창밖 건너편에 있는 건물을 멍한 눈으로 쳐다보며 입을 다물었다.

우리는 거실에 모여 가족회의를 했다. 페터 형은 지금이라도 늦지 않았으니 당장 재스퍼를 돌려보내라는 말만 되풀이했다.

실은 아빠도 그러고 싶은 마음이 굴뚝같아 보였다. 하지만 엄마는 절대 안 된다고 했다.

"이대로 돌려보내면 말이 안 되지. 도착한 날 바로 보낼 수는 없는 노릇이야."

엄마는 계속해서 말을 이었다.

"남들이 뭐라 그러겠어요?"

빌레 누나가 자기는 괜찮으니 나더러 자기 방에 와서 자라고 했다. 누나 방 한쪽에는 손님용 침대가 하나 더 있다. 주로 할머니가 오셨을 때 이용하는 침대다. 나는 내 방으로 가서 당장 필요한 것들을 주섬주섬 바구니에 담아서 갖고 나왔다. 재스퍼는 아직도 창가에 선 채로 건너편 건물만 뚫어지게 보고 있었다.

"Now you have your own room!"

그런 그의 등을 향해, 이제 너 혼자 내 방을 쓰게 되었다고 말해주었다. 절대로 퉁명스런 말투는 아니었다. 6주 동안 저렇게 불결한 애와 어떻게 한 방을 쓸지 나로서도 걱정이 앞섰는데, 그럴 필요가 없어졌으니 오히려 고마울 따름이었다.

7월 20일 월요일

"가장 잔인한 건 편견이야!"

전날 밤 늦게 자리에 든 빌레 누나와 나는 아침 늦게까지 늘어지게 단잠을 잤다. 죽이 잘 맞는 사람과 한방에서 자는 건 기분 좋은 일이다. 빌레 누나와 나는 인생에 대해, 또 인생의 아이러니에 대해서도 이런저런 이야기를 나누다가 새벽 2시가 넘어서야 잠이 들었다. 물론 재스퍼에 대한 이야기도 많이 했는데, 누나 생각은 나와는 좀 달랐다.

누나는 재스퍼가 하나도 무섭지 않다고 했다. 또한 누나는 내가 잘 알지도 못하면서 페터 형 때문에 그 애한테 편견부터 갖게 되었다고 주장했다. 이미 편견이 머리에 박혀버린 탓에 겨우 반나절을 함께 보내놓고는 그 편견에서 벗어날 수 없게 되었다는 것이다. 그러면서 하는 말이, 네가 만약 그 편견에서 벗어나려면 재스퍼의 좋은 면을 보도록 노력하고 늘 좋은 쪽으로 생각해야 한다고 했다.

누나의 잘난 척에 나도 모르게 비위가 좀 상했던 걸까? 나는 지지 않고 누나에게 내 의견을 말했다. 내가 볼 땐 누나 역시 재스퍼에 대해 이상한 편견을 갖고 있는 것 같다고. 그 애가 자꾸 우리 부모님 눈 밖에 나는 행동을 하니까, 그게 아마도 누나의 모성애나 보호본능을 자극하는 것 같다고.

실제로 누나는 엄마랑 아빠가 재스퍼를 어떻게 다뤄야 할지 몰라서 쩔쩔매는 걸 오히려 재미있어하는 것처럼 보인다. 하지만 그동안 살아온 문화도, 몸에 밴 습관도 모두 다른 사람들이 어떻게 처음부터 잘 통할 수 있겠는가. 생전 처음 만난 아이한테 자기 자식들에게나 늘어놓는 설교를 쏟아붓는다면, 요즘 청소년 중에 그런 걸 순순히 받아들일 아이도 없거니와, 특히 재스퍼는 유독 어른들의 말에 거부감을 갖고 있는 게 분명하다. 언어라도 잘 통하면 또 모를까, 재스퍼는 독일어를 못한다고 본인이 딱 잡아떼는 형편이고, 우리 아빠의 영어는 그야말로 독글리시에 불과하다. 이런 상황에서 둘 사이의 의사소통이 잘 되길 기대하거나, 혹은 그게 잘 안 된다고 놀림거리로 삼는 건 문제가 있다는 게 나의 생각이었다.

누나와 나는 오전 10시가 다 되어서야 침대에서 빠져나왔다. 엄마의 얼굴을 보니 조금 화가 난 듯했다. 엄마는 자기 자식들이 "침대에서 게으름을 피우며 뒹구는 꼴"을 절대 참지 못한다. 심지어 그와 같은 만행은 방학 중에도 계속된다. 불행하게도 '아침형 인간'인 우리 엄마는 자식들까지 그렇게 되기를 무턱대고 바라신다.

엄마는 화를 간신히 눅인 듯한 목소리로 "재스퍼는 아직도 자는 모양"이라고 말했다. 엄마의 말이 아니어도 그 정도는 알 수 있을 만큼, 그 아이의 자는 소리는 요란했다. 재스퍼의 코골이에 내 방이 통째로 뒤흔들릴 정도니까! 엄마는 오늘 재스퍼와 함께 빈의 숲으로 소풍을 가서 칼렌베르크 언덕이며 레오폴베르크 언덕 같은 아름다운 경치들을 보여주려고 했는데 다 틀렸다며 투덜거렸다. 우리의 근사한 소풍을 위해 아빠가 차까지 두고 가셨는데 이게 뭐냐며, 엄마는 아쉬움과 불만을 감추지 못했다.

"저렇게 늘어져 자는데 어쩌겠니. 너무 늦어서 어디 출발이나 할 수 있겠니?"

"지금이라도 깨우죠 뭐."

빌레 누나가 말했다.

"깨워? 야아, 그냥 내버려둬라."

엄마는 내키지 않는 투로 말했다.

"첫날이니 그냥 실컷 자게 두자꾸나."

빌레 누나는 팔꿈치로 내 가슴을 툭툭 치며 속삭였다.

"봐라, 엄마는 겁먹었잖니. 깨울 엄두를 못 내는 거야. 아유, 우리 엄마 넘 귀여워! 엄마가 쟬 깨우면 내가 너한테 5유로를 줄게!"

우리 엄마는 곤히 잠든 사람 깨우는 데는 최고의 명수이자 달인이다. 때로는 거짓말로, 때로는 협박으로 남의 단잠을 마구 흔들어놓기 일쑤다. 특히 베갯잇이나 침대보를 빨아야 한다면서 아직 잠에서 덜 깬 사람을 억지로 일으켜 세우는 엄마를 보노라면, 심술보로 가득한 순악질 여사가 떠올라 저절로 눈살이 찌푸려진다. 그런 엄마가 유독 재스퍼에게 약하게 굴다니, 내 눈에도 좀 이상해 보이긴 했다. 이 일에 대해 누나가 자신 있게 5유로를 걸 만하다고, 나는 생각했다.

어둠 속을 서성이는 발소리

우리가 막 점심을 먹기 시작할 무렵, 마침내 재스퍼가 방에서 나오는 소리가 들렸다. 성큼성큼 복도로 걸어오는 그 애의 얼굴에는 아직도 잠이 가득했다. 계란으로 반죽한 국수를 포크로 돌돌 말아 입으로 가져가려던 엄마는, 열린 거실 문틈으로 그 애를 보더니 소리 나게 포크를 떨어뜨리면서 거의 신음에 가까운 소리를 냈다. 엄청난 덩치의 재스퍼가 홀라당 벗은 알몸으로 복도를 헤매는 모습이 눈에 들어왔기 때문이다.

우리 집에서는 그 누구도 저렇게 적나라한 알몸으로 돌아다니지 않는다. 그러면 안 된다고 따로 배운 적은 없지만, 아무튼 그런 행동을 하는 사람은 한 명도 없다. 가끔 누나가 속옷 바람으로 화장실에 다녀오는 게 그나마 용인되는 수준이라 할까. 그러니 엄마가 저렇게 놀라는 것도 당연했다.

알몸의 재스퍼는 복도를 서성이다가 창고로 쓰는 방의 문을 열더니, 선반에 식료품들이 가득 쌓여 있는 것을 보고는 다시 문을 닫았다.

"Take the door on the left side!"

빌레 누나가 복도 왼쪽 문으로 들어가라고 재스퍼에게 소리쳤다. 그는 누나 말대로 복도 왼쪽을 더듬거리다 드디어 화장실로 들어갔다.

"에발트, 네 목욕가운 좀 갖다주거라."

엄마가 내게 말했다.

"내 걸요? 왜 내 걸 갖다줘요?"

나는 처절하게 저항했다. 내 목욕가운이 아까워서는 아니었다. 우습게 들릴 수도 있겠지만, 나는 자유와 게으름을 한껏 즐기고 싶은 방학 때만큼은 어떤 옷보다도 목욕가운을 애용하는 편이다. 다시 말해 나는 내가 무한한 애정을 갖고 자주 입는 목욕가운이 타인에 의해 하찮은 취급을 당하는 게 싫었다.

"그럼 엄마 거라도 갖다주렴."

차가운 목소리로 엄마가 답했다.

"안 돼! 그걸 왜 갖다줘?"

이번에는 빌레 누나가 장난기 가득한 목소리로 호들갑을 떨었다.

"크크, 엄마는 누드를 보는 일이 즐겁지 않으신가요?"

"난 하나도 안 즐겁다."

누나를 흘겨보며 엄마가 대답했다.

"날도 더운데, 쟤는 또 안 입을 권리가 있는 거지."

빌레 누나는 내숭을 떨며 아무것도 모르는 척 시치미를 뗐다.

"됐단 놈아. 우리는 아무리 집에서라도 벗고는 안 다녀. 알겠니?"

엄마는 아빠 말투를 흉내 내며 누나의 말을 단호하게 끊으려

했지만, 엄마의 "됐단 놈아"는 아빠의 "됐단 놈아"와 같은 효력을 발휘할 수 없었다.

"내가 언제 뭐라 그랬어요? 우리가 벗고 다닌다고 한 것도 아닌데 뭘?"

빌레 누나는 능청도 잘 떨었다.

"우리가 아니라 재스퍼의 자유고 권리라는 거지."

"그래서 재스퍼가 벌거벗고 다니는 게 그렇게 보기 좋으냐?"

엄마도 이젠 작정을 하고 누나와 토론이라도 벌일 기세였다.

"팬티를 입었으면 저렇게까지 귀엽진 않을 것 같은데요."

누나가 신이 나서 떠들어대는 걸 보니, 어쭙잖게도 '남매는 하나'라는 연대감과 공동체 의식이 내 속에서 스멀스멀 발동하는 게 느껴졌다. 그래서 나도 둘의 대화에 얼른 끼어들었다.

"그리구 뭐, 출렁이는 배둘레햄이 다 가려줘서 사실 아무것도 안 보이잖아요."

내 말에 빌레 누나는 너무나 좋아하며 킥킥거렸다. 반면에 엄마는 진짜로 얼굴이 빨개지며 당황하는 빛이 역력했다.

화장실 물 내리는 소리가 밖에까지 들렸다.

"에발트! 제발 목욕가운 좀 갖다주라니까!"

엄마는 정말 화가 나서 죽겠다는 듯 내게 짜증을 냈다. 하지만 내가 자리에서 일어나는 순간 마침 화장실에서 나온 재스퍼는 자기가 차지한 내 방으로 쑥 들어가버렸다. 킥킥대던 누나는 이제 우스워 죽겠다는 듯 찔끔거리며 눈물까지 훔쳐냈다.

"에발트, 내 목욕가운 갖다가 재스퍼 침대 위에 놓아두렴."

엄마가 다시 냉정을 찾은 목소리로 말했다.

"그럼 그걸 입으라는 신호로 알아들을 거다."

빌레 누나는 내게 갖다주지 말라는 눈짓을 보냈고, 나는 그에 장단을 맞췄다.

"엄마 가운은 좀 거시기하잖아요. 레이스도 달리고 제비꽃 무늬도 화려하고. 너무 아름다워서 재스퍼는 그걸 자기더러 입으라는 줄은 상상조차 못 할 거예요."

"그럼 아빠 거라도 갖다주면 되잖니!"

정말로 짜증이 나는지 엄마의 목소리가 날카로워졌다.

"재스퍼가 그걸 입으면, 아마 걔도 자기 동생 톰처럼 고꾸라져서 다리에 깁스를 하게 될 거예요."

누나는 언제나 이렇게 엄마 머리 위에서 논다. 하지만 누나 말도 일리는 있었다. 재스퍼 아니라 누구라도 거의 2미터나 되는 아빠의 옷을 입고 걸어다니다간, 그 옷에 발이 걸려 넘어지기 딱 좋으니까 말이다.

흥미진진한 우리의 토론은 재스퍼의 출현으로 중단되었다. 티셔츠와, 그 아래 아주 헐렁한 줄무늬 팬티를 걸치고 방에서 나온 그는 우리에겐 눈길 한 번 주지 않고 부엌으로 갔다. 냉장고 문 여닫는 소리가 났다. 잠시 후 그는 역시 우리에게는 시선조차 돌리지 않고, 손에 든 1리터짜리 우유팩을 입으로 마구 물어뜯으면서 자기가 독점한 내 방으로 유유히 사라졌다. 그가 방금 지나간 자리에는 여기저기 우유가 튄 흔적이 선명했다.

"세상에 보다 보다 저런 애는 정말 처음이야."

절레절레 고개를 저으며 엄마가 말했다.

"누구나 저러면서 크는 거잖아요."

빌레 누나는 또 한 번 엄마에게 딴죽을 걸며 식탁에서 일어났다. 엄마를 실컷 골려먹으니 즐거워서 죽겠다는 표정이었다.

이 날 재스퍼는 모두 세 차례 우유팩을 가져갔고, 그로써 우리 집 냉장고에 있던 우유는 몽땅 사라지고 말았다. 그는 다른 건 아무것도 안 먹고 오직 우유로만 배를 채웠다. 그리고 화장실에 갈 때와 우유 가지러 나올 때를 빼고는 자기 방에서 꼼짝도 하지 않았다. ('자기가 독점한 내 방'이라는 표현이 번거로우니 이제부터는 그냥 '자기 방'이라고 하겠다.)

저녁 식사 때가 되어도 그는 모습을 보이지 않았다. 재스퍼를 부르러 갔던 누나는 이렇게 말했다.

"He is not hungry."

저녁 식사를 마치고 한참 후, 나와 누나는 물론 식구들 모두가 잠을 청할 즈음 복도에서 웬 발소리가 들렸다. 누나 방문 아래로 비치는 불빛이 전혀 없는 것으로 보아, 누군가 어둠 속을 헤매는 게 분명했다.

"누나, 재스퍼가 또 복도를 서성이나 봐."

나는 빌레 누나를 향해 속삭였다. 누나는 이미 잠이 든 듯 아무 반응이 없었다. 나는 이불을 귀까지 끌어다 덮으며 잠을 청했지만 이상하게 머리는 점점 더 맑아지는 것만 같았다. 무엇보다도 나는 아빠와 엄마 두 분이 앞으로 재스퍼를 어떻게 감당할지가 걱정이었다. 한편으로는 이게 다 두 분이 자기 아들만 위하는 이기심으로 교환학생을 받았기 때문에 발생한 일이라는 생각도 들었다. 그래, 이건 다 자업자득이야. 두 분이 감당해야 할 몫이라고. 이렇게 생각해도 기분은 그다지 나아지지 않았다. 웬일인지 복도에서 서성이는 재스퍼의 발소리마저 처량하고 구슬프게 들렸다. 이 또한 내 인생의 슬픈 아이러니였다.

7월 21일 화요일

그의 비밀, 혹은 우리의 착각

재스퍼는 이날도 역시 점심 무렵에야 잠을 깼다. 그리고 전날과 똑같이 1리터짜리 우유 두 개를 해치우고는 자기 방으로 다시 들어갔다.

"쟤가 매일 저러면 어떡하니? … 어째야 좋을지 당최 모르겠구나."

엄마의 얼굴에는 초조한 빛이 감돌았다.

저녁에 재스퍼의 부모님으로부터 연락이 왔다. 아빠는 아직 회사에서 퇴근 전이고, 엄마는 채워놓기 무섭게 바닥난 우유를 사러 마트에 가서서 집에 없을 때였다. 전화기가 울려서 내가 받았는데 하필이면 그게 재스퍼의 아버지라니! 그런데 내 영어 실력으로는 고작해야 전화 건 사람이 런던에 사는 픽피어 씨라는 것, 그가 자기 아들의 안부를 궁금해한다는 것 정도밖에 알아들을 수가 없었다.

나는 얼른 빌레 누나를 불러 수화기를 건네주었다. 상대편의 영어를 알아듣기 위해 온 정신을 집중한 탓인지 누나의 인상이 저절로 구겨졌다. 누나는 몇 번 고개를 끄덕이는가 싶더니, 잠시 후 뭔가 뿌듯한 표정으로 수화기의 말하는 부분을 손으로 가리고는 속삭이듯 내게 말했다.

"이번에도 나를 엄만 줄 알아!"

정말로 영어를 알아듣는 건지 괜히 그런 척하는 건지, 아무튼 빌레 누나는 연방 고개를 끄덕이다가 가끔 부끄러운 얼굴로 손을 저으며 "oh no, oh no" 혹은 "really not!" 같은 감탄사도 적당히 주워섬기곤 했다. 그럴 때 보면 정말이지 임기응변의 천재라는 수식어가 아깝지 않을 정도다. 특히 마지막 연기가 일품이었는데, 누나는 자기가 정말로 교환학생을 들인 한 가정의 우아한 엄마라도 되는 양 표정까지 그럴듯하게 지으며 재스퍼에 대한 아부성 칭찬을 늘어놓았다.

"No, no. he is a nice fellow! I like him!"

하지만 더 이상은 알아듣기가 버거운지, 마침내 누나는 내 방을 향해 재스퍼를 부르며 부모님 전화를 받으라고 했다.

"Jasper, your parents!"

재스퍼가 너덜거리는 팬티 차림으로 방에서 나왔다. 빌레 누나로부터 수화기를 건네받은 재스퍼는 잔뜩 인상을 쓰고 몇 차례 고개를 흔드는가 싶더니 금세 빌레 누나에게 수화기를 돌려주었다. 언제 신호가 끊긴 것인지 전화기에서는 뚜뚜 뚜뚜 하는 신호음만 들렸다.

"Sorry."

자기만 오래 붙들고 있다가 전화가 끊겼다고 생각했는지, 누나는 재스퍼에게 미안해했다. 그러나 재스퍼는 별로 대수롭지 않다는 듯 고개를 끄덕이고는 다시 제 방으로 사라졌다. 그때 엄마가 1리터짜리 우유팩 네 개를 사들고 헉헉대며 현관으로 들어왔다. 승강기 없는 고색창연한 건물, 그것도 나선형 계단으로 이어진 5층 높이에 살다 보면 누구라도 집에 들어올 때는 이렇게 헐떡거리지 않을 수 없다.

"재스퍼 부모님이 또 전화를 하셨어요."

"그래? 도대체 뭐라고들 하디?"

빌레 누나의 말에, 우유팩을 냉장고에 집어넣으려던 엄마가 물었다. 누나가 부엌으로 들어가는 것을 본 나도 얼른 부엌으로 따라 들어갔다. 누나는 잠시 머뭇거리다 조심스레 부엌문을 닫았다.

"우리 얘기를 들으면 안 되니까…."

누나는 동그랗게 눈을 뜨고 이야기했다.

"재스퍼가, 내 생각에는 독일어 실력이 상당한 것 같아요. 분명히 우리 얘기 다 알아들어요."

그렇게 말문을 연 빌레 누나는, 자기가 알아들은 한에서 픽피어 씨와 나눈 대화 내용을 간추려 전달했다. 재스퍼의 부모님은 우리 가족이 재스퍼와 잘 지내는지 물으며, 만약 그렇지 못하다면 재스퍼를 바로 돌려보내라고 했다고 한다. 그러면서 재스퍼는 사실 문제가 좀 있는 아이라고, 도저히 남의 나라에 교환학생으로 보내서는 안 될 아이라고 했다는 거다. 자기네도 그 사실을 알고 있지만 톰이 부상을 당해 깁스를 하는 바람에 어쩔 수 없었다면서, 픽피어 씨는 재스퍼에 관한 몇 가지 새로운 정보를 알려주었단다.

"재스퍼의 담당 의사 말로는…."

누나가 이 말을 꺼내자 엄마가 끼어들었다.

"의사라니! 무슨 의사?"

누나에게 캐묻는 엄마 얼굴이 눈에 띄게 불안해졌다. 누나는 어깨를 들썩하며 잘 모르겠다는 투로 말했다.

"아마 정신과 치료를 받는 것 같아요. 재스퍼 부모님 말씀으로는, 의사 선생님이 전부터 그런 말을 했대요. 재스퍼를 완전히 낯선 환경으로 보내보라고요. 그러면 혹시 도움이 될지도 모르겠다고… 내가 듣기론 뭐 그랬다는 것 같았어요"

"아니, 이게 무슨 소리야! 어린애가 무슨 정신병원이라니?"

엄마는 온몸에 맥이 풀리는 듯 부엌의 간이식탁 의자에 털썩 앉으며 방금 전에 냉장고에 넣으려던 우유팩들을 무릎 위에 올려놓았다.

빌레 누나는 자세한 건 자기도 잘 모른다고 약간 말을 바꿨다. 몇 마디 알아들은 단어를 자기 나름대로 끼워 맞춰서 유추했을 뿐이라나? 엄마의 안색이 심각해질수록 누나 또한 자신감을 잃는 기색이 역력했다. 결국 누나는 자기가 무슨 전문 통역사도 아닌데 어떻게 모든 걸 정확하게 이해할 수 있겠냐면서, 그나마 알아들은 단어들도 실제로는 다른 뜻으로 쓰일 수 있다는 식으로 발뺌을 했다.

"암튼 재스퍼의 부모님이 내일이나 모레 저녁에 다시 한 번 전화를 하겠다고 했으니까, 자세한 건 그때 물어보세요."

누나가 완전히 발을 빼고 도망가며 덧붙인 말이다.

엄마의 악몽이 돼버린 저녁 식사

저녁이 되자 집 안은 온통 맛있는 음식 냄새로 가득 찼다. 엄마가 잔뜩 요리 솜씨를 부려 고소한 화이트소스를 곁들인 소고기 찜에다 으깬 감자를 준비하신 것이다. 빌레 누나가 방문을 두드리며 부르자 웬일인지 재스퍼가 따라 나왔다. 군침 도는 음식을 앞에 두고 한껏 기분이 좋아진 우리 가족은, 누나를 순순히 따라 나온 재스퍼 덕분에 더더욱 들뜬 얼굴이 되었다.

그중에서도 제일 행복해 보이는 건 엄마였다. 아빠도 물론 싱글벙글이었다. 이것 봐라, 행복이 뭐 별거겠니? 이렇게 좋은 사람들이 함께 모여 맛있는 음식을 나눠 먹는 게 바로 행복이지. 말은 안 해도 우리 부모님의 표정에는 이런 충만한 기쁨이 흘러넘치고 있었다. 그걸 보며 나는 속으로 중얼거렸다. 제발 이 순간의 행복이 오래가기를! 아니, 부디 오늘 저녁만이라도 별 탈 없이 그럭저럭 넘어가기를! 그러나 왠지 인생의 불안한 아이러니가 느껴지는 게, 자꾸만 가슴이 조마조마했다.

재스퍼가 우리들 사이에 자리를 잡고 앉았다. 하지만 엄마가 자랑스러워하는 요리들로 한 상 가득 차려진 식탁을 바라보는 그의 눈빛은, 뭔가 언짢은 듯 심상찮아 보였다. 그것을 아는지 모르는지 엄마는 자기가 정성을 다해 준비한 음식들을 골고루 퍼서 재스퍼의 접시에 담아주었다. 그와 동시에 재스퍼의 눈에 가득한 언짢은 기운이 뺨을 타고 아래로 흘러내리며 마침내 입꼬리에까지 번져가는 것을 보자, 그렇지 않아도 조마조마한 마음이 이제는 완전히 졸아붙는 듯했다.

으아, 지금 재스퍼는 얼마나 짜증이 날까! 그 기분이 어떤 건지 나는 잘 안다. 우리 엄마의 못 말리는 악습 중 하나는, 우리가 스스로 먹도록 그냥 내버려둘 줄을 모른다는 것이다. 이미 열네 살이나 먹은 소년인 나 또한 아직 이유식도 다 끝내지 못한 아기로 보이는 모양인지, 엄마는 내게 음식을 일일이 퍼주는 것도 모자라 이거 먹어라 저거 먹어라 끊임없이 잔소리를 해댄다. 또한 내가 먹고 싶은 것을 내 손으로 직접 퍼다 먹을라치면, 골고루 먹어야 한다는 훈계를 남발하면서 나의 위장을 한참 능가하는 엄청난 양의 음식을 퍼주며 흐뭇해한다.

엄마의 그런 태도는 거의 폭력에 가깝다. 고기 좀 더 먹어라, 감자도 참 맛있다, 푸성귀를 왜 그렇게 적게 먹느냐, 소스에 버무려서 팍팍 좀 먹어라 등 쉴 새 없는 참견도 모자라 아예 숟가락으로 퍼서 내 입에 넣어줄 기세로 달려드는데, 그게 폭력이 아니면 대체 뭐란 말인가. 당사자가 싫다고 아무리 도리질을 쳐봤자 소용이 없다. 엄마의 손길은 완강하고도 집요해서, 가장 어린 나는 물론이고 누나도 아빠도 그걸 완전히 피할 길은 없다.

비단 먹는 문제뿐 아니라 모든 걸 엄마 마음대로 다 정해버리는 바람에, 우리 가족은 자기 자신의 고유한 느낌이나 취향을 발견할 기회조차 가질 수 없게 되고 말았다. 그런데 이제 엄마의 그 독선적이고도 우악스런 손길이 재스퍼의 접시를 향해 뻗어가고 있는 것이다.

엄마가 퍼 올린 음식들이 산더미처럼 쌓인 접시를 앞에 두고 한참을 바라보던 재스퍼는, 갑자기 벌떡 일어나 식탁 뒤로 가더니 케첩 병을 들고 왔다. 우리 집에서 케첩은 야외에서 고기나 소시지를 구워 먹을 때가 아니면 쓸 일이 없다. 더욱이 지금 식탁에 차려진 건 화이트소스와 소고기 찜이고, 그것이 케첩과 전혀 어울리지 않는다는 건 상식이지 않은가 말이다. 하지만 그렇더라도 누가 굳이 거기에 케첩을 뿌려 먹겠다면 그냥 내버려두는 게 상책이다. 남이야 전봇대로 이를 쑤시든 이쑤시개로 밥알을 찍어 먹든, 어쨌거나 각자의 취향이니까.

　　문제는 우리 엄마가 이런 상황을 도저히 참지 못한다는 데 있다. 역시나 엄마는 파랗게 질린 얼굴로 자기가 할 줄 아는 영어를 최대한 구사해 재스퍼를 말리려 했다.

　　"No, no, no, Jasper! No, no!"

　　하지만 재스퍼는 우리와 차원이 다른 강적이었다. 그는 케첩 병의 뚜껑을 확 열어젖히더니 고기와 감자, 그리고 소스 위에도 케첩을 퍽퍽 뿌려대기 시작했다. 그러고도 직성이 안 풀리는지, 마침내 케첩 병이 완전히 빌 때까지 계속해서 그것을 흔들어댔다. 재스퍼의 접시는 온통 케첩으로 뒤덮여 시뻘게졌다. 그는 고기와 감자를 수북이 덮은 시뻘건 케첩을 숟가락으로 퍼먹기 시작했다. 그리고 그 아래 묻혀 있던 고기와 감자가 드러나자 그제야 숟가락질을 멈추더니, 아빠가 마시던 맥주를 자기 컵에다 콸콸 쏟아붓고는 그걸 가지고 벌떡 일어나 자기 방으로 사라져버렸다.

엄마 눈에서 몇 가닥의 눈물이 뺨을 타고 흘러내렸다. 하지만 완벽한 현모양처인 우리 엄마는 휴지로 얼른 눈물을 닦고 밝게 웃으며 가정의 행복을 지키려 했다.

"병원에 자빠져 있을 놈이 왜 세상에 나와서 돌아다녀! 저 망할 자식!"

재스퍼에게 한껏 욕을 퍼부은 엄마는, 남은 고기와 감자와 소스를 우리 접시에 더 담아주며 다시금 행복한 미소를 지어 보였다. 그 기괴한 모습에 나는 기쁨과 슬픔이 교차하는 인생의 아이러니를 또 한 번 뼈저리게 느껴야 했다.

재스퍼 길들이기의 최후

7월 22일 수요일 ~ 7월 24일 금요일

"그들은 괴물을 키운 거야"

이 사흘 동안은 별로 특별한 일이 없었다. 재스퍼는 매일 몇 리터씩 우유를 들이켰고, 수요일에는 새로 사온 케첩을 또 한 병 다 먹어치웠다. 이에 기겁한 엄마는 그 후로 다시는 케첩을 사다 놓지 않았다.

재스퍼는 아침부터 저녁까지 내내 자기 방에만 처박혀 있다가, 밤이면 슬그머니 문을 열고 나와 컴컴한 복도 여기저기를 몇 바퀴씩 맴돌곤 했다. 도대체 그 컴컴한 데서 무슨 일을 하는지 궁금하여, 목요일 밤에는 나도 재스퍼를 따라 살짝 방 밖으로 나가 어둠 속에 숨어서 그 애가 뭘 하는지 유심히 지켜보았다.

내가 서 있는 누나 방 앞 복도는 무척 컴컴했다. 그런데 저편 어느 한 곳에만 환하게 불이 켜져 있었다. 그곳은 식품을 보관하는 작은 창고용 방이었다. 내가 엿보았을 때 재스퍼는 그 방 선반에서 딸기잼 한 병과 생선 통조림 하나를 꺼내고 있었다. 또한 냉동실을 열어 가족용 아이스크림 한 통을 꺼낸 다음 창고 방의 문을 닫고는, 다시 어두운 복도를 지나 자기 방으로 쑥 들어갔다.

내가 누나 방의 문을 열고 그 옆에 서 있었지만, 그는 나를 못 본 건지 못 본 척한 건지 아무튼 그냥 지나쳤다. 그 뻔뻔스러움이 역겨워 나는 그만 손을 뻗어 그 녀석을 붙들 뻔했다. 그런데 생각해보니 내가 그렇게 하면 재스퍼가 놀라서 손에 든 딸기잼 병을 떨어뜨릴 것만 같았고, 그러면 이어질 일의 뒷감당을 누가 하랴 싶어서 그만두었다.

다음 날 아침, 나는 내가 목격한 것을 빌레 누나에게 그대로 전했다. 누나는 이 사건을 일단 비밀에 부치자고 했다. 아니, 언제까지고 우리 둘만 알도록 무덤에까지 갖고 가자면서, 이 모든 게 부모님을 위해서라고 강조했다. 나 역시 부모님, 특히 엄마한테는 비밀로 하는 게 좋겠다고 스스로 결론을 내리고 있었기에 누나 말에 순순히 동의했다.

다시 한 번 말하지만 내가 비밀을 지키기로 한 건 재스퍼를 지켜주고 싶어서가 아니라, 그로 인해 엄마가 받을 충격이 심히 염려되어서였다. 엄마는 이미 재스퍼 때문에 무지하게 신경이

날카로워진 상태였다. 누가 봐도 딱할 정도로 초조하고 불안해하는 바람에 아빠의 걱정도 이만저만이 아니었다. 요전날 어쩌다 두 분의 대화를 엿듣게 되었는데, 그때 아빠는 엄마에게 이런 말을 했었다.

"여보, 더 이상은 도저히 안 되겠어. 내가 장담하는데, 당신 이대로 가다간 6주는커녕 며칠도 못 버틸 거야. 그러니 저 녀석에게 솔직하게 얘기하자고. 픽피어 씨한테 다시 전화가 오면 그땐 내가 다 털어놓겠어. 당신네 아들을 더 이상은 데리고 있을 수가 없다고 말이야. 문제가 심각하니 바로 보내겠다고 얘기할 거라고!"

차분했던 목소리가 갑자기 커지는가 싶더니, 아빠는 재스퍼의 부모님을 향해 마구 욕을 하기 시작했다.

"어떻게 인간들이 이럴 수 있지? 만나보지 않아도 그 부모가 어떤 인간들인지 내 짐작이 간다니까. 애를 저렇게 길러놓고 어떻게 남의 집에 보낼 수 있느냐 말이야!"

여전히 분이 풀리지 않는지 아빠는 계속해서 씩씩거렸다.

"우리도 자식 키우는 부모인데 오죽하면 이렇게 말을 하겠냐고. 그래, 나도 함부로 말하면 안 된다는 거 알아. 하지만 저런 괴물을 키워놓은 사람들이라니… 안 봐도 뻔하다 뻔해. 아니, 아무리 버르장머리 없게 키웠다 해도 최소한 남에게 피해는 주지 말라고 가르쳤어야 할 거 아냐!"

그러다 아빠는 돌연 누나와 나를 칭찬하기 시작했고, 그것은 또한 자화자찬과 뜬금없는 고백으로 이어졌다.

"우리 애들 좀 봐봐. 어디에 갖다 놔도 최소한 저렇게 부끄러운 짓은 안 하고 다니잖아? 그러고 보면 우리가 애들 하나는 참 반듯하게 잘 키웠다 싶어. 안 그래, 여보? 나는 요즘 우리 애들이 무지하게 예쁘고 고맙다고!"

재스퍼 덕에 이런 칭찬을 듣게 되다니, 어쩐지 쑥스럽고 어색하여 나는 얼른 내 방으로 돌아왔다. 하지만 왠지 뿌듯한 것이 솔직히 기분은 좋았다.

7월 25일 토요일

'알차게 꼬박' 재앙이 된 하루

이날은 완전히 '재앙의 날'이었다. 재앙의 먹구름은 아침 일찍부터 몰려오기 시작했다.

우리 아빠네 회사는 토요일에 쉬기 때문에 아빠는 주말이면 산으로 강으로 놀러다니기 위해 늘 미리부터 '빈틈없는' 작전을 짜곤 하신다. 문제는 놀러가기 위해 집을 나설 때조차 아빠는 평소의 출근 시각을 고집한다는 사실이다. 우리 집에서 별로 멀지도 않은 할머니 농장에 가는 날도 아빠는 여느 때처럼 아침 일찍 일어나 온 집 안을 휘저으며 가족들을 깨운다. 그리고 부엌과 식당을 들락거리며 식사 준비를 시작한다. 그래야지만 "하루를 알차게 꼬박" 쓸 수 있다는 게 아빠의 주장이다.

아빠는 또 놀러갈 준비를 할 때마다 어김없이 구닥다리 노래들을 열창한다. 아빠 말로는 가족들과 소풍 갈 생각에 기분이 너무 좋아 노래가 절로 나온다지만, 누나는 아빠가 단지 우리를 깨우기 위한 목적에서 노래를 부르는 거라고 주장한다. 나 역시 누나 의견에 전적으로 동의한다. 실제로 아빠가 있는 대로 목청을 뽑아 〈내 사랑 어디로 가셨나〉에서 시작해 〈돌아오라 소렌토로〉를 거쳐 〈오 솔레미오〉에 이르면, 제아무리 강적이어도 도저히 일어나지 않고는 배길 수가 없다. 이불을 머리끝까지 뒤집어쓰고 양손으로 귀를 막아본들, "나는 오직 그녀의 어깨 위에 입을 맞췄네…"라는 끔찍한 가사가 계속 되는 이상 그 누구도 침대에서 버틸 재간이 없다.

이렇게 해서 아빠의 '하루를 알차게 꼬박 쓰기' 프로젝트에 강제로 편입된 우리는, 아무리 자리에서 뭉갠다 해도 아침 8시면 아침밥을 먹으러 식탁 앞에 앉아야 한다. '아침형 인간'인 엄마야 아빠보다 더 일찍 일어나니 아무 문제가 아니지만, 누나와 나에게 이는 정말 괴로운 일이다.

이날도 여느 토요일과 다름없이 이른 아침부터 아빠의 소동은 시작되었다. 날씨마저 끝내주게 화창하니 아빠가 '하루를 알차게 꼬박 쓰기'프로젝트를 포기할 리 없었다.

"오늘은 우리 가족의 소풍날이다!"

아빠는 식탁에서 뭔가를 우적우적 집어먹으며 연방 같은 소리를 되풀이하고 다녔다.

"오늘은 재스퍼와 함께 빈의 아름다운 환경도 둘러보고, 녹색이 울창한 자연 속에서 맛있는 점심도 먹는 거다!"

"아빠, 오늘은 무지 덥다는데, 어디 물가로 가는 게 낫지 않아요?"

빌레 누나가 아빠의 '빈틈없는' 작전에 문제를 제기했지만, 아빠는 받아들이지 않았다.

"무슨 소리니? 우리 재스퍼한테 먼저 빈의 아름다운 녹지대를 보여줘야지! 물놀이할 데야 세상 어디에나 있지만, 빈의 녹지대는 전 세계적으로 유명하잖니. 우리처럼 이렇게 큰 도시 주변에 울창한 숲이 있는 나라가 이 세상에 어디 또 있는 줄 아니? 오스트리아의 환경 보호 수준은 알아줘야 해. 그럼, 그렇고말고. 세계 어디에도 이렇게 그뤼인벨트를 잘 보존하고 있는 곳은 우리밖에 없다고."

'green belt'라는 영어 발음을 유난히 굴리는 아빠에게 나는 딴죽을 걸었다.

"그거야 우리들 생각이죠. 우리가 아무리 자연을 아름답게 보존한들, 또 빈의 자연환경이 아무리 좋다고 한들 재스퍼가 무슨 관심이 있겠어요?"

아빠는 내 말을 들은 척도 하지 않고 엄마에게 가서 미리 점찍어둔 '끝내주는' 장소들에 대해 설명하기 시작했다. 어느 길을 타고 가다 어디서 어떻게 돌아야 하는지 종이에다 그려가며 상세히 설명하는 아빠에게, 그러나 엄마는 볼멘소리로 대꾸했다.

"어휴, 솔직히 말해서 저 녀석을 차에 태우고 갈 생각을 하면… 내가 정말 기가 막혀서 말도 안 나와. 어떻게 땅콩을 통째로… 아, 그리고 모처럼 근사한 식당에 들어가서 앉았는데, 쟤가 또 케첩을 퍼붓고 난리를 치면 어떻게 해? 난 벌써부터 가슴이 답답해지네. 한 번만 더 그러면 어휴, 이제는 진짜 가만두지 않을 거야!"

"두고 봐. 오늘부터는 괜찮을 거야!"

아빠가 위엄이 넘치는 목소리로 엄마의 말을 받았다.

"어떻게 알아요, 그걸?"

엄마가 발끈하며 아빠에게 따지듯이 물었다.

"오늘부터는 내 손으로 처리할 테니까 당신은 그저 가만히 지켜만 보라고! 저 아이도 이제 달라질 거야."

이 말에 엄마는 갑자기 기분이 상했는지 아빠에게 짜증을 내며 쏘아붙이기 시작했다.

"아니, 그럼 다 나 때문이란 거예요? 내가 쟤를 저렇게 만들었어요? 쟤가 나 땜에 그런 짓만 골라가며 했단 말이에요? 그게 모두 내 책임이냐고요!"

엄마는 마치 그동안 재스퍼로 인해 받은 스트레스를 아빠에게 풀겠노라 작정한 사람 같았다. 이에 잠시 당황하여 머뭇거리던 아빠는 간신히 정신을 차린 듯 자신이 한 말의 의미를 꼼꼼하게 설명하기 시작했다.

아빠는 우선 자기가 한 말은 그런 게 아닌데 당신 신경이 날카로워서 오해한 거라며 엄마를 나무랐다. 또한 당신이 재스퍼를 당장 돌려보낼 수는 없다고 하니까 그렇다면 어떻게든 함께 지낼 수 있는 "좀 더 나은 방안을 강구하기 위해서" 자기가 중요한 원칙과 몇 가지 계획을 세웠다고 밝혔다. 한마디로 이제부터는 좀 더 "강력하고 엄격한 손길로" 아이를 다루는 것이 필요한데, 그런 점에서는 아무래도 당신보다 내가 적합하지 않겠냐는 뜻에서 한 말이었다고, 아빠는 애써 가장의 인격과 품위를 지켜가며 엄마를 달래고 설득했다.

"잘해 보시라고요!"

엄마는 아직도 억울한 얼굴로 빈정거렸다.

"거 아무거나 갖고 바가지 좀 긁지 말아요. 이런 때일수록 냉정을 잃어선 안 돼. 차가운 머리가 중요한 거야. 원인을 분석한 다음 좋은 결과를 위해 몇 가지 원칙을 세워 정확히 지켜가야 한다고. 이제부터는 내가 재스퍼에게 어떤 규칙을 지켜야 하고 어떻게 행동해야 하는지 확실히 가르치겠어. 아이가 그걸 깨닫게 해줘야 할 거 아냐? 그걸 배우고 나면 재스퍼도 그렇게 하는 게 왜 좋은지 스스로 알게 되겠지. 아이들이 바른 길로 갈 수 있도록 우리 어른들은 끝까지 기다리며 아이들에게 손을 내밀 줄 알아야 하는 거라고!"

"아멘, 할렐루야!"

빌레 누나는 고개를 숙여 아빠에게 깊은 존경을 표시했다. 그런데 누나의 이 말에 아빠는 더 이상 가장의 인격과 품위를 지킬 수 없게 되었다. 왕실에서 뺨 맞고 시장에 가서 화풀이한다더니, 금세 안색이 바뀐 아빠는 누나를 무섭게 다그쳤다.

"너 아빠 말에 그따위로 주둥이 놀릴 거면, 차라리 입 다물고 가만히 있어. 보자 보자 하니까 아빠 머리 위로 기어오르니? 앞으로 한 번만 더 그따위로 말해봐. 따끔하게 맛을 보여줄 테니! 아침부터 마누라는 바가지에 딸년은 싸가지야."

이건 결코 아빠의 주특기인 썰렁한 유머가 아니었다. 아빠도 엄마처럼 더 이상은 감정을 자제하기가 힘들어 보였다.

"아우 아빠, 그게 아니고요!"

영리한 빌레 누나가 웬일인지 분위기를 제대로 파악하지 못하고 아빠한테 더욱더 엉기려고 했다. 그때 아빠가 귀싸대기를 날렸다. 빌레 누나의 뺨이 새빨갛게 달아오르며 부풀기 시작했다. 무안해진 누나는 이를 꽉 다물고는 더 이상 아무 말도 하지 않았다.

"9시에 출발한다."

아빠는 나를 보며 출동을 명령했다.

"똑바로들 해!"

빌레 누나 때문에 뚜껑이 열린 아빠는 엉뚱하게 나를 노려보며 윽박질렀다.

정말 암울하고 재수가 없는 날이다. 도대체 내가 뭘 어쨌다고 이렇게 봉변을 당해야 하는 건가! 이건 전적으로 누나 때문인데, 아무리 따져 봐도 정말 억울하다. 하긴, 내가 이런 꼴을 당하는 게 어디 한두 번이라야 말이지. 고래 싸움에 새우 등 터진다고, 가운데 끼인 나만 번번이 양쪽에서 두들겨 맞는 신세가 되지 않는가 말이다.

얼마 전에도 비슷한 일이 있었다. 빌레 누나가 뭔가를 잘못해 아빠가 무지하게 화가 났는데, 그때도 불똥이 나한테까지 튀었다. 심지어 아빠는 옛날 일을 들먹이며 누나보다 나에게 더 화를 내며 야단쳤다. 나는 억울하고 또 분했다. 누나 잘못으로 이렇게 되었다는 생각에 아빠한테보다는 누나한테 더 화가 났다. 그래서 누나에게 분풀이를 했더니, 평소에는 '아빠의 싸가지'던 누나가 돌연 '내 철천지원수'로 돌변하고 말았다.

사실 누나가 내게 그다지 잘못한 게 없다는 점은 나도 인정한다. 하지만 사태가 이렇게 흘러가면 나도 어쩔 수 없이 누나한테 심술을 부리게 되고, 누나 역시 그런 나를 이해하지 못하는 악순환이 반복된다. 아빠는 자기가 화를 낸 것의 영향이 이렇게까지 확산되고 커진다는 것을 알까? 아마 모를 것이다. 아빠가 부인할 수 없는 '사실'은 딸 때문에 자기가 화를 냈다는 그 하나뿐이겠지. 하지만 그 여파는 온 가족에게 골고루 미친다는 것, 그게 내가 느끼는 '진실'이다.

빌레 누나는 내가 생각하는 이런 문제에 대해서도 날카로운 시선으로 아빠를 비판한다. 일부러 그랬든 앞뒤 분별 못하고 생각 없이 저질렀든, 그렇게 온 집안에 불화를 퍼뜨리며 피해를 입히는 건 그야말로 "강력 범죄"라는 거다. 나 역시 싸가지 누나의 의견에 전적으로 동감이다.

방금 전에도 "강력 범죄"를 저지른 아빠는, 꿀과 버터 바른 빵을 꼭꼭 씹으면서 자기 딴에는 열심히 화를 삭이는 모습이었다. 드디어 빵을 다 삼킨 아빠는 평정심을 회복한 듯, 누나에게 부드러운 목소리로 명령을 했다.

"가서 재스퍼를 깨워라!"

하지만 누나는 화가 풀리지 않은 얼굴이었다.

"왜 내가 깨워요?"

누나는 토라진 얼굴로 아빠를 외면하고 방금 전 아빠가 그랬듯 꼭꼭 빵만 씹어댔다. 상황이 긴박해지고 있음을 눈치 챈 나는, 먹던 빵이 아직 입속에 잔뜩 남아 있다는 것도 아랑곳하지 않고 다급한 표정을 지으며 화장실로 달려갔다. 잠시라도 꾸물거리다가는 온갖 구박이 내게 쏟아질 것이 너무나도 뻔했기 때문이다. 아빠는 싸가지 누나 대신 나더러 재스퍼를 깨우라고 명령할 테고, 그와 동시에 누나 또한 "적당히, 은근히, 꼬리를 빼고 뭉개보라"는 신호를 내게 보낼 것이 분명하지 않은가. 이 진퇴양난의 계곡에서 빠져나가 나의 안전을 지킬 수 있는 단 하나의 방법은 오직 화장실로 달려가는 것밖에 없었다.

재스퍼의 수난 시대

세상에서 가장 아름답고 안전한 화장실로 몸을 옮긴 나는, 달콤한 평화와 행복의 순간을 즐기며 무작정 버티기 작전을 시도했다. 잠시 후 엄마가 크게 외치는 소리가 들렸다.

"좋아. 우리 공주마마께서 거부하신다면, 내가 가겠어요!"

엄마의 말에 나는 허겁지겁 화장실에서 뛰어나왔다. 당장에 비상사태가 벌어질 것 같아서였다. 재스퍼의 방을 몰래 훔쳐본 적이 있는 나로서는, 엄마가 재스퍼 방을 보고 받을 충격이 예상되어 가만히 있을 수 없었다. 나는 서둘러 엄마 뒤를 좇아 재스퍼 방으로 갔다. 그러고는 혹시 엄마가 눈앞에 펼쳐지는 장면에 경악하여 발작을 일으키거나 몸을 가누지 못하고 실신할 경우를 대비해, 엄마 뒤에 대기 자세로 버티고 섰다.

나는 엄마 등 너머로 힐끗 재스퍼의 방을 엿보았다. 그가 아무렇게나 벗어던진 옷가지들과, 내 장난감 상자에서 꺼낸 구닥

다리 전기 기차며 퍼즐 조각들이 방바닥에 흩어져 있었다. 그리고 다 먹어치운 딸기잼 빈병과 생선통조림 깡통, 아이스크림 통도 여기저기에 뒹굴고 있었다. 그 사이로 잉잉대는 파리 몇 마리가 눈에 띄었다. 한여름이니 당연한 일이었다. 게다가 파리들에게는 생선 기름으로 범벅이 된 깡통과 달콤한 잼이 덕지덕지 붙어 있는 빈병이 나뒹구는 방이야말로 지상 최대의 낙원일 테니 말이다.

하지만 다행하게도 재스퍼의 방 풍경은 생각보다 괜찮았다. 방이 어질러져 있기는 했지만, 그건 대개 아이들이 놀다 보면 어지럽혀지는 그런 수준이었다. 다만 생선통조림 깡통에서 흘러나온 기름 냄새는 좀 고약했다. 더군다나 재스퍼가 깡통에 걸려 넘어지면서 생선 기름이 방바닥과 그 위에 내동댕이쳐진 그의 옷 여기저기에도 묻어 있어 그런지, 냄새가 더 진동하는 것 같았다. 어쨌거나 나는 엄마가 기겁할 만한 대형 사고의 흔적이 없다는 사실에 안도했다. 물건들이야 정리하면 되고, 옷이야 다시 빨면 곧 깨끗해지니까. 생선 기름으로 미끈거리는 방바닥도 물로 닦으면 괜찮아질 테고 말이다.

그런데 그건 나만의 생각이었나 보다. 엄마는 내가 예상했던 것보다 더 큰 소리로 비명을 지르기 시작했고, 그에 놀라 빌레 누나와 아빠가 곧 달려왔다. 곤하게 자고 있던 재스퍼도 깜짝 놀라 자리에서 벌떡 일어나 멀뚱한 얼굴로 주변을 두리번거렸다. 그런데 그 심각한 순간에 나는 큭큭 하고 터져 나오는 웃음을 참을 수 없었다. 알몸뚱이에 빨간 양말을 신은 재스퍼의 모습이 너무나 엽기적으로 보였기 때문이다. 게다가 두툼한 배둘레햄 한가운데에 두른 넓적한 가죽 벨트라니! 심지어 벨트에 달린 작은 주머니에는 조그만 칼도 하나 꽂혀 있었다.

훗날 재스퍼는 왜 그 벨트에 칼을 꽂고 허리에 두른 채 잠을 자는지 알려주었지만, 그때만 해도 아직 그 이유를 모를 때라 내 눈에는 그게 마냥 이상해 보였다. 그러니 엄마가 보기에 그 모습이 얼마나 기괴하고 섬뜩했을지, 짐작이 되고도 남는다.

엄마는 충격에서 벗어나지 못한 채 한참 동안 신음 소리를 내며 흐느꼈다. '티끌 하나' 없는 집을 주부의 자존심으로 생각하는 현모양처께서 오죽하셨으랴. 엄마의 그와 같은 결벽증으로 인해 우리는 종종 먼지 구덩이 속에 파묻혀 사는 것보다 더 숨이 막히곤 한다. 우리 엄마의 시어머니인 할머님은 아예 엄마를 강박증 환자로 취급할 정도다.

청소하다 간혹 가구 사이에서 먼지 뭉치라도 튀어나오면, 엄마는 마치 가엾은 영혼을 괴롭히는 악귀라도 만난 듯 공포와 불안으로 몸을 떨다가 마침내 전투태세를 갖춘 뒤 살림살이를 몽땅 쓸어버릴 기세로 청소를 해댄다. 그뿐이 아니다. 무슨 일로 내 방에 들어왔다가 침대 밑에 넣어둔 가지런한 신발들이 조금이라도 삐딱하게 놓여 있는 것을 보면, 그로부터 엄마는 당장 이상한 느낌을 받는다. 그리고 일단 그런 촉이 발동하면 엄마는 밖으로 나가려다가도 다시 들어와서 "뭔가 좀 수상하다"는 눈빛으로 이 구석 저 구석을 살피기 시작한다. 그러다가 애초에 이상한 느낌을 받았던 침대 밑을 살펴보는 순간, 엄마는 신발이 약간 흐트러져 있는 게 전부일 뿐이라는 사실을 발견하게 된다. 이건 다시 말해 엄마가 누구의 눈에도 띄지 않는 먼지 하나, 물건의 작은 흐트러짐 하나에도 과민하게 반응한다는 증거다. 그런 것들이 엄마의 무의식 깊은 곳에 웅크리고 있는 강박증을 일깨우는 순간, 엄마의 모든 관심과 생각은 온통 그리로 집중돼 뭐든 하지 않으면 견딜 수 없는 상태가 되어버린다.

할머님이 지적했듯이, 우리 엄마의 무의식에는 살림에 대한 집착과 강박증이 깊게 뿌리내리고 있는 것 같다. 엄마 생각에 집 안의 모든 공간은 완벽하게 청결해야 하며, 거기 놓인 물건들 또한 한 점 흐트러짐 없이 정리되어 있어야 한다. 비유하자면, 우리 집 물건들은 일정한 대열 속에서 자기의 위치와 자리를 고수하며 일사분란하게 움직이는 사관학교 생도들과 같다. 우리 엄마의 머릿속엔 물건들의 전체적인 배치도가 들어 있고, 그 안에서 각각의 사물이 차지하는 자리는 명확하다. 그게 어느 정도로 엄격한가 하면, 엄마는 누나와 내 방 책상 위에 있는 필기구들까지 항상 '제자리'에 있기를 원하고 그만큼 우리에게 신신당부한다.

엄마는 또한 사관생도들을 통제하는 상관처럼, 자기가 만든 규칙 하에 물건들을 관리한다. 이를테면 침대보는 반드시 5일에 한 번, 커튼은 2주에 한 번 세탁하는 식이다. 부엌에서 쓰는 행주도 유리그릇용, 사기그릇용, 냄비용이 각각 따로 있어, 누구라도 행주를 사용할 때는 반드시 그 '용도'를 지켜야 한다. 만약 우리가 설거지를 돕다가 행주를 바꿔 쓰기라도 하면 당장에 엄마의 잔소리가 날아오는 것은 물론, 때로는 설거지를 다시 해야 하는 사태가 생길 수도 있다.

엄마의 이와 같은 청결 강박증을 알고 나면, 재스퍼의 방이 엄마의 수명을 단축시키기에 충분한 충격을 안겨주었으리라는 점을 이해하게 된다. 한편 아빠는 재스퍼의 방보다는 그의 몸 상태를 보고는 거의 엄마만큼 심각한 충격을 받은 것 같았다.

"완전히 거지새끼구나."

아빠는 한숨을 내쉬었다. 내가 봐도 재스퍼는 온몸에 때가 꼬질꼬질 낀 게 그보다 더 더러울 수 없는 지경이었다. 왜 안 그렇겠는가. 우리 집에 온 지 엿새가 지나도록 아직 한 번도 목욕이란 걸 한 적이 없으니 말이다. 목욕은커녕 그동안 세수조차 않고 지낸 재스퍼를 일그러진 얼굴로 바라보던 아빠는, 드디어 큰 결심을 한 듯 그의 어깨를 잡아끌며 소리쳤다.

"Come on!"

재스퍼는 순간 기겁을 하며 방문을 붙들고는 밖으로 끌려 나가지 않으려고 발버둥을 쳤다. 하지만 잠에서 덜 깬 재스퍼보다는 아빠의 힘이 훨씬 더 셌다. 아빠는 단단하게 문짝을 움켜쥔 재스퍼의 손을 떼어낸 뒤 복도를 지나 목욕탕까지 그대로 끌고 들어갔다. 그러고는 쾅! 소리가 나게 목욕탕 문을 닫았다.

그 소리에 엄마는 비로소 신음과 흐느낌을 멈추고 자리를 박차고 일어나 움직이기 시작했다. 가장 먼저 흩어진 물건들을 제자리에 정리한 엄마는, 방바닥에 흐트러진 재스퍼의 옷가지들은 빨래 바구니에 담고 딸기잼 병이며 통조림 깡통과 아이스크림 통 등은 쓰레기통에 옮겨 담았다. 그리고 마치 전염병 걸린 환자의 방을 청소하듯, 가쁜 숨을 몰아쉬며 방 구석구석을 청소기로 밀고 다녔다. 그러는 사이사이 엄마는 끊임없이 새로운 청결 관리법을 떠올리며 우리에게 심부름을 시켰기에, 누나와 나는 상사의 명령이 떨어지길 기다리는 부하들처럼 아예 엄마 곁에 붙어 서서 대기했다.

"빌레, 양동이에 물 절반만 채워서 가져오너라!"

"빌레, 바닥 걸레 몇 개만 더 가져오겠니?"

"빌레, 모퉁이 행주들도 필요해!"

행주는 내가 찾아 갖다주었다. 우리 엄마는 자신이 현모양처라는 사실 못지않게 남녀평등주의자임을 강조하지만, 집안일 시킬 때 보면 자기도 모르게 누나만 부르는 습관이 있다. 이에 대해 누나는 벌써 여러 차례 화를 내고 난동도 피웠지만 별로 소용이 없었다. 그래서 나는 대개 먼저 나서서 엄마 일을 돕는 편이다. 엄마 아닌 누구라도 오래된 습관에서 벗어나기란 어려운 일이며, 특히 기성세대인 엄마가 그런 차별적 습관에서 벗어나 남녀평등주의자라는 주장에 걸맞은 행동을 보이기란 더더욱 어렵다는 걸 이해하기 때문이다.

재스퍼 방을 깨끗한 상태로 되돌리는 일은 생각보다 오래 계속되었다. 엄마가 청소기를 최고 속도로 돌리는 바람에 점차 귀가 멍멍해졌다. 심부름을 시켜도 무슨 말인지 당최 알아들을 수가 없어서, 나는 그냥 눈치껏 양동이 물도 갈아드리고 행주도 빨아서 대령하는 등 알아서 움직였다. 그런데 얼마 후 청소기 돌아가는 소리보다 더 시끄럽고 폭발적인 소리가 울려 퍼지기 시작했다. 목욕탕에서 흘러나오는, 흡사 돼지 멱따는 소리를 닮은 그건 다름 아닌 재스퍼의 비명이었다.

"저러다가 누구 하나 죽어 나가겠어, 엄마!"

나도 모르게 이 말이 튀어나왔다. 언짢은 얼굴로 나를 힐끗 쳐다본 것도 잠시, 엄마는 다시 하던 일에 몰두하며 청소기보다 더 큰 소리로 외쳤다.

"걱정하지 마라! 아빠는 지금 돼지의 구정물을 빼내는 거지, 멱을 따려는 게 결코 아니니까."

사실 내가 걱정한 것은 재스퍼의 목이 아니라 아빠의 목숨이었다. 그 애가 배둘레햄에 두른 벨트 한가운데 꽂혀 있던 주머니칼이 생각났기 때문이었다. 재스퍼가 자기를 강제로 목욕시키려는 아빠에게 그걸 꺼내 들면 어떡하나, 나는 이 말을 할까 말까 잠시 고민하다 그만두었다.

마구 어질러졌던 공간이 엄마 손에 의해 지독하게 청결한 공간으로 다시 태어나기까지는 약 30분 정도의 시간이 들었다. 내가 갖고 놀던 오래된 전기 기차가 완벽하게 해체되어 상자 속으로 들어간 것과 마찬가지로 모든 물건이 원래의 자리를 찾아갔고, 아무것도 없이 깨끗해진 방바닥에선 반짝반짝 윤이 났다. 마침내 청소기가 멈추고 목욕탕에서 나던 돼지 멱따는 소리도 차츰 잦아들었다. 그러다 어느 순간 소음 하나 없이 사방이 고요해졌다. 평화였다. 그처럼 순수하고 아름다운 정적 속에서 행복감에 사로잡혀 있는 것도 잠시. 갑자기 목욕탕 문 열리는 소리가 나더니 아빠가 모습을 드러냈다. 지치고 초췌한 몰골이었다. 하지만 표정만은 뭔가 대단한 일을 해낸 사람의 성취감과 만족감으로 충만했다.

"저 녀석 머리 빠는 데 샴푸 한 병이 다 들었어!"

아빠는 재스퍼를 씻기는 일이 얼마나 고된 노동이었는지를 한 문장으로 압축해 표현했다. 우리에게 그 말을 할 때 아빠의 목소리는 마치 에베레스트 산을 정복한 사나이처럼 비장하게 들렸다.

"머리부터 발가락까지 완전히 때에 절었더라고! 수세미로 박박 밀고 더운물로 한 번, 찬물로 한 번 번갈아 부어가면서 몇 번이나 씻어냈는지 몰라. 무슨 애가 몇 년 동안 목욕을 한 번도 안한 모양이야. 발바닥 때는 돌멩이로 박박 밀어도 안 벗겨지더라니까!"

그때 엄마가 시계를 보며 말했다.

"벌써 9시네요."

아빠는 목욕탕 쪽을 바라보다 흡족한 듯 웃으며 엄마에게 대답했다.

"저 녀석도 혼났을 테니 잠시 쉬게 내버려두자고. 좀 이따가 내가 데리고 나올 테니, 당신은 쟤 옷 갈아입힐 준비나 해줘요."

누나의 '이유 있는' 반란

어느덧 아빠가 미더워진 엄마는 흐뭇한 얼굴이 되어 재스퍼 방으로 달려갔다. 그의 옷 몇 가지를 침대 위에 꺼내 놓고 이것저것 살피던 엄마는 맘에 드는 게 없는지 고개를 흔들더니 큰 소리로 누나를 불렀다.

"빌레! 너 작년 여름에 엄마가 사준 하얀 윗도리 있잖니? 너무 밋밋해서 싫다 그랬던 거. 그 옷 좀 찾아오너라. 그리고 지난번 할머님이 사 주신 양말들도 너무 크다고 했지? 그것도 가져와. 재스퍼한테 잘 맞을 거야."

아침에 벌어진 엄청난 소동, 그 인생의 복잡한 아이러니를 온몸으로 경험하느라 정신을 놓고 있던 나는, 엄마가 부르는 소리에 새까맣게 잊고 있던 빌레 누나를 떠올렸다. 아 참, 빌레 누나가 있었지? 그런데 누나는 지금 어디서 무슨 생각을 하고 있는 걸까?

빌레 누나는 엄마에게서 조금 떨어진 채로 재스퍼 방 창가에 서 있었다. 얼굴이 빨갛게 상기된 것으로 보아, 속에서 분노가 이글이글 끓고 있는 것 같았다. 화가 나면 먼저 머리의 피가 아래로 빠져나가 배 안에 고이는 나와 달리, 누나는 피가 머리 위로 솟구치는 스타일이다. 그처럼 솟구친 피가 끓어오르면서 얼굴이 빨갛게 달아오르기 시작하면 아무도 누나를 건드릴 수 없었다. 그러니까 그건, 누나 자신이 인내심의 한계에 이르렀다는 표시와도 같았다.

"빌레 뭐하니? 빨리 좀 챙겨 오라니까!"

엄마가 다시 한 번 재촉했지만 누나는 꼼짝 않고 그대로 서 있었다. 그제야 엄마가 고개를 들어 누나 표정을 살폈다. 누나 얼굴이 잔뜩 굳어 있는 것을 본 엄마는 아차 싶었는지 말투를 바꾸어 살살 달래기 시작했다.

"뭘 그렇게 깍쟁이처럼 굴어? 네 옷장에는 안 입는 윗도리가 열 벌도 넘잖니. 그리고 네가 먼저 맘에 안 든다고, 싫다고 그랬잖아. 남자옷 같다고 한 게 생각나서 재스퍼한테 주라고 하는 건데 뭐 어때서. 아빠 옷들은 너무 커서 입히기 좀 그렇잖니?"

계속 변명하는 엄마와, 그런 엄마를 경멸의 눈초리로 노려보는 누나. 둘을 번갈아 살피던 나는 불현듯 간담이 서늘해지는 것을 느꼈다. 무슨 일이 터져도 크게 터질 것 같아서였다.

　과연 내 예상대로 누나는 곧이어 발작을 일으켰다. 부들부들 떨리는 손을 진정시키느라 두 주먹을 불끈 쥐고 흔들리는 다리를 고정시키느라 한 발로 방바닥을 쿵쿵 구르면서, 누나는 엄청 큰 소리로 고함을 질러댔다.

　"정말 끔찍해! 어떻게 그럴 수 있어요? 그냥 좀 내버려두면 안 돼? 왜 다른 사람을 자기들 손아귀에 집어넣고 맘대로 하려고 들죠? 그럴 권리가 있다고 생각하는 거예요? 제발 좀, 그냥 내버려두란 말예요. 대체 당신들이 무슨 권리로 그렇게 잔인하고 악랄하게 저 애를 괴롭히냐고!"

　누나는 두 주먹으로 눈물을 훔치며 허공에 대고 한참을 부르짖었다. 그러고는 방에서 나가려다가 하필이면 그때 마침 문 앞으로 달려온 아빠와 마주쳤다. 아빠는 또 한 번 누나의 뺨을 갈겼다. 이번엔 양쪽 뺨에 한 대씩 두 대였다. 누나는 적군 대장의 탄압에 굴하지 않는 여왕마마처럼 꼿꼿이 선 채로 고래 등짝 같은 아빠의 싸대기를 감당해냈다. 나는 누나가 최소한 두 손으로 뺨을 감싸쥐기라도 할 줄 알았다. 그런데 누나는 벌겋게 달아오른 두 뺨을 아빠에게 들이밀며 때리고 싶으면 얼마든지 더 때려보라는 듯 턱까지 빳빳하게 치켜드는 것이었다. 그처럼 당당한 태도와 서늘한 눈빛에 내가 정신을 놓으려는 순간, 누나는 더 이상 아빠의 손이 날아오지 않음을 확인하고는 자기 방으로 들어갔다.

"됐단 놈아! 가기 싫음 그냥 집에 자빠져 있어. 됐단 놈아!"

아빠는 누나에게 마치 벌이라도 내리는 투로 버럭버럭 소리를 질렀다. 그런 아빠에게 엄마는 눈을 흘겼다. 내가 그 자리에 없었다면 엄마는 분명 아빠에게 한 잔소리 늘어놓았을 거다. 우리 엄마는 다른 건 몰라도 뺨을 때리는 일만은 강력히 반대하는 입장이니까. 아무것도 모르는 꼬마라면 모를까, 이미 머리가 굵을 대로 굵은 아이의 뺨을 때리는 건 오히려 반발심만 키우는 무지한 행동이라는 게 엄마의 평소 지론이다. 이런 말을 하는 엄마에게 빌레 누나는 그거야말로 말도 안 되는 주장이라고 여러 차례 화를 냈었다. 어린아이를 때리는 건 명백한 폭력이며, 어릴수록 폭력에 저항하기 어렵고 게다가 자기가 왜 그런 폭력을 당해야 하는지 이해할 수 없기에 결과적으로 상처와 공포가 더 깊게 남는다는 게 그 이유였다.

"자! 그럼 이제 어떡할까?"

아빠는 누나의 뺨을 때리느라 자기 손바닥만 아프게 됐다는 듯, 자꾸 손을 부비며 애써 태연한 시늉을 했다.

"내 먼저 재스퍼를 데리고 나오리다!"

그러나 아빠는 목욕탕으로 들어갈 수 없었다. 문이 안에서 굳게 잠겨 있었기 때문이다. 아빠는 쾅쾅 문을 두드리며 재스퍼에게 어서 문을 열라고 소리 질렀다.

"Open the door, Jasper, and let me in!"

아무 반응이 없자 아빠는 화장실에 볼일이 있다며 급한 척을 했다. 그러나 문은 여전히 잠긴 채였고, 재스퍼 또한 숨소리도 내지 않았다.

"우리 집에서 재스퍼랑 얘기할 수 있는 사람은 빌레밖에 없어요!"

신경이 곤두선 엄마는 자꾸 누나 이름을 들먹였다.

"걔를 거기서 나오게 하려면 빌레부터 방에서 데리고 나와야 한다구요."

엄마는 빌레 누나의 방으로 갔다. 하지만 누나 방 역시 굳게 잠겨 있었다. 엄마는 문을 두드리며 누나에게 사정하기 시작했다.

"빌레, 문 좀 열어라. 엄마야, 엄마! 엄마 좀 들어가게 문 좀 열어봐!"

아빠와 엄마가 각각 화장실과 누나 방 손잡이에 매달려 문 좀 열라고 사정하며 끙끙대는 모습이라니! 참으로 기가 막힌 광경이었다. 두 분은 한동안 사정을 하다 화를 내고, 그러다 다시 사정하기를 여러 차례 반복하며 인생의 쓰디쓴 아이러니를 경험하고 있었다.

결국 먼저 포기를 선언한 건 아빠였다.

"좋아. 맘대로 해봐."

거기서 고집 부리면 너만 손해라는 투로 아빠는 말했다. 또한 놀러가는 게 무슨 복권에 당첨된 거라도 되는 양 이렇게 덧붙였다.

"계속 거기서 죽치고 앉아 있어라. 우리끼리 놀다 올 테니!"

나는 정말이지 부모님을 따라나서는 게 내키지 않았다. 그러나 나까지 그럴 수는 없는 분위기였다. 안방에 들어간 엄마가 핸드백을 들고 머리엔 파란 빛깔의 밀짚모자까지 쓰고 나왔다. 한술 더 떠 아빠는 얼마 전에 새로 산 잠바를 걸치고는 대단히 기분 좋은 외출이라는 듯이 콧노래까지 흥얼거렸다. 현관문을 열려다가 잠시 망설이던 아빠는 도로 한 걸음 들어와 현관 옆 옷걸이에 걸어둔 누나의 열쇠 꾸러미를 찾아내 잠바 깊숙이 집어넣었다. 그러고 나서 탐정놀이를 하는 소년처럼 갑자기 눈을 반짝거리더니 신발장 속에 감춰놓은 비상용 열쇠 꾸러미까지 꺼내서 바지 주머니에 챙겼다.

"그래, 어디 온종일 한번 집에 갇혀 있어봐라."

아빠는 회심의 미소를 띠며 밖에서 현관문을 잠가버렸다. 그러고도 안심이 안 되는지 아빠는 두 차례나 손잡이를 돌려보며 점검을 했다. 심지어 방학 중에 먼 데로 여행을 가느라 집을 오래 비울 때가 아니면 잠그지 않는, 현관 바닥에 달린 비밀 자물쇠까지 잠가버렸다. 아무리 누나가 싸가지 없는 딸이라지만, 이 토록 비정하게 구는 아버지 뒤를 따라 집을 나서는 내 걸음은 슬프고도 무거웠다.

나는 그 토요일 내내 아련한 슬픔을 느끼면서 아빠를 따라 빈 근교의 녹지대를 돌아야 했다. 그 와중에도 아빠는 재스퍼에게 설명해주려던 얘기들을 쉴 새 없이 나에게 떠들어댔다. 나 혼자 그 많은 양의 이야기를 소화해야 한다는 건 괴로웠지만, 그나마 그게 영어가 아니어서 정말 다행이었다. '녹지대'를 말할 때마다 심하게 발음을 굴리며 "green belt"라고 하는 것만 빼면 말이다

✳

어른들 가라, 우리끼리 논다!

7월 26일 일요일

은밀하게 소통하는 두 사람

누나와 나는 8시쯤 일어났다. 엄마가 들어와 창문을 열어젖히는 바람에 저만치 잠이 달아나고 말았다.

"혼자 쓰는 방에서 둘이 자니까 그만큼 환기를 자주 해줘야 한다."

방을 나가면서 엄마가 한마디 툭 던졌으나, 빌레 누나는 머리까지 이불을 덮어쓴 그대로 계속 자는 척을 했다. 그 순간 내 머릿속에는 어젯밤 누나가 했던 말이 떠올랐다. 내가 아빠에게 끌려다니다가 겨우 집에 돌아왔을 때, 누나는 내게 할 얘기가 있다며 아무도 엿들어선 안 되니 잠자리에 누워서 하자고 그랬다.

"중요한 얘기야. 그러니까 잠들기 전에 나한테 꼭 말해달라 그래!"

무슨 얘긴지 궁금했지만 나는 자리에 눕자마자 금세 잠이 들었다. 드넓게 펼쳐진 녹지대를 돌아다니며 주체할 수 없을 만큼 신선한 공기를 들이마신 덕분일까, 아니면 오랜 시간 무리해서 걸은 탓일까. 아무튼 다리가 풀리고 잠이 쏟아지는 바람에, 나는 모두가 잠든 시간까지 기다릴 수 없었다. 아니, 누나에게 "얘기를 해달라고 해야 한다"는 것조차 잊어버릴 만큼 내 몸은 정상이 아니었다.

나는 지금이 바로 그 '중요한' 얘기를 들을 시간이라고 생각하며 누나를 불렀다.

"누나!"

빌레 누나가 이불 밖으로 머리를 내밀었다.

"어젯밤에 누나가 그랬잖아. 중요한 얘기가 있다고!"

누나는 삐친 얼굴로 대답했다.

"근데 네가 먼저 잠들었잖아. 코를 드르렁거리며 잘만 자더라! 그렇게 재밌었냐?"

말은 그렇게 해도 누나는 얘기를 시작하려는 듯 자리에서 일어나 앉았다. 그런데 갑자기 방문이 벌컥 열리면서 누군가 들어왔다. 손에 한아름이나 되는 침대보를 든 엄마였다.

"침대보 좀 갈게 어서들 일어나라!"

엄마 말이 끝나기 전에 누나가 톡 쏘아붙였다.

"좀 이따가!"

사실 그건 누나가 나 들으라고 한 말이었다. 중요한 얘기는 둘만 있을 때 하자는 뜻이었는데, 엄마는 자기에게 하는 말인 줄 오해하고 단박에 화를 내며 야단을 쳤다.

"지금 당장!"

이럴 때 보면 세상에서 가장 엄격하고 무서운 엄마가 바로 우리 엄마인 것만 같다.

"아침 먹고 다 같이 쇤브룬 궁*으로 소풍을 갈 거다. 모두 돌아보려면 집에서 일찍 나가야 해. 그러니 어서들 준비해라!"

우리는 곧 침대에서 쫓겨났다. 방 밖으로 나오는데 재스퍼의 방문이 열려 있기에 안을 들여다보았다. 마치 오래 비워둔 방처럼 묘한 적막감이 감돌았다. 어저께 엄마가 청소를 마친 그대로, 방안은 깨끗했고 물건들도 전부 제자리에 놓여 있었다. 재스퍼가 잠을 잔 흔적조차 발견할 수 없을 정도였다.

---

* 유럽 최고의 가문이었던 합스부르크 왕가의 영광을 간직한 웅대한 건축물로, 1996년 세계문화유산으로 선정될 만큼 유럽에서 손꼽히는 아름다운 궁전이다. 단두대의 이슬로 사라진 마리 앙투아네트의 어머니 마리아 테레지아 여제의 궁이자, 1752년 모차르트가 여섯 살 때 처음 빈을 방문해 연주를 끝낸 뒤 옆에 있던 마리 앙투아네트 공주에게 "내 부인으로 삼겠다"고 청혼한 곳으로도 유명하다. 이곳에서 마리 앙투아네트가 프랑스의 루이 16세와 결혼할 때까지 살았고, 1805년과 1809년 프랑스의 나폴레옹이 오스트리아를 침략해 수도 빈을 점령했을 때 숙소로 쓰기도 했다.

거실에 나와 보니 재스퍼가 식탁 앞에 얌전하게 앉아 있었다. 또다시 아빠 손에 이끌려 목욕탕에 들어갔다 나온 것인지, 그의 젖은 머리카락은 단정하게 빗겨져 있었다. 넋을 잃고 멍하니 앉아 있는 그의 모습은 흡사 동물원에 끌려온 야생 고릴라 같았다.

나와 누나는 재스퍼 곁으로 가서 앉았다. 잠시 후 아빠가 나타나 눈길을 피하는 우리에게 고개를 끄덕이며 아무렇지도 않은 척 아침 인사를 건넸다. 하지만 내게는 아빠가 누나 앞에서 쑥스럽고 거북한 티를 감추기 위해 억지로 위엄을 부리고 있는 걸로 보였고, 그래서 아무렇지도 않아 하는 아빠의 태도가 오히려 더 어색하게 느껴졌다.

내 생각에 아빠는 별로 확신이 서지 않는 것 같았다. 싸가지 없는 딸에게 뺨 두 번 때린 게 벌로서 과연 충분한지, 아니면 하루쯤 더 반성의 시간을 갖도록 여전히 무서운 표정을 짓고 있어야 하는지 말이다. 아니, 뭣보다도 손찌검한 딸에게 이렇게 말을 붙여도 되는 건지 아닌지, 아빠는 그것부터가 도무지 자신이 없어 보였다.

늘 그랬듯 또다시 고래 싸움에 새우 등 터지는 꼴이 될까 싶어, 나는 누구의 편도 들지 않겠다는 무언의 표시를 하며 꾸역꾸역 밥만 삼키고 있었다. 그런데 이게 뭐지? 빌레 누나가 재스퍼에게 뭔가 자꾸 신호를 보내고 있잖아? 아니, 아니다. 가만 보니 신호는 쌍방향으로 오고가고 있었다. 두 사람이 뭔가 둘만 아는 신호를 주고받고 있음에 틀림없었다. 그게 뭔지 궁금해진 나는 열심히 두 사람 사이로 비집고 들어가 보았다. 그렇게 애쓰는 내게 누나는 최소한 눈이라도 마주쳐주었지만, 재스퍼는 아무런 관심도 보이지 않았다.

그때였다. 아빠의 단호한 목소리가 식탁 위로 쩌렁쩌렁 울려 퍼졌다.

"9시에 출발이다! 오늘은 쉔브룬 궁을 관람한다."

가장 먼저 김새는 대꾸를 한 건 역시 누나였다.

"저는… 속이 자꾸 메스껍고 토할 것 같아서…"

누나는 갑자기 공주병에라도 걸린 것처럼 연약하고 가녀린 목소리로 말했다. 얼굴을 보니 누나는 정말로 어지러운 듯 표정 연기를 하고 있었다.

"가기 싫음 그만둬라!"

방금 전까지 누나를 어떻게 대해야 할지 망설이는 기색이 역력했던 아빠는, 마음을 확고히 굳혔는지 엄살 부리는 누나를 용감하고 단호하게 주저앉혔다.

"너 없어도 우리끼리 재밌게 놀다 올 테니까!"

아빠의 말에 빌레 누나는 속으로 쾌재를 부르며 재스퍼에게 살짝 눈짓을 했다. 너도 빨리 하라는 신호 같았다. 그에 재스퍼도 희미하지만 분명한 어떤 신호를 누나에게 보냈다. 그러고는 아빠를 향해 입을 열었다.

"I feel sick!"

입으로는 아프다고 하면서도, 그는 씩씩하고 꼿꼿한 자세로 일어나 거실 밖으로 나가는 누나의 뒤를 따랐다. 나는 갑자기 왕따를 당한 느낌이었다. 문득 나만 어느 편에도 속하지 못한 채 떠돌고 있다는 생각에 심통이 났다. 나만 빼놓고 둘이서 신나게 일을 꾸미다니. 내가 어저께 아빠를 따라 소풍을 다녀왔기 때문일까? 나는 정말로 화가 났다. 만약 저번에 빌레 누나가 자기는 열여덟 살 이상의 잘생긴 남자들만 상대한다는 얘기를 하지 않았더라면, 혹시 저 둘이 사귀는 게 아닐까 의심이 들 정도였다.

하지만 마음이 발끈한 것도 잠깐, 나는 더 이상 저 둘로부터 소외되면 안 되겠다는 생각이 간절해졌다. 그래서 나도 용기를 내어 엄살을 떨기 시작했다.

"더위를 먹었나 봐요. 어제 저녁부터 나도 계속 배가 아프고 메슥거려요. 가서 좀 누워야겠어요."

내가 세뇌당한 무뇌아라고?

나는 약간 아픈 척을 하며 거실을 나와 쏜살같이 누나 방을 향해 달려갔다. 재스퍼 방의 문이 열려 있기에 중간에 발을 멈추고 슬쩍 그 안을 들여다보았다. 재스퍼는 옷을 입은 채 침대 위에 누워 있었다. 마치 관 속에 누워서 시체놀이를 하는 것처럼, 그는 눈을 감고 두 손을 얌전히 배 위에 올려놓은 채 아무런 움직임 없이 고요하게 있었다. 누나 방에 와 보니 누나 역시 그와 똑같은 자세로 누워 있었다. 엄마가 새로 풀을 먹여 빳빳해진 침대보 위에서 누나도 시체놀이를 하고 있는 중이었다. 크크, 나라고 빠질 수 없지. 나도 침대 위에 올라가 같은 자세를 취했다. 그러자 내 기척을 느낀 누나가 조용히 말을 걸어왔다.

"너도 파업이야?"

나는 신이 나서 대답했다.

"파업? 크크… 응, 나도 동참!"

빌레 누나는 한숨을 쉬며 내게 물었다.

"두 분이 정말 우리를 포기하고 단둘이서만 쉰브룬 궁으로 외출하실까?"

"절대 그렇게 하지는 않을걸…"

나의 대답에 누나는 방금 전보다 더 긴 한숨을 내쉬며 말했다.

"지겨워. 난 다시 헤드폰으로 귀를 틀어막고 음악만 듣고 살았음 좋겠어."

"그렇게 해."

왠지 누나가 안쓰러워 나는 그렇게 말해주었다.

"그럴 순 없지."

누나는 단호했다.

"내가 그럼, 재스퍼는 어떡하니?"

나는 누나가 왜 그렇게 재스퍼에게 특별하게 구는지 알 수 없었다.

"너도 재스퍼가 싫잖아."

나는 꼭 그런 건 아니라고 말하려다 별로 확신이 없어서 그냥 웅얼대며 말을 씹었다.

"변명할 필요 없어. 넌 이미 세뇌가 되었단 말야. 엄마 아빠한테 완전히 길들어서 너 스스로 판단하는 법을 잊어버리고 말았다고."

혼자 힘으로는 제대로 판단조차 못하는 사람으로 무시를 당한 것 같아, 나는 기분이 썩 좋지 않았다.

"하지만 엄마랑 아빠는 원래 쟤 동생 톰이 올 줄 알았잖아…"

어느샌가 나는 또 부모님의 생각을 대변하고 있었다. 누나는 내 말을 자르더니 갑자기 엉뚱한 말을 꺼냈다.

"그 범생이가 안 와서 진짜 다행이야."

"그건 또 뭔 소리야? 여자의 마음은 갈대라더니, 걔 사진을 봤을 때는 좋다고 난리였으면서."

나는 당최 누나의 마음을 이해할 수 없었다.

"야, 사진만 보고 사람을 어떻게 아니? 걔랑 한집에 사는 재스퍼한테 한번 물어보라고. 걔가 어떤 앤지!"

재스퍼한테 뭘 물어보고 대답을 들으라고? 대체 내가 무슨 재주로 재스퍼와 대화를 나눈단 말이야! 어휴, 상상만으로도 끔찍하다 끔찍해! 그건 내게 그림조차 그려볼 수 없는 장면에 불과했고, 내 인생의 불가능한 미션처럼 느껴졌다. 나는 그런 제안을 한 누나에게 불현듯 화가 치밀어 올랐고, 그래서 나 나름대로 깨달은 인생의 아이러니를 누나에게 일러주었다.

"누나, 나한테 너무 많은 걸 기대하지 마. 방금 전 누나 말을 들으니까 자꾸 '돼지 목에 진주 목걸이'라는 말만 떠오르는데, 왜 그런지는 나도 모르겠네!"

누나는 측은한 눈으로 나를 바라보며 대답했다.

"당연하지. 엄마랑 아빠가 너를 완전히 세뇌시켜 무뇌아로 만들어버렸으니까. 우리 착한 아들은 재스퍼 같은 불량한 아이랑은 놀면 안 된다고 네 무의식에 입력을 시켜놨는데, 네가 무슨 수로 거기서 빠져나오겠니?"

생각지도 않던 말에 내가 몹시 당황하는 기색을 보이자, 누나는 그런 내가 가엾다는 듯 혀를 끌끌 찼다.

"에발트, 너는 어서 엄마 아빠 따라 쇤브룬 궁에 가야지. 세계에서 가장 아름다운 우리 오스트리아 문화를 감상하고, 또 그 소중한 걸 보여주신 부모님께 감사하는 마음으로 아이스크림 가게에도 따라가야지. 누가 뭐래도 빈의 아이스크림은 전 세계에서 가장 세련되고 훌륭한 맛을 자랑하잖아!"

나는 누나가 무슨 소리를 하는 건지 도통 이해할 수가 없었다.

다만 나를 아주 함부로 대하고 어린애 취급을 하며 빈정거린다는 것만은 분명했다. 기분이 확 상해버린 나는 뚜껑이 열리는 걸 간신히 참으며 누나에게 쏘아붙였다.

"잘난 척 그만해, 씨바!"

아빠에게 귀싸대기를 세게 얻어맞은 후유증인가? 누나는 내 거친 말이 안 들리는지 아무 대꾸도 않고 가만히 누워 있기만 했다. 그러다 잠시 후 순순히 알았다고 대답했다.

"알았어. 근데… 가만있어 봐, 이게 무슨 소리지?"

누나는 무슨 낌새를 채기라도 한 건지, 자리에서 일어나 살금살금 복도로 걸어나갔다. 그러고는 심상찮은 얼굴로 다시 돌아와서 이렇게 말했다.

"엄마랑 아빠랑 둘이서 그냥 나갈 것 같아!"

눈에 띄게 표정이 환해진 누나는 엄청난 기밀을 알아낸 사람처럼 은밀하게 속삭였다.

"아빠가 엄마한테 낡은 청바지를 입겠다고 했거든? 그러자 엄마는 빵을 준비한다고 그랬어. 그게 무슨 뜻일까?"

내가 듣기엔 거기에 별다른 뜻이 숨어 있는 것 같지는 않았다. 두 분이 소풍을 가는데, 아빠는 편한 바지를 입겠다는 거고 엄마는 점심으로 빵을 좀 싸 가겠다는 거 아닌가? 그때 방문 너머 복도 저편에서 무슨 소리가 들리는 듯하여, 우리는 재빨리 다시 침대에 몸을 눕히고 시체 자세로 돌아갔다. 우리는 둘 다 숨을 죽이고 귀만 쫑긋 세운 채, 바깥에서 나는 소리를 하나라도 더 들으려 무진장 애를 썼다.

부모님의 외출, 우리들의 가출

우리들 방 너머의 세계가 조금씩 분주해지고 있었다. 부엌 쪽에서 달그락거리는 소리가 계속 들리는 것으로 보아, 엄마는 바구니에 점심용 도시락을 챙기는 것 같았다. 그리고 잠시 후 엄마가 할머니에게 전화를 걸어 오늘 소풍에 대해 이런저런 얘기를 하는 게 들렸다. 엄마는 요즘이 산딸기 철이라며 비닐봉지를 몇 개 가져가 산딸기를 따와야겠다는 말을 했다. 이에 할머니가 산딸기를 따는 데는 소쿠리가 제격이라고 말씀하셨는지, 엄마는 "소쿠리가 아니어도 상관없다"면서 뒤이어 불쑥 이렇게 덧붙였다.

"쉰부른 궁에 가는데, 엄마도 함께 가요."

누나와 나는 동시에 서로의 얼굴을 쳐다보았다. 누나가 말한 대로 상황이 전개되고 있음을, 이제 우리 둘 다 충분히 예상할 수 있었다.

"아뇨, 애들은 싫다 그러네. 이제 다 컸다고 우릴 안 따라다닌대요."

운명의 여신은 이렇게 우리들 손을 들어주었다. 누나와 나는 눈짓과 표정으로만 승리의 환호성을 마구 내질렀다.

"거봐!"

누나가 속삭였다.

"우리 작전이 성공한 거야!"

누나는 엄마의 목소리를 흉내 내며 엄마가 한 말을 그대로 따라했다.

"아뇨, 애들은 싫다 그러네. 이제 다 컸다고 우릴 안 따라다 닌대요. 내 손을 다 벗어난 것 같아요. 아유 그럼요, 잘 알지요. 우리 애들처럼 반듯하고 착한 애들이 또 어디 있나요. 모두들 부러워하는걸요. 누가 봐도 화목하고 부러운 집이지요. 음하하 하…"

누나의 흉내는 정말로 완벽했다. 거의 빙의가 된 듯 목소리도 억양도 엄마와 똑같아서 소름이 끼칠 정도였다. 하지만 나를 더욱더 소름 끼치게 한 건, 누나의 목소리에 담겨 있는 지독한 분 노와 적개심이었다. 난 누나가 부모님에 대해 그렇게까지 분노하 고 있다고는 정말 생각지도 못했다.

하지만 세상에 어느 부모님이 자식 마음에 그렇게 쏙 들겠는 가. 부모님은 우리와 세대가 다르기 때문에 어쩔 수 없이 안 맞 는 부분이 있고, 그들 또한 우리와 마찬가지로 장점과 단점을 모 두 지닌 인간 아닌가. 그러니 부모님에 대해 너무 나쁜 면만 보지 말라고, 부모님이 아무리 우리를 힘들게 해도 그 두 분처럼 우리 를 아껴주고 사랑하는 사람이 세상에 어디 있겠느냐고 누나에게 말해주고 싶었다. 하지만 지금은 그런 말이 누나에게 전혀 먹힐 것 같지 않아서 나는 잠자코 입을 다물었다.

마침내 밖에서 현관문이 닫히는 소리가 들렸다. 곧바로 철커덕 하고 열쇠 집어넣는 소리와 자물쇠 돌아가는 소리가 나더니, 잠시 후 문의 맨 아래에 달려 있는 자물쇠까지 완벽하게 잠그는 소리가 들려왔다. 이는 어제와 똑같이 우리를 하루 종일 집 안에 가둬두려는 아빠의 빈틈없는 대책이었다.

"우리를 이렇게 가둬두고 대체 어딜 간다는 건지…"

내 말에 누나는 차를 향해 걸어가는 엄마 아빠를 창밖으로 내다보며 중얼거렸다.

"치, 맘대로들 해보시라지!"

누나는 부모님이 차에 올라 시동 거는 것을 확인하고는 야호, 환성까지 지르더니 나를 돌아보며 말했다.

"그럼 이제 슬슬 움직여볼까? 나는 재스퍼와 프라터에 갈 건데, 너도 함께 갈래? 실은 어제도 거기 갔었거든. 재스퍼가 또 가고 싶대."

아니, 이게 대체 뭔 소리람? 아빠가 문이란 문은 전부 다 자물쇠로 잠가버리고, 열쇠란 열쇠는 다 들고 나갔는데 무슨 수로? 어저께도 밖에 나갔다 왔고 오늘 또 나가겠다고?

"짱구는 됬다가 뭐하니? 아유, 이 귀여운 것!"

누나는 여전히 나를 조롱하고 있었다.

"너는 아직도 날 못 믿겠니? 방년 16세인 내가 부모님에게 그냥 맨날 당하고 살 거라고 생각하는 거야? 지금이 중세시대도 아니고, 게다가 여기가 무슨 동물 사육장도 아닌데 내가 갇히긴 왜 갇혀!"

빌레 누나는 교활한 마녀처럼 킬킬거리며 나를 완전히 혼란에 빠뜨렸다.

"아, 드디어 두 분이 완전히 떠나셨네!"

다시 창밖으로 저 멀리 사라져가는 차를 바라보며 누나는 만세를 불렀다. 그러고는 감옥에서 풀려난 사람처럼 문을 열고 밖으로 나갔다. 재스퍼가 자기 방에서 삐죽 고개를 내밀고 물었다.

"부모님 떠나셨어?"

빌레 누나는 고개를 끄덕이며 재스퍼에게 나도 함께 갈 거라고 대답했다.

"Parents gone! Ewald will come with us!"

방에서 나온 재스퍼를 보니, 빌레 누나의 커다란 윗도리와 구멍이 뻥뻥 뚫린 찢어진 청바지를 입고 있었다. 윗도리 위에 둘러찬 넓적한 가죽 혁대는 이제 별로 커 보이지도 않았다.

빌레 누나는 거실에서 누군가에게 전화를 하고 있었다. 누나가 대체 뭔 일을 꾸미는 건지 궁금해 죽을 것 같던 나는, 안방으로 달려가 몰래 다른 전화기를 집어 들었다. 저쪽에서 "여보세요!" 하고 전화를 받자, 빌레 누나가 다급한 목소리로 말했다.

"프로바즈닉 아저씨, 저예요! 어저께 도움 주셨던 빌레 미터마여! 오늘도 좀 도와주실 수 있으시죠?"

상대편의 대답을 듣지도 않고, 누나는 고마워 죽겠다고 먼저 선수를 치며 아양을 떨었다.

"그럼 기다릴게요. 고맙습니다, 프로바즈닉 아저씨!"

이번에도 상대편의 말이 채 끝나기도 전에 누나는 얼른 전화를 끊어버렸다.

아하, 그렇게 된 거였구나! 나는 금세 상황 파악을 끝냈다. 프로바즈닉 아저씨는 우리 건물 전체의 경비를 맡아보는 할아버지로, 주인이 집을 비운 사이에 불이 나거나 도둑이 들 경우를 대비해 그분이 각 집의 열쇠를 한 벌씩 보관하고 계신다는 건 나도 알고 있었다. 과연 프로바즈닉 아저씨는 곧바로 올라와 꽁꽁 잠긴 우리 집 현관문을 열어주었고, 우리가 서둘러 집을 나설 때를 기다려 다시 현관문을 굳게 잠갔다.

"늦어도 5시까지는 돌아올게요."

빌레 누나가 말했다.

"부모님들은 언제 오시냐?"

이번에는 내가 얼른 대답했다.

"우리보다 일찍 오시지는 않아요."

"그래, 잘들 다녀오너라."

프로바즈닉 아저씨는 뭔가 마음이 놓이지 않는 눈치였다. 하지만 곧 괜찮아진 얼굴로 우리 부모님을 향해 궁시렁댔다.

"정말 지독한 어른들일세. 아니, 어떻게 애들만 남겨두고 문을 걸어 잠글 수 있지? 대체 뭘 어떻게 하라고! 우리 보탄을 혼자 두고 간대도 나는 그렇게는 하지 않겠네."

보탄은 프로바즈닉 아저씨가 기르는 개의 이름이다.

'프라터'에서 우리만의 축제를

잘 놀다 오라고 손을 흔들며 윙크를 날리는 프로바즈닉 아저씨를 뒤로하고, 우리는 신나게 계단을 내려가 전철역까지 한달음에 달려갔다. 마침내 그 유명한 놀이공원 '프라터'에 도착하니 입구에 있는 오락실이 가장 먼저 눈에 띄었다. 우리는 거기서 동전 넣고 하는 게임을 실컷 했는데, 재스퍼는 단 한 차례도 잃지 않아 상당히 짭짤한 수입을 올렸다.

점심으로는 옥수수 가루로 만든 반죽을 얇게 구워서 마늘 소스를 듬뿍 친 멕시코 음식 랑고쉬를 먹었다. 그것으로 양이 부족했던지 재스퍼는 땅콩가루를 잔뜩 뿌린 청어 튀김도 몇 개 더 먹었다. 그러면서 하는 말이, 이렇게 하면 자기가 좋아하는 생선가스와 감자튀김의 맛이 난다고 했다. 그는 또한 영국 집에서는 항상 생선가스와 감자튀김만 먹는다는 말도 덧붙였다. 놀라운 사실은 재스퍼가 이런 애기를 모두 독일어로 했다는 거다. 비록 몇몇 단어를 영어로 섞어 쓰긴 했지만, 그의 독일어 실력이 내 영어 실력보다는 훨씬 나았다.

이날 재스퍼는 나를 보고 처음으로 환하게 웃기도 했다. 어떤 놀이기구를 탈 때였다. 기구가 하늘 높이 치솟아 내가 속이 메슥거린다고 하자, 그는 "아래를 내려다보지 말라"고 일러주면서 활짝 웃었다. 그의 말대로 하니 정말로 속이 가라앉아 견딜 만했다. 놀이동산에서 재스퍼는 정말로 돋보이는 '짱'이었다. 그의 말대로만 하면 무슨 문제든 척척 해결되었다.

우리가 프라터에서 이렇듯 신나게 즐길 수 있었던 데는 누나가 크게 한몫했다. 성적표 받은 날 아빠가 포상으로 주신 용돈으로 누나가 프라터 경비를 전부 대준 것이다.

"프라터는 내가 쏜다!"

프라터에 안 왔더라면 좋아하는 음반을 몇 장 더 샀을 거고, 그러나 그런 음악들은 다른 식으로도 얼마든 구해서 들을 수 있다고 누나는 말했다.

우리는 6시가 좀 넘어서야 집에 도착했다. 실컷 놀고 나오는 길에 재스퍼가 또다시 놀이공원 입구에 있는 오락실에 들어갔기 때문이다. 잠깐 마무리 게임을 하겠다고 들어간 그가 꽤 한참을 거기 붙어 있는 바람에, 우리는 집에 돌아오는 길 내내 초조한 마음을 숨길 수 없었다. 하지만 별 탈은 없었다. 엄마 아빠는 우리가 프로바즈닉 아저씨의 도움으로 집에 들어오고 나서도 한 시간쯤 후에 오셨으니까.

두 분은 소쿠리 두 개를 가득 채울 만큼 산딸기를 따 왔다. 엄마는 빌레 누나에게 부엌으로 나와서 산딸기를 씻으라고 했다. 나도 누나를 도우러 부엌으로 갔다. 그러자 재스퍼까지 따라 나와 셋이서 산딸기를 함께 씻었다. 엄마는 우리를 보더니 묘한 목소리로 아직도 다들 몸이 아프냐고, 그렇다면 저녁에는 죽을 먹는 게 어떠냐고 물었다. 속이 불편할 때는 어린이용 죽만큼 좋은 게 없다면서, 엄마가 어렸을 때 먹던 무슨 이상한 죽을 쑤겠다는 말도 덧붙였다. 우리는 당연히 싫다고 했다.

"입맛이 없어서요!"

누나와 나는 약속이라도 한 듯 동시에 똑같은 말을 했다. 옆에 있던 재스퍼도 자기 역시 그렇다는 표시로 고개를 끄덕거렸다. 엄마는 몹시 당황한 기색이었다. 왜 아니겠는가. 하루 종일 집에 갇혀 쫄쫄 굶다 보면 애들도 생각이 달라지리라고 기대했을 테니까. 아마도 우리 부모님은 누나와 재스퍼와 내가 어쩔 수 없는 인생의 아이러니를 깨닫고 마침내 굴복하리라 생각했을 것이다. 그래서 죽을 쒀주겠다고 하면 뭔가 미안한 표정을 지으며 제대로 된 빵과 소시지를 달라 사정할 거라 예상했겠지.

내가 이런 생각을 하고 있을 때였다. 갑자기 누나가 연거푸 세 번이나 트림을 하면서 부엌 전체로 누릿하고 역한 냄새가 퍼져 가기 시작했다. 웩! 나도 모르게 신음 소리를 내며 코를 틀어막을 정도로 지독한 그 냄새의 정체는, 우리가 점심으로 먹은 멕시코 음식 랑고쉬에 듬뿍 들어 있던 마늘 소스였다.

엄마의 안색이 금세 창백해졌다. 그도 그럴 것이 엄마는 마늘 냄새라면 질색을 하기 때문이다. 엄마가 싫어하니 음식에 마늘을 쓸 리 없고, 따라서 우리 집에서 마늘 냄새가 난다는 건 상상조차 할 수 없는 일이었다. 다행히 엄마는 다른 뭔가를 의심하기보다, 딸내미가 혹 이상한 병에 걸려 몸에서 지독한 냄새가 나는 게 아닐까 걱정스럽다는 표정으로 빌레 누나를 쳐다보았다.

그런데 정작 엄마의 의심은 다른 데서 시작됐다. 복도 서랍장 위에 놓인, 종이로 만든 빨간 장미 세 송이를 엄마가 발견한 것이다. 그건 오락실에서 특출한 재능을 발휘한 재스퍼가 뽑기로 따내서 누나에게 선물한 거였다.

"이 장미는 어디서 난 거니?"

엄마가 수상쩍다는 얼굴로 우리 셋을 바라보며 물었다. 이런 게 왜 여기 있는 거냐는 말이 생략된 질문이었다. 재스퍼가 잠시 그 장미를 바라보더니 큭큭 하고 웃었다. 빌레 누나는 자기가 그걸 어떻게 아냐는 듯 어깨를 들썩거렸다. 그러자 엄마의 얼굴엔 점점 더 짙은 의심의 기색이 번져갔고, 이런 난감한 상황을 좀처럼 참아내지 못하는 내가 하는 수 없이 먼저 말을 해버리고 말았다.

"옛날에 미술 시간에 배운 거예요. 책상 서랍에 색종이가 남아 있어서 내가 그냥 한번 접어봤어요."

엄마는 의문이 해결되어 흡족하다는 얼굴로 돌아섰다. 하지만 이번엔 누나의 표정이 어두워졌다. 누나는 머리를 절레절레 흔들더니 한심하다는 듯 나를 바라보며 말했다.

"그런 소리는 뭐하러 하니? 너도 이제는 제발 엄마도 고민 좀 하게 가만 냅두는 법을 배워라!"

✳ 알고 보면 참 쉬운 '친구 되기'

7월 27일 월요일

비밀스런 안방 모의

아빠가 회사에 일찍 출근한 덕분에 우린 오랜만에 평화로운 하루를 맞이했다. 재스퍼는 목욕탕에 끌려가 강제로 씻지 않아도 됐고, 또 아침 밥상 앞에 끌려나와 앉아 있을 필요도 없었다. 엄마가 그 방을 청소할 때만 잠시 밖에 나와 거실에 앉아 있으면 되는 정도였다. 하지만 그 사이에도 엄마는 재스퍼와 작은 충돌을 빚었다. 방바닥에 흩어져 있는 작은 돌멩이 몇 개를, 엄마가 청소하며 버리려고 쌓아 놓은 상자에다 쓸어넣은 게 화근이었다. 이를 본 재스퍼는 예의 그 으르렁거리는 짐승의 소리를 내더니, 순식간에 청소기를 빼앗고는 엄마를 방에서 내쫓아버렸다.

  그 일로 하루 종일 엄마는 저기압 상태였다. 누나와 나에게도 별로 말을 걸고 싶지 않은 눈치였다. 이는 엄마가 평소 중요하게 여기는 '소신', 즉 "나쁜 영향을 끼치는 애들"과 접촉하지 못하도록 자녀를 철저히 단속해야 한다는 것과 상관이 있는 것 같았다. 엄마 기준에서 재스퍼는 그야말로 불가촉천민*, 접촉 금지 대상이 아닌가. 그러니 나와 누나가 '그런' 애와 사이좋게 지내는 것이 못마땅한 게 분명했다.

빌레 누나와 나를 낳고 키우는 과정에서 엄마는 "나쁜 영향을 끼칠 수 있는 친구들"에 대한, 거의 핵공포에 가까운 두려움을 지녀왔다. 우리가 초등학교에 다닐 때는 석 달에 한 번꼴로 담임 선생님을 찾아가 그런 아이들과 떨어진 데로 자리를 바꾸어달라고 사정했을 정도다. 그 당시 담임 선생님들은 현명하게도 우리 엄마의 간곡한 부탁을 그냥 흘려들었다. 하지만 엄마의 소신은 지금껏 그대로 유지되어 왔다.

이날 엄마의 신경을 잔뜩 긁어놓은 또 하나의 일은, 오후 내내 우리가 카드놀이를 했다는 것이다. 엄마는 카드놀이라면 무조건 반대다. 단순히 감춰 놓은 패를 찾는 '도둑놈 잡기' 놀이에도 날을 세우기 일쑤인 우리 엄마는, 카드놀이나 도박이나 결국 나쁜 짓이라는 점에서는 오십보백보라면서 싸잡아 매도하기까지 한다.

물론 엄마가 이런 억지를 부리는 데도 남모를 사정은 있다. 언

---

* 인도에는 수천 년간 이어진 신분제도, 즉 브라만·크샤트리아·바이샤·수드라로 나누어진 카스트가 있는데, 이들 네 계급에도 속하지 못한 하층 사람들을 일컫는 표현이다.

젠가 들은 얘기로는, 벌써 오래 전에 세상을 뜨신 우리 외할아버지가 생전에 카드놀이에 목숨을 걸 정도로 집착했다고 한다. 심심풀이 오락 삼아서 한 정도가 아니라, 판돈을 걸고 벌이는 노름판을 전전했다는 것이다. 심지어 늘 잃기만 하면서도 미련을 버리지 못하고 달려들어 월급을 통째로 날린 적도 여러 번이었단다. 하지만 그건 엄연히 엄마의 아버지 얘기일 뿐, 우리가 재미로 하는 '도둑놈 잡기' 등의 카드놀이와는 비교할 바가 못 된다. 그런데도 엄마는 도무지 그 차이를 이해하지 못한다. 아니, 이해할 생각이 없어 보였다.

이날도 카드놀이에 대한 엄마의 편견과 무지는 고스란히 드러났다. 하루 종일 엄마가 아무 말도 없이 뚱하게 있기에 우린 그저 재밌게 놀 요량으로 카드를 집어든 것인데, 그로 인해 엄마의 눈빛은 더 살벌해졌다. 또 누나와 내가 카드놀이 중에 발견한 재스퍼의 놀라운 집중력을 칭찬하며 그의 머리가 아주 비상하다고 했더니, 엄마는 못마땅한 얼굴로 이렇게 비난했다.

"할 줄 아는 거라고는!"

이 말 한마디에 나는 엄마가 재스퍼에게 얼마나 나쁜 선입견을 갖고 있는지 확실히 알 수 있었다. 남들이 아무리 재스퍼에 대해 좋은 점을 말한대도, 엄마는 결코 그걸 있는 그대로 받아들일 수 없을 것 같았다.

"담배는 안 핀다니?"

나는 재스퍼가 담배를 피우는지 아닌지 모르면서도 일단 아니라고 무조건 고개를 흔들었다. 엄마가 그에 대해 더 안 좋은 생각을 가질까봐, 그게 염려되어서였다.

이날 저녁, 나는 화장실에 가다가 우연히 부모님 방에서 흘러나오는 소리를 엿듣게 되었다. 처음엔 그냥 지나치려 했다. 그런데 두 분이 나누는 대화 가운데 자꾸만 "재스퍼"라는 이름이 나오는 바람에, 나도 모르게 문밖에 가만히 서서 흘러나오는 이야기를 주워들을 수밖에 없었다. 부모님께 들키지 않은 건 다행이라 생각하지만, 그렇다고 내가 한 행동이 혼날 만큼 나쁜 짓이었다고는 생각하지 않는다. 들리는 말에 그저 귀를 기울인 것은 남의 편지를 뜯어보거나 열쇠 구멍으로 뭘 훔쳐보는 것과는 분명히 다르니까 말이다. 적어도 나는 그렇게 믿고 있다. 그건 그렇고, 내가 엿들은 두 분의 대화를 대강 정리하면 다음과 같다.

아빠 (짜증 섞인 말투로) 당신은 밤낮 같은 소리만 반복하잖아. 더 이상은 우리 집에 데리고 있을 수가 없다 그러면서, 또 이대로 돌려보낼 수도 없다 그러고. 아니, 둘 중 하나를 택해야지 이도저도 아니라면 대체 어쩌자는 거야? 어느 장단에 맞춰 춤을 춰야 할지 나는 정말 모르겠다고!

엄마 (불만 가득한 볼멘소리) 전화에다 대고 저 애 아빠한테 재스퍼는 잘 지낸다고 한 게 누군데요? 당신이 그렇게 말해놓고 이제 와서 왜 딴소리를 해요?

아빠 (엄마 말을 자르며) 내가 언제 그랬어! 그냥 인사로 한 소린데 웬 트집이야. 당신이 듣기엔 그게 우리가 재스퍼와 진짜 잘 지낸다는 그런 얘기로 들렸어?

엄마 (아빠 말을 자르며) 그러면 한 이틀 후에 우리가 다시 전화를 하면 어때요? 도저히 더 이상은 함께 지내기 어렵겠다고.

아빠 말은 쉽게 하네! 아니, 그런 걸 어떻게 전화에다 대고 얘기해? 당신 같으면 생면부지 사람한테 당신 아들 말썽꾸러기라 못 데리고 있겠다는 얘기를 할 수 있어? 내가 그때 괜히 잘 지낸다고 했겠느냐고. 좀 완곡하게 상대가 알아들을 수 있는 수준에서 돌려 말하다 보니 그렇게 된 거잖아!

엄마 (빈정거리며) 돌려 말해요? 그건 돌려 말한 게 아니라 굽실거리며 말한 거죠. 당신이 그런 태도로 말하는데, 이 세상에서 그 진짜 속뜻을 알아들을 사람이 어디 있어요?

아빠 (버럭하며) 그래서, 도대체 나더러 어쩌라는 거야? 여기 놔두는 것도 싫다, 보내버리는 것도 싫다, 뭘 어떻게 하라는 거냐고? 내 손으로 저 놈 목이라도 따라는 거야?

엄마 (기막히다는 듯) 아니, 당신 무슨 말을 그렇게 해요? 장난으로라도 그런 말은 하는 게 아녜요! … (할 말을 잃은 듯 가만히 있다가 잠시 후에) … 내 말은, 시간을 두고 좀 차근차근 진행하자는 거예요. 일주일이나 열흘쯤 뒤에, 그 정도는 나도 버틸 수 있으니까. (갑자기 화가 치미는 듯 다시 목소리를 높이며) 하지만 우리 휴가 갈 때는 무슨 일이 있어도 떼어놓고 가야 해요. 저런 애를 달고 갔다간 안 가느니만 못할 거야. (잠시 또 침묵) 암튼 지금은 가만히 내버려두고요, 우리 휴가 떠나기 한 이틀 전쯤에 전화를 하는 거예요. 물론 적당한 구실거리를 하나 만들어놔야죠. 이를테면 뭐, 당신 어머님이 위독하다거나…

아빠 (발끈 화를 내며) 왜 우리 엄마야? 당신 엄마라 그래!

엄마 그래요, 좋아! 우리 엄마라 그러세요. 그게 무슨 상관이람. 아니, 당신 혹시 말이 무슨 씨가 된다는 둥, 그런 미신을 믿는 거예요?

아빠 미신을 믿다니 뭔 소리야! 아무튼 난, 아직 멀쩡한 노인네들을 말로라도 그렇게 죽이고 싶지는 않아. 그런 거짓말이 찝찝하다고.

엄마 좋아요. 그럼 다른 구실을 찾아내죠 뭐. 우리가 갑자기 외국에 나갈 일이 생겼다고 그럴까? (다시 침묵) 근데 무슨 일로 갑자기 외국에 간다 그러지?

아빠 (무슨 생각이 난 듯) 잠깐! 외국에 무슨 일로 가냔 말이지? 알았어! (긴 하품) 어쨌든 지금은 무지 피곤하니까, (만사가 귀찮다는 듯) 그리고 내게 다 좋은 생각이 있으니까 그런 줄 알아. 내일 회사에 가서 피터마여한테 물어볼게. 엉뚱한 얘기를 지어내는 건 우리 피터마여 대리의 전공이니까.

내가 들은 얘기는 여기까지다. 사실 진짜 궁금한 건 이 다음부터였는데, 하필 그때 오줌이 너무 마려워 더 이상은 거기 서있을 수가 없었다. 이거야말로 인생의 아이러니라고 다시 한 번 중얼거리며, 나는 곧장 화장실로 달려갔다.

7월 28일 화요일 ~ 7월 31일 금요일

알고 보면 '속 깊은' 아이

나는 누나에게 달려가 부모님 방에서 흘러나온 이야기를 그대로 전했다. 그리고 재스퍼에게는 이 이야기를 절대 비밀로 하자고 둘이 입을 맞췄다. 자기를 환영하지 않는 곳에서 지내야 한다는 건 누구한테나 가혹한 일이기 때문이다.

모두가 잠자리에 든 한밤중, 재스퍼도 깊이 잠들었을 시각에 누나와 나는 몰래 일어나 어떻게 하면 부모님들의 계획을 무산시킬 수 있을까, 여러 가지로 생각을 굴렸다. 하지만 뾰족한 수가 떠오르지 않았다. 다만 재스퍼를 이대로 그냥 쫓아내면 절대 안된다는 것, 그 한 가지만은 누나나 나나 같은 생각이었다. 우리가, 아니 내가 그런 생각을 한 이유는, 재스퍼가 우리 부모님의 속을 끓이는 문제아여서 그들 사이에 온갖 갈등과 충돌이 일어나는 게 재미있어서는 아니었다. 빌레 누나도 굳이 엄마 아빠를 골탕 먹이고 싶다는 이유만으로 재스퍼를 우리 집에다 붙잡아

두려 하지는 않았으리라고, 나는 믿는다.

솔직히 말해서 나는 이 무렵 재스퍼가 조금씩 좋아지고 있었다. 정말 그랬다. 사실 나처럼 평범한 사람의 시선으로 보자면, 재스퍼는 진짜 골칫거리다. 겉모습도 그렇고 하는 짓도 그렇고, 사사건건 문제투성이다. 하지만 재스퍼에게도 그 나름의 이유가 있고 사정이 있다는 것을 알게 된 이후로, 내게는 더 이상 그의 겉모습이나 행동들이 심각한 문제로 여겨지지 않았다.

예를 들어 처음 재스퍼가 우리 집에 와서 자기만의 방이 있어야 한다고 우긴 데는 분명한 까닭이 있었다. 그건 재스퍼가 잠잘 때 코를 너무 크게 골아서 자기와 한방에서 자면 다른 사람들이 다음 날 불평을 토로하리란 것을 이미 알고 있기 때문이었다. 몇 번이나 그런 경험을 해본 재스퍼로서는 자기 때문에 다른 사람들이 고통을 겪길 바라지 않았고, 그래서 자기만의 방을 강력하게 주장한 것이었다.

재스퍼가 자기 돌멩이에 손대는 사람에게 으르렁거리는 짐승 소리를 내는 것 또한 얘기를 들어보면 이해가 갔다. 그건 과거에 재스퍼의 어머니가 몇 번이나 돌멩이들을 없애려 한 적이 있어서 생긴 일종의 방어본능 같은 거였다. 게다가 재스퍼가 학교에 다니면서 묵었던 기숙사들도 하나같이 돌멩이를 들여놓지 못하게 해서, 그 때문에 재스퍼는 큰 상처를 받은 듯했다.

재스퍼가 고백하길, 그는 작년 한 해 동안 네 군데의 기숙사를 옮겨 다녔다고 한다. 두 군데에서는 쫓겨났고 두 군데에서는 제 발로 걸어 나왔다고 하는데, 앞의 두 학교도 자기와는 전혀 맞지 않아 스스로 그만두려고 하던 참에 쫓겨났단다. 재스퍼가 그 네 곳의 기숙사를 전부 못 견뎌 한 가장 큰 이유는 역시나 '사람들' 때문이었다. 선생님도 그렇고 특히 선배들이 "너는 왜 다른 아이들과 다르냐"며 그를 계속해서 못 살게 굴었다는 것이다. 보통 사람과 어디가 조금만 달라 보여도 절대 그냥 놔두지를 않는 그들은, 이를테면 재스퍼처럼 몸집이 크고 둔하거나 성격이 다소 외곬수인 아이들을 견딜 수 없을 만큼 괴롭히고 철저하게 왕따를 시켜버린다고 했다.

영국의 사립학교 기숙사가 어떤 곳인지 재스퍼의 이야기를 통해서 대략 알게 된 누나와 나는, 그런 기숙사에 왜 들어갔냐고 그에게 물었다. 재스퍼의 답은 간단했다.

"우리 아버지가 보냈으니까…."

그의 말에 누나는 재스퍼의 동생인 톰에 관해 물었다.

"톰은 어땠어? 톰도 기숙사에 있었니?"

빌레 누나의 질문은 재스퍼가 처한 상황의 핵심을 간파한 것이었다.

"His father is not mine."

이로써 톰과 재스퍼는 의붓형제임이 드러났다. 두 사람의 아버지가 달랐던 거다. 누나와 나는 그렇게 된 사연을 좀 더 듣고 싫었지만, 재스퍼가 별로 그러고 싶어 하지 않는 것 같아서 더 이상 깊게는 캐묻지 않았다. 다만 재스퍼가 드문드문 흘린 얘기를 통해서 우리는 몇 가지 사실을 알게 되었다. 재스퍼가 갓난아기일 때 그의 부모님이 이혼을 했고, 곧바로 어머니가 재스퍼를 데리고 다른 남자와 재혼해 톰을 낳았다는 것을. 재스퍼와 톰이 연년생으로 나이 차가 별로 나지 않는 건 그 때문이었다.

내게도 친구가 하나 생겼다구요!

나흘 동안 우리는 같이 놀러다니면서 시간을 보냈다. 그러다 보니 재스퍼의 새로운 면모들이 자연스럽게 눈에 띄었다. 요전날 카드놀이를 하며 비상한 능력으로 우리를 놀라게 했듯, 그는 또한 물속에서만큼은 누구보다 움직임이 가볍고 재빨랐다. 흡사 물개처럼 수영을 잘하는 것은 물론이고, 잠수를 할 때 보면 몸 어디에 아가미가 달린 게 아닌가 싶을 정도로 오래 버텼다. 온종일 물속에서 놀고 나면, 아닌 게 아니라 재스퍼의 손발이 물에 퉁퉁 불어 진짜 물개처럼 보이기도 했다.

목요일에 우리 셋은 빈의 놀이공원 프라터로 한 번 더 놀러갔다. 당연히 엄마는 빼놓고 갔다. 내 성적표로 아빠에게 받은 상금이 아직 그대로 있어, 특별히 내가 경비를 댔다. 재스퍼는 이날도 상당히 눈치 없이 굴었지만, 누나와 나는 우리 선에서 덮어주고 감싸줄 수 있는 것은 최대한 그렇게 했다. 예를 들어 집에 와서 재스퍼가 여기저기 벗어 놓은 옷가지들을 대신 옷걸이에 걸어주거나 빨래통에 넣어주는 식으로 말이다. 그가 마시고 아무렇게나 내팽개친 우유팩도 잘 씻고 접어서 쓰레기통에 버리고, 어질러진 방도 대강 치워주었다.

만약 재스퍼가 남을 괴롭히거나 곤란하게 만들기 위해 일부러 방을 어지르거나 지저분하게 군다면 우리도 다른 태도를 보였을 것이다. 하지만 그는 다만 이런 방면에 둔감하고 눈치가 없을 뿐이었다. 그래서 자기가 뭘 어떻게 해야 하는지, 자기에게 어떤 문제가 있고 어디서부터 고쳐가야 하는지 잘 알지 못했다. 그렇다고 그가 알아들을 만한 적당한 방법을 찾아내는 일도 쉽지는 않았다.

엄마는 여전히 재스퍼를 못마땅하게 생각했지만, 그렇다고 화를 내거나 하지는 않았다. 누나와 내가 재스퍼를 따라다니며 뒤처리를 해준 덕분에, 딱히 재스퍼로 인해 엄마의 뚜껑이 열릴 만한 사건도 없었다. 누나와 나는 엄마가 단지 화를 내지 않는 것에서 한 발 더 나아가, 재스퍼에 대해 조금이라도 마음을 열고 편견을 누그러뜨리길 바랐다. 그러나 그건 온전히 엄마 몫이지 우리가 어떻게 해줄 수 있는 게 아니었다.

재스퍼와 관련해 엄마가 가장 견디기 어려워하는 문제는 바로 그의 식습관이었다. 재스퍼는 점심도 저녁도 식당에 나와 먹는 법이 없었다. 아무리 나오라고 불러대도 배가 고프지 않다고 하니, 식사 준비를 도맡아 하는 엄마로서는 속상한 것도 당연했다. 참다 참다 한계에 이르렀는지, 엄마는 금요일 저녁에 밥을 먹다가 아빠에게 선언을 했다.

"정말 안 되겠어요. 저렇게 제멋대로 먹다가는 나중에 정말 큰일나겠다고요. 식습관이 너무도 엉망이잖아요. 그러니 당신이 어떻게든 저 녀석 버릇을 고쳐줘야 해요. 우유를 잘 먹는 건 문제가 아니지만, 아니, 어떻게 우유만 먹고 살아요?"

누나는 기다렸다는 듯이 재스퍼 편을 들었다.

"그러니까 다른 음식도 먹을 수 있게 창고 방의 문을 열어 놓으면 되잖아요."

누나의 말은, 재스퍼가 창고에서 식료품을 꺼내 먹는다는 걸 알고 나서 곧바로 그 문을 잠근 엄마를 비난하는 것이었다. 기분이 상했는지 엄마는 빌레 누나가 말도 안 되는 소릴 한다며 타박했다.

"창고 문을 다시 열어 놓으라고? 재스퍼한테 먹고 싶은 걸 뭐든지 갖다 먹게 하라고? 뭘 갖다 먹을지는 안 봐도 뻔하지. 그랬다가는 정말로 큰일이 날 거다. 며칠만 그대로 두면 재스퍼의 몸은 일본 스모 선수처럼 끔찍한 꼴이 되고 말걸!"

엄마의 이 말에 나는 식탁에서 일어나 먹던 그릇을 치우기 시작했다.

"아니, 왜 그만 먹니?"

엄마가 물었다.

"됐어요. 내 친구에 대해 그렇게 말하는 거, 더 이상 듣고 싶지 않아요."

내 말에 엄마는 어처구니가 없다는 표정이었다. 내친김에 나는 아빠에게도 말했다.

"아빠는 나한테 친구 하나 생기는 게 소원이라고 밤낮없이 노래를 하셨잖아요. 드디어 나한테도 친구가 생겼어요. 그러니 이제는 제발 내 친구 좀 가만히 내버려두세요."

빌레 누나는 감격한 눈빛으로 나를 바라보았다.

"아니 재가, 그러니까 지금, 재스퍼가 자기 친구라는 거예요?"

엄마가 기가 막힌다는 듯 아빠에게 물었다.

"그런가 보네!"

아빠는 짧게 대답하고는 집게손가락으로 콧등을 박박 문질렀다. 이건 아빠가 뭔가 인생의 심각한 아이러니에 대해 고민을 시작한다는 뜻이다. 나는 그런 아빠를 방해하고 싶지 않았다. 내버려두는 게 훨씬 좋다는 걸 누나한테 여러 번 듣기도 했고, 나도 어느새 그걸 깨닫게 되었으니까.

나는 식당에서 나와 재스퍼의 방으로 갔다. 재스퍼는 혼자서 갖고 놀던 카드를 접더니, 여럿이 하는 포커판을 펼치고 패를 돌렸다.

말이 되는 듯 안 되는 도벽 논리

금요일 밤부터 시작된 장염 때문에 아빠는 토요일 아침까지 밤새 화장실을 들락거렸다. 엄마 또한 머리가 아프다면서, 자기도 장염 같다고 했다. 아빠는 엄마에게 머리가 아픈 것과 장염은 아무런 상관이 없다고 했지만, 엄마는 사람마다 증상이 달라서 그렇게 단적으로 말할 수는 없다며 자기의 주장을 굽히지 않았다.

"같은 병이라도 초기 증세는 사람마다 제각각이라니까요!"

엄마는 위장을 편안하게 해준다는 캐모마일 차를 끓여서 아빠에게 드리고 엄마 자신도 부지런히 마셨다. 그리고 배 속의 수분을 몽땅 빨아들여야 한다면서 얇은 건빵도 계속해서 씹어 드셨다. 엄마는 기운이 없다며 빌레 누나한테 장 좀 봐오라고 시켰는데, 빌레 누나는 머리를 감아야 한다면서 대신 나를 보냈다. 나는 혼자 가기가 심심해서 재스퍼에게 함께 가겠냐고 물을까 하다가 그만두었다. 솔직히 말해 재스퍼가 슈퍼마켓에서 무슨 사고라도 치면 어쩌나 싶어서였다.

내가 이런 걱정을 하는 데는 다 이유가 있다. 재스퍼는 일단 가게에 들어가면 사탕이나 껌, 초콜릿 등의 물건을 귀신같이 감춰서 갖고 나오곤 한다. 정확히 말하면 그건 물건을 훔친다는 뜻이다. 누나와 나는 같은 현장에 있으면서도 그가 그러는 것을 전혀 눈치 채지 못했다. 밖에 나와서 재스퍼가 훔친 물건을 보여줘도 처음에는 믿지 않았다. 훗날 그게 사실임을 알게 된 우리가 도둑질은 안 된다고 말해도 재스퍼는 듣지 않았다. 오히려 그는 어디서 주워들은 얘기인지, 나름대로는 합리적인 주장을 펼치며 자기 행동을 옹호했다.

"도난당하는 일이 잦으니까 주인이 물건 값을 책정할 때 원래 값보다 10퍼센트 정도 높게 해놓는다고. 말하자면 그 10퍼센트는 '도둑'의 몫인 거야. 그러니 아무도 물건을 훔치지 않으면 주인이 도둑의 몫을 대신 차지하게 되는 거잖아."

재스퍼는 또한 4주 동안 도둑맞는 일이 한 번도 없을 경우에만 가게 주인들은 물건 값을 원래대로 바꿔 놓는다고 했다. 어쩐지 논리적으로 앞뒤가 척척 맞는 듯한 그의 얘기는, 그러나 분명 허점이 있다. 무엇보다 물건 훔치는 사람 따로 있고, 그 값을 무는 사람 따로 있다는 게 잘못 아닌가. 그러나 이 점에 대해서도 재스퍼는 "그렇다고 세상사람 모두가 물건을 훔쳐야 한다고는 생각하지 않으며, 대부분의 사람이 정직하게 살아가는 데 대해서도 왈가왈부할 생각이 없다"는 말로 자신의 도둑질을 정당화했다.

그래, 말로는 꽤 그럴 듯하다고 치자. 하지만 실제로 도둑질을 하는 건 또 다른 문제다. 더군다나 도둑질을 능숙하게 하려면 얼마나 많은 연습이 필요하겠는가!

우리 반에도 그런 아이가 있다. 일로나라는 여학생인데, 껌이

나 볼펜 같은 물건들을 슬쩍하는 데 명수다. 그 애는 누구도 눈치 채지 못할 만큼 정말이지 끝내주는 솜씨와 기술을 지니고 있지만, 그럼에도 벌써 몇 번이나 꼬리가 잡혀 톡톡히 값을 치러야 했다. 처음 걸렸을 때는 부모님이 불려가서 돈을 물어주는 정도로 그쳤다. 물론 일로나는 자기 부모님에게 죽도록 혼이 났을 테지만, 두 번째 걸렸을 때에 비하면 그건 약과였다. 피해자가 학교는 말할 것도 없고 경찰서에까지 신고를 하는 바람에, 일로나는 경찰서에 끌려가 몇 시간 동안 조사를 받아야 했다. 또 몇 달 동안 청소년상담소에 가서 매일 똑같은 설교를 듣고 지겹도록 반성문을 썼다고 한다. 너무 끔찍해서 다시는 같은 짓을 못하게 만드는 게 아마도 그런 체벌을 내리는 목적인 것 같았다.

일로나의 고통은 그걸로 끝이 아니었다. 한 번 도둑으로 낙인이 찍히자, 그 후 학급에서 무슨 물건만 없어지면 자동으로 도둑이라는 누명을 쓰게 된 것이다. 이를테면 내게 '에레쉬'라는 별명을 지어준 볼프강 엠베르거는 요헨 피본카가 교실에서 도장 세트를 잃어버리자 가장 먼저 일로나를 의심하며, 앞으로 분실물이 생길 경우엔 정식으로 학급에서 절차를 밟아야 한다는 등 떠들어댔다.

또 하나 흥미로웠던 건 일로나가 곤욕을 치르면서 덩달아 마음을 졸인 아이들이 있었다는 사실이다. 그들은 일로나가 슬쩍한 껌을 나눠 씹거나 볼펜을 얻어 가진 적이 있는 애들로, 일로나가 혹시 자기 이름을 함부로 떠들어대서 공범으로 처리되면 어쩌나 하는 불안과 공포에 떨었다. 그런 점에서 앞서 말한 볼프강 엠베르거는 정말이지 나쁜 놈이라 할 수 있다. 걔야말로 일로나가 슬쩍한 것 중 입에 들어갈 수 있는 것은 누구보다 가장 많이 얻어먹은 놈이니까 말이다.

내가 일로나의 얘기를 들려주며 왜 도둑질을 해서는 안 되는지에 대해 말하자, 재스퍼는 조금 충격을 받은 듯 내 말의 60퍼센트 정도는 동감한다고 했다. 빌레 누나는 나보다도 더 단호하게, 범죄는 절대 용납될 수 없는 일이라고 주장했다.

"Crime does not play!"

재스퍼는 누나의 주장에 충분히 공감하면서도 조금은 애매한 태도를 취했다. 90퍼센트 정도는 동감하지만 나머지 10퍼센트는 세상의 다른 일들처럼 여지를 남겨두어야 한다는 것이다. 이 점에서는 내 생각도 같다. 아무리 도둑질을 한 사람이라해도, 앞뒤 사정을 전혀 들어보지도 않고 무조건 경찰에 신고부터 하는 건 문제가 있는 거니까. 너무도 배가 고파 빵 한 조각을 훔쳐먹은 죄로 평생을 감옥에서 보내야 했던 장발장을 떠올려보면, 누구나 이 말의 의미를 이해할 수 있지 않을까 싶다. 아무리 인생이 아이러니라 해도 그건 좀 심하지 않은가 말이다. 그러므로 결론은, 껌 한통 훔쳤다고 재스퍼를 경찰에 고발하는 일은 생각해볼 여지가 있다는 것이다. 더군다나 재스퍼의 나이도 고려하지 않을 수 없다. 이미 열다섯 살이 넘어선 그의 도둑질을 철부지 아이들의 장난 정도로 그냥 봐주지는 않을 것 같아서이다. 아마 재스퍼는 경찰에 잡혀가는 순간 범죄자로 취급될 게 뻔하며, 정확한 명칭은 생각나지 않지만 청소년 보호 어쩌고 하는 법에 의해 최소한 일로나보다는 훨씬 무거운 벌을 받을 게 틀림없다.

안타깝고 애틋한 재스퍼의 내력

얘기가 좀 길었는데, 아무튼 이런 연유로 혼자 슈퍼마켓에 간 나는 물건 담을 수레를 하나 끌고 가게 안을 돌아다니다가 우연히 페터 형과 마주쳤다.

"야, 걔 아직도 너네 집에 있냐?"

페터 형이 내게 물었다.

"그럼!"

뭐 그렇게 당연한 걸 묻고 그러셔? 나는 속으로 이렇게 우쭐대면서 페터 형의 마음을 슬쩍 떠보았다.

"근데 형은 왜 그렇게 재스퍼를 싫어하는 거야?"

내가 미처 질문을 끝내기도 전에 형은 입에 거품을 물고 재스퍼에 대해서 온갖 비난과 지적질을 해대기 시작했다. 그걸 여기에 전부 옮기자니 솔직히 지겨워서 그만두련다. 마찬가지로 내가 재스퍼 입장에 서서 형의 말에 반박한 내용 또한 생략한다. 하지만 형과 슈퍼 안을 돌아다니며 약 30분 정도 옥신각신하는 과정에서 재스퍼에 관한 몇 가지 이야기를 새로 알게 된 것은 분명 수확이었다. 그것을 요약해서 정리하면 아래와 같다.

재스퍼의 엄마는 재스퍼가 세상에 태어나기 전, 그러니까 재스퍼를 임신한 상태에서 재스퍼의 아버지와 이혼을 했다. (이 얘기를 들려주면서 페터 형은 아주 냉소적인 표정으로, 그 아버지란 사람 역시 재스퍼와 비슷한 날건달이 아니었겠냐고 말했다.) 그리고 1년 뒤. 재스퍼 엄마는 픽피어 씨와, 재스퍼 아빠는 메리라는 아줌마와 각각 재혼을 했다. 이 무렵 재스퍼의 아빠는 아들의 양육권이 자기한테 있다는 걸 알게 되고, 그래서 재스퍼의 엄마는 톰이 태어날 즈음에 재스퍼를 친아빠에게 보냈다고 한다. 그로부터 10년 가까운 기간 동안 재스퍼는 친아버지와 메리 아줌마의 돌봄을 받으며 성장했지만, 두 사람 역시 이혼을 하게 되면서 재스퍼는 또다시 허공에 붕 뜨는 신세가 됐다. (이 대목에서도 페터 형은 메리 아줌마가 아마도 재스퍼의 친아버지와는 도저히 더 살 수 없어 이혼을 선택했을 거라고 강조했다.)

그런데 흔히 예상하는 바와는 다르게 메리 아줌마는 자기가 재스퍼를 키우겠다고 나섰다. 갓난아기 때부터 자기가 길렀으니 친자식과 마찬가지라는 게 그 이유였다. 하지만 재스퍼의 친어머니가 그럴 바에야 내가 다시 데려다 키우겠다고 주장하면서

둘은 법정에까지 가기에 이르렀고, 결국 재스퍼의 양육권은 친어머니에게로 돌아갔다. 그 후 재스퍼는 친어머니와 살면서 일요일과 공휴일에만 친아버지를 만나는 삶을 쭉 이어왔다. 메리 아줌마는 여전히 재스퍼를 친아들로 생각하고 있지만, 재스퍼가 친아버지와 만나는 일요일이나 공휴일이 아닌 평일에 재스퍼를 만날 경우 법적으로는 유괴범으로 몰릴 수도 있다고 한다.

"그래서 재스퍼 엄마와 새아빠가 걔를 기숙사에 보냈던 거야."

페터 형은 계속해서 말을 이었다.

"기숙사에 있으면 메리 아줌마가 조금은 마음 편하게 재스퍼를 만나러 갈 수 있으니까. 또 걔가 혹시 나쁜 짓을 하더라도 기숙사 사감들이 관리를 해주니 얼마나 편하냔 말이지."

이 밖에도 페터 형은 재스퍼에 관한 이야기를 많이 했는데, 그건 주로 재스퍼가 벌였던 사건사고에 관한 것이었다. 평소에도 톰에게 침을 뱉는 등 온갖 심술을 부리는 재스퍼가 한 번은 정말로 톰을 물어뜯어 병원에 실려가기까지 했다고 한다. 또 하루는 뭔일로 심통이 났는지 화장실에 틀어박혀 온종일 거기에 죽치고 있는 재스퍼 때문에, 다른 식구들이 이웃집 화장실을 빌려 써야 했단다. 그리고 어느 해 크리스마스엔가는, 친아버지가 재스퍼에게 선물로 사 준 비싼 장기 세트를 집에 오자마자 창문 밖으로 내던져서 하마터면 지나가던 사람이 크게 다칠 뻔한 적도 있다 했던가?

페터 형은 또한 작년 여름에 자기가 직접 당한 이야기도 들려줬다. 교환학생으로 톰의 집에 묵고 있을 때 재스퍼가 뜨거운 토마토스프 한 접시를 그대로 자기 머리에 들이부어 화상을 입을 뻔했다는 것이다. 또 하루는 재스퍼가 형의 정강이를 너무 세게 걷어차는 바람에 다리가 "거의" 부러질 정도의 상해를 입었다고도 한다.

하지만 올해 초부터 재스퍼는 더 이상 그런 짓을 하지 않는다면서, 메리 아줌마가 재혼해서 미국으로 간 것이 그 이유라고 피터 형은 설명했다.

"아무리 떼를 쓰고 심술을 부린다 해도, 이제는 더 이상 메리 아줌마를 만날 수 없다는 걸 알게 된 거지. 바다 건너 미국까지 갈 수는 없으니까 말이야."

상황이 이렇게 되면서 재스퍼의 부모님들도 이제 더 이상 재스퍼를 기숙사에 보낼 필요가 없어졌다고 형은 덧붙였다.

"톰만 죽어나는 거지. 그런 저질 형하고 한집에서 살아야 하는 톰은 대체 무슨 죄냐고. 다행히 톰이 저번 편지에 쓴 걸로 봐선 재스퍼가 전처럼 마구잡이로 괴롭히진 않나 봐. 전엔 밤낮없이 난동을 피우고 발작을 일으켰는데 이젠 그렇게 괴상한 짓은 안 한다더라. 하지만 그 심통이 어디 가겠어? 톰도 그러더라고. 특별한 사고는 안 쳐도 늘 말없이 인상만 쓰고 있다고. 그리고 안 씻어서 냄새 나는 건 여전하대. 일단 한 가지 음식에 꽂히면 죽어라고 그거만 먹는 버릇도 똑같고."

변화는 가슴에서 시작된다

슈퍼마켓에서 계산을 마친 나는, 채소며 과일이 가득 담긴 장바구니 두 개와 비닐주머니 세 개를 들고 집으로 돌아왔다. 양손에 나눠든 짐의 무게가 상당해서 나선형 계단을 오를 때는 두 차례나 쉬어주어야 했다.

누나는 아직도 목욕탕에 있었다. 헤어드라이어의 소음이 새어 나오는 걸로 봐서, 누나는 거울을 들여다보며 긴 머리를 말리는 중인 것 같았다. 재스퍼는 제 방 바닥에 쪼그리고 앉아 돌멩이를 고르고 있었다. 이건 재스퍼가 하루도 빠짐없이 하는 일종의 의식 같은 거였다.

나는 부엌으로 가서 장바구니들을 풀어놓았다. 내친김에 냉장고를 열어 시든 채소와 과일을 꺼낸 다음 새로 사온 식품들로 그 자리를 차곡차곡 채워 넣었다. 그러고는 현관에서 가져온 신문을 훑어보다가, 어느새 목욕탕이 고요해진 것을 알았다. 누나가 마침내 헤어드라이어로 머리 말리는 일을 끝낸 모양이었다. 기회는 이때다 싶어서 나는 큰 소리로 누나를 불렀다. 빌레 누나가 목욕탕 문을 열고 고개만 삐죽 내밀었다. 나는 누나에게 할 얘기가 있으니 안방으로 좀 오라고 했다. 페터 형으로부터 들은 재스퍼의 내력을, 누나뿐만 아니라 엄마와 아빠한테도 이야기해드려야 할 것 같아서였다.

누나와 내가 함께 안방에 들어가자, 기운 없이 침대에 누워 있던 아빠가 물었다.

"신문 안 왔니?"

한쪽에서 거울을 닦고 있던 엄마도 내게 물었다.

"캐모마일 차가 다 떨어졌는데, 차 사 오는 걸 잊진 않았겠지?"

재스퍼가 하루도 빠짐없이 돌멩이를 바라보고 고르듯, 엄마 또한 장롱에 달린 여덟 개의 거울들을 하루에 30분씩 닦아내는 일을 절대 포기하지 않는다. 아무리 몸이 아파도 매일 그 의식을 꿋꿋이 치러내는 엄마를 안심시키기 위해, 나는 얼른 차를 사 왔다고 대답해주었다. 그리고 신문을 들여와 거실에 가져다 놓았다고 아빠에게도 공손히 말씀드렸다. 그러고 나서 나는 재스퍼가 여태껏 살아온 내력과 그 과정에서 경험한 여러 일들에 대해 낱낱이 털어놓았다.

그 이야기를 전할 때 내가 딱히 신파조로 얘기했는지 어떤지는 잘 모르겠지만, 이야기 속 뭔가가 엄마의 마음을 건드린 것만은 분명해 보였다. 물론 엄마도 처음엔 그저 관심을 갖고 귀를 기울이는 정도였다. 그런데 메리 아줌마가 재스퍼를 키우겠노라 자청한 대목에서부터 거울 닦는 일을 멈추고 넋을 놓기 시작하더니, 심지어 재스퍼를 기숙사에 보낸 시점에 이르렀을 때는 어디선가 담배를 꺼내 불을 붙이는 거였다. 실내에서는 절대 금연임을 강조해온 엄마가 본인이 세운 법규를 어기고 안방에서 담배를 피우다니! 이건 그야말로 엄마와 우리 가족의 역사에서 일대 사건으로 기록될 만한 일이었다.

내가 들은 이야기를 모두 전하고 났을 때, 엄마는 침대 모퉁이에 걸터앉아 가슴이 답답한 듯 담배 연기를 깊이 들이마시고 있었다. 침대에 누워 있는 아빠의 얼굴도 침통하기는 마찬가지였고, 감동의 여왕인 빌레 누나는 창가에 서서 흘러내리는 눈물을 꾹꾹 찍어내느라 바빴다.

"거, 정말 지독하구나."

아빠가 먼저 입을 열었다.

"어른들이 애한테 그렇게 몹쓸 짓들을 해대니 아이가 그렇게 변해가는 거지 뭐냐. 결국 다 어른들 잘못이라고."

엄마는 다 피운 담배를 아빠가 마시던 캐모마일 차의 찻잔 받침에 대고 문질렀다. 평소 같으면 도저히 상상조차 할 수 없던 일을 아무렇지도 않게 하고 난 엄마는, 한숨을 크게 쉬고 일어서면서 이렇게 중얼거렸다.

"너무 가슴이 아프다. 그런 사정이 있는 줄은 정말 몰랐어."

엄마는 담배꽁초를 눌러 끈 찻잔 받침을 들고 밖으로 나갔다. 그런 엄마의 뒷모습을 바라보면서 아빠는 다시 집게손가락을 들어 콧등을 박박 문질렀다.

빌레 누나가 아빠에게 말했다.

"그런데 엄마랑 아빠는 저 애를 내쫓을 생각만 해왔잖아요. 자기 자식들만 귀한 줄 알고…"

이 말에 아빠 얼굴이 일그러졌다.

"그게 무슨 소리니? 우리가 언제 그랬어? 절대 그런 일 없다."

아빠는 요전날 내가 두 분이 나누는 대화를 엿들었다는 걸 전혀 모르는 눈치였다. 이때 엄마가 토끼처럼 빨개진 눈으로 다시 안방에 들어왔다.

"쟤가 그렇게 가엾은 앤 줄 정말 몰랐다."

엄마 눈에 그렁그렁한 눈물이 한두 방울 떨어져 내렸다.

"이제는 아셨어요?"

누나의 물음에 엄마는 고개만 끄덕거렸다.

8월 2일 일요일

아빠와 프라터에 가다

엄마는 내가 기대했던 것보다도 재스퍼에게 훨씬 더 잘해주었다. 당장 창고 문부터 열어놓은 건 물론이고, 누나에게 말해서 언제든 재스퍼가 먹고 싶은 건 전부 갖다 먹도록 했다. 그리고 처음 공항에서 재스퍼를 만나 우리 집에 데리고 온 날 그랬듯, 엄마는 그를 볼 때마다 얼굴 가득 생글생글 미소를 띠었다.

점심 즈음 몸 상태가 나아져 침대에서 몸을 일으킨 아빠는 우리에게 뭐 하고 싶은 일이 없냐고 물었다. 누나와 내게 늘 뭔가를 일방적으로 강요하던 아빠로서는 이것만도 대단한 변화였다. 게다가 아빠는 재스퍼에게도 똑같은 질문을 던졌다.

"Have you a wish to forbring the day?"

재스퍼는 좀 뜨악한 얼굴로 아빠를 쳐다보다가 곧 태도를 바꾸어 태연하게 대답했다.

"있어요! 나와 프라터, 게임 놀아요!"

재스퍼의 독어 실력이 이보다 훨씬 매끄럽다는 사실은 이미 앞서 밝혔다. 그럼에도 그는 아빠의 어설픈 영어에 맞추느라 일부러 어눌하게 독일어를 구사했다.

이날 아빠는 정말로 우리와 함께 프라터에 갔다. 그것도 어쩔 수 없이 우리 뒤를 따라다니며 하품만 한 게 아니라, 아이들이 바글대는 게임방에 들어가서 게임도 했다. 우리와 함께 광란의 하루를 보낸 아빠는 무척 즐겁고 흡족해 보였다. 빌레 누나는 이 같은 아빠의 인간적인 모습이 너무나 감동적이라며 내게 속삭였다. 물론 나도 누나와 같은 마음이었다.

8월 3일 월요일 ~ 8월 7일 금요일
화목한 가정은 바로 이런 것?!

이 닷새 동안 내내 우리 집에선 야릇한 냄새가 진동을 했다. 엄마가 재스퍼를 위해 하루에 네 차례씩 감자튀김을 해주었기 때문이다. 또한 엄마는 우리 집에선 거의 먹지 않는 생선 요리도 자주 했다. 고등어나 청어, 그리고 간혹 고급진 숭어까지 오븐에 넣고 구웠는데, 그때마다 냄새가 진짜 죽여줬다. 그런 음식들은 재스퍼가 런던 집에서 매일 먹는다는 생선가스와 감자튀김의 풍미를 지니고 있으면서 몸에도 아주 좋은 것들이었다.

재스퍼는 엄마가 해준 요리들을 게걸스럽게 먹어댔다. 그릇에 얼굴을 묻고 숨 쉴 틈도 없이 먹다가 엄마와 눈이 마주치면, 그제야 재스퍼는 함지박처럼 입을 벌리며 활짝 웃었다. 엄마 또한 그런 재스퍼가 마냥 기특하고 귀여운지 행복한 미소를 지어 보였다. 이거야말로 놀라운 변화가 아닐 수 없었다. 눈이 마주칠 때마다 경멸을 가득 담은 눈빛으로 상대를 쳐다보던 두 사람은 어디로 사라져버린 건지, 정말로 신기한 노릇이었다. 그렇다고 둘이 무슨 긴밀한 이야기를 나눈 것도 아닌데 말이다.

아빠도 엄마 못지않게 변화된 모습을 보였다. 퇴근하고 집에 오는 길에 만화방에 들러 재스퍼를 위해 영어로 된 만화책을 빌려 왔다. 재스퍼는 밤늦도록 그 책들을 읽었지만, 이따금 자기가 가져온 책에도 빠지곤 했다. 언젠가 내가 그 책에 대해 물었을 때, 그는 "책 읽기를 정말로 싫어하는 사람을 위한 책"이라고 소개했다. 재스퍼가 흠뻑 빠져든 그 책은 제임스 조이스라는 유명한 아일랜드 작가가 쓴 『피네건의 경야』로, 재스퍼는 작가가 대체 무슨 소리를 하는 건지 도무지 이해할 수 없지만 암튼 무지하게 아름다운 책인 것만은 분명하다고 했다.

저녁 식사를 마친 후에 우리는 다 같이 모여 카드게임과 주사위놀이도 했다. 그것들은 전부 '돈'을 걸고 하는 게임이었는데, 항상 최고득점자로 승리하는 건 엄마였다. 얼마나 실력이 대단한가 하면, 엄마는 말도 안 되게 형편없는 패를 갖고도 우리의 돈을 싹쓸이해 가곤 했다. 그토록 게임을 반대하던 엄마가 알고 보니 게임의 지존이라는 아이러니에 우리 모두는 입을 떡 벌리지 않을 수 없었다.

"피는 못 속이는구먼!"

아빠가 엄마를 놀려대면 엄마는 한술 더 떠 이렇게 대답했다.

"난 잃는 법을 모르잖아요!"

금요일 밤에는 재스퍼까지 다섯이서 텔레비전 영화를 함께 보았다. 몸이 피곤하셨던지 아빠는 초반부터 졸기 시작했다. 그러다 총소리가 나면 고개를 들고 저렇게 잔인한 장면을 애들한테 보여줘도 되냐는 식의 걱정 섞인 한마디를 하고는 다시 드르렁 코를 골았다. 그러면서도 영화가 끝날 때까지 자리를 뜨지 않고 우리와 함께했다.

더 놀라운 일은 영화를 보기 전에 재스퍼가 자발적으로 목욕을 했다는 사실이다. 아무도 시키지 않았는데 재스퍼가 그냥 혼자 씻으러 목욕탕에 들어가자, 엄마는 뿌듯한 얼굴로 그의 뒷모습을 지켜보았다.

"목욕하고 나오면 칭찬해줄까?"

엄마가 내게 물었다. 나는 그러지 말라고 했다. 지나치게 관심을 보이며 칭찬하면 오히려 재스퍼가 어색해할 수 있다는 나의 설명에, 엄마는 고개를 끄덕였다. 나는 그처럼 상대의 의견을 존중하고 받아들이는 엄마를 칭찬해주고 싶은 마음에, "울 엄마 요즘 진짜 최고!" 하며 엄지손가락을 높이 쳐들었다.

엄마는 내 칭찬에 좋아 어쩔 줄 몰라 하면서 굳이 안 해도 좋을 변명을 했다.

"엄마를 너무 나쁜 사람으로 몰지 마라. 어떤 사람에게 문제가 있는데 대체 왜 그러는지 이유를 모르면 누구라도 답답하지 않겠니? 반면에 그 이유를 알고 나면 그 사람이 안고 있는 문제까지도 충분히 받아들일 수 있는 거야."

이 말에 빌레 누나는 또 발끈하여 딴죽을 걸었다.

"난 아니라고 봐! 내 생각엔 오히려 그게 엄마의 문제 같은데? 엄만 상대방을 있는 그대로 가만히 내버려둘 줄을 모르잖아. 세상사람 전부를 엄마의 방식대로 몰아가려고 하지 않냐구!"

나는 누나에게 그만하라고 눈짓을 했다. 하지만 이미 열이 오른 누나는 계속해서 엄마의 잘못을 지적하며 타박했다.

"엄마는 엄마 마음에 드는 사람만 좋지? 착하고, 똑똑하고, 멋있는 사람! 엄마는 상대를 있는 그대로 받아들이고 사랑할 줄을 몰라. 상대가 엄마의 기대를 충족시킬 때만이 비로소 그를 인정하고 사랑하지. 그러니까 지금 재스퍼한테 느끼는 감정도 사랑이 아니라 단지 동정심일 뿐이라고. 아마 우리도 마찬가지일걸? 만약에 우리가 공부도 지지리 못하고 마약에 도둑질이나 하고 다닌다면, 엄마는 과연 우리를 사랑할까? 아니, 사랑하지 않을 게 분명해!"

누나의 설교가 길어질수록 엄마의 안색은 점점 더 창백해져 갔다. 그걸 본 나는 빌레 누나에게 소리쳤다.

"이제 그만 좀 해 누나!"

이럴 때 보면 누나는 꼭 로버트네 엄마 같다. 로버트는 수학을 진짜 못해서 낙제 점수인 F를 받기 일쑤다. 아니나 다를까 지난번 기말고사에서도 그는 수학 과목에서 낙제를 했다. 그런데 시험이 끝나고 난 뒤부터 방학 때까지 피눈물 나는 노력을 하여 재시험도 보고 보충과제도 제출한 끝에, 로버트는 간신히 낙제점을 면하고 영광의 D학점을 받게 되었다. 방학식이 있던 날, 로버트는 눈물을 흘리며 성적표를 받아들고 감격에 겨워 집으로 갔다. 그러나 그에게 돌아온 건 엄마의 칭찬이 아닌 호된 비난과 꾸지람이었다. 엄마의 말인즉슨, 네가 좀 더 열심히 공부했더라면 C나 B까지도 받을 수 있었으리라는 것이다. 결국 로버트는 열심히 노력해서 성적을 올려놓고도, 세 시간이 넘도록 계속된 엄마의 설교를 들으면서 인생의 쓰디쓴 아이러니를 맛보아야 했다.

아마 지금 우리 엄마 심정이 딱 로버트 같지 않을까 싶다. 최소한의 노력조차 누나에게 인정받지 못하고 오히려 호된 비난을 듣고 있으니 말이다. 하지만 나는 자식도 부모와 마찬가지로 상대를 있는 그대로 인정할 줄 알아야 한다고, 아니, 최소한 상대가 자신의 잘못을 개선하려고 노력할 때는 그 점을 충분히 인정해줘야 한다고 생각한다. 설사 노력이 부족해 보인다 해도 그렇다. 어떻게 사람이 한꺼번에 모든 것을 바꿀 수 있는가. 100퍼센트 변하지 않았다고 해서 부족한 점만 강조한다면, 결국엔 서로 감정만 상하지 않겠는가 말이다.

엄마와 아빠가 '부족하나마' 많이 변화한 덕분에, 우리는 간만에 정말로 환상적인 시간을 보낼 수 있던 게 사실이다. 누나와 엄마 사이에 약간의 언쟁과 불화가 있긴 했지만, 그래도 이 정도면 훌륭하다 싶었다. 엄마가 그토록 자랑하고 강조해온 "화목한 가정"이란 바로 이런 분위기를 말하는 게 아닐까 하는 생각마저 들 정도였다. 요 며칠간 정말로 우리 가족은 그랬다. 화목하고 행복했다고, 나는 감히 말할 수 있다.

8월 8일 토요일 ~ 8월 9일 일요일

행복한 여행 준비

재스퍼를 포함한 우리 가족은 오스트리아의 아름다운 자연 속으로 여름휴가를 떠나기 위해 만반의 준비를 갖췄다. 엄마는 재스퍼를 데리고 나가 수영복과 오리발을 사주었고, 아빠는 진짜 끝내주는 가방을 하나 사줬다. 겉은 단단한 알루미늄 재질에, 속에는 칸막이가 여럿이어서 물건을 종류별로 담을 수 있게 된 그 가방은, 한눈에도 재스퍼의 돌멩이들을 담기에 안성맞춤으로 보였다.

재스퍼는 너무 좋아서 입을 다물지 못했다. 이게 꿈이냐 생시냐 하는 얼굴이었다. 아빠에게 보답하는 뜻에서 재스퍼는 토요일과 일요일 모두 스스로 목욕탕에 들어가 혼자 깨끗이 씻고 나왔다. 그의 변화는 거기서 끝이 아니었다. 길을 걸을 때나 집에 있을 때나, 재스퍼는 이제 더 이상 휴지를 마구 버리거나 물건을 어지르지 않았다.

일요일 저녁, 재스퍼는 누나와 내게 "너희 패어런트가 왜 그렇게 갑자기 달라지셨느냐"고 물었다. 나는 뭐라고 답할지 몰라 잠시 망설였다. 네가 불우한 어린 시절을 보낸 게 너무나 가슴 아파서 그러시는 거라고 말해줄 수는 없었기에, 나는 그냥 이 정도로만 설명을 했다.

"우리 엄마 아빠는 원래 그래. 잘 모르는 사람하고 사귀는 데 시간이 좀 걸릴 뿐, 일단 친해지고 나면 누구보다 좋은 분들이야."

재스퍼는 쑥스럽게 웃으며 대답했다.

"헤헤. 나도 그런데."

3

재스퍼 사건 후반부

✳ 그에게 모든 길은 로마로 통한다

8월 10일 월요일 ~ 8월 14일 금요일

난데없는 돌멩이 실종 사건

여름휴가를 시작한 우리 가족이 가장 먼저 방문한 곳은 알프스 산맥 아래 있는 아터 호숫가였다. 우리는 거기서 닷새를 묵었다. 날씨는 맑고 햇빛 또한 화창했지만, 물속에 들어가면 무지하게 차가웠다. 하지만 재스퍼는 물의 온도쯤 아무 상관이 없다는 듯, 닷새 동안 내내 오리발과 물안경을 장착하고 몇 시간씩 깊은 물에 들어가서 실컷 놀았다. 아빠 친구 한 분에게 빌린 커다란 요트를 타고 돛을 높이 올린 채 호수 먼 곳으로 나아가기도 했다.

재스퍼는 누구보다도 요트 타는 걸 좋아했다. 이다음에 어른이 되면, 그리고 자기 아버지가 돌아가셔서 유산을 물려받게 되면 이런 요트를 꼭 하나 살 거라고도 했다. 길게 수염을 기르고 온종일 배 위에서 지내고 싶다나 뭐라나.

아터 호숫가에서 우리가 묵은 호텔의 종업원들은 모두 재스퍼를 "케처비"라고 불렀다. 밥 먹을 때마다 다른 사람보다 세 배 정도는 더 되는 양의 감자튀김을 달라 해서 그 위에다 케첩 한 병씩을 쏟아부어 먹기 때문이었다. 호숫가 식당들이 그렇듯 그곳도 생선 요리가 별미였는데, 재스퍼는 맛이 없어서 못 먹겠다며 최고급 요리들을 마다했다. 이에 엄마는 재스퍼의 미각이 심각하게 고장난 거 같다며 몹시 걱정이었다.

"재스퍼가 제일 좋아하는 건 오븐에서 바싹 탄 맛없는 생선이라니까."

식습관만 이상한 게 아니라, 재스퍼는 뭐든 괴상망측하게 먹는 버릇이 있다. 예를 들어 사탕 하나도 그냥 먹는 법이 없다. 먼저 사탕 몇 개를 물이 담긴 컵에 넣은 다음, 그 컵을 호텔 창문 바깥에, 그러니까 햇볕에 뜨겁게 달궈진 양철판에 올려놓는다. 한참 후 사탕이 물에 다 녹으면 그 컵을 통째로 냉동고에 집어넣는다. 컵이 꽝꽝 얼어붙으면 다시 꺼내서 살짝만 녹여 안에 든 내용물을 돌려 꺼낸다. 이렇게 번잡스러운 과정을 거쳐서 만든 시금털털한 얼음과자를 재스퍼는 맛있다며 쪽쪽 빨아먹었다. 또 아침 식사 때마다 빵에 달려 나오는 복숭아잼에다 우유를 대여섯 숟가락쯤 섞어서 먹는가 하면, 저녁에 아빠가 반주로 먹다 남긴 김빠진 맥주를 맛있다고 들이키기도 했다.

재스퍼가 맥주를 마실 때마다 엄마는 애들한테 무슨 술이냐고 괜히 아빠를 타박했는데, 그러면 아빠는 그 정도는 괜찮다면서 엄마가 즐겨 먹는 헤이즐넛 초콜릿 속에 든 럼주보다도 알코올 함량이 약하다고 재스퍼를 두둔했다.

원래 목요일에는 요트 위에서 파티를 벌일 예정이었다. 재스퍼는 자기의 알루미늄 가방을 가지고 파티에 참가하기로 했다. 아빠 친구인 요트 주인아저씨가 재스퍼의 돌멩이를 보고 싶어 하셨기 때문이다. 그런데 그만 사건이 생기고 말았다. 지금 생각해도 그날 어떻게 해서 그런 일이 일어난 건지 알 수가 없다. 그만큼 그 사건은 순식간에 벌어졌다.

빌레 누나와 나 그리고 재스퍼는 호텔 로비에 먼저 도착해 부모님이 내려오기를 기다리고 있었다. 재스퍼는 알루미늄 가방을 계속 들고 있기가 무거운지 자기 발 옆에 내려놓았다. 그렇게 한참을 무료하게 기다리고 있는데, 꼬마 하나가 비닐 공을 안고 우리 쪽으로 달려와 장난치듯 공을 던졌다. 떼굴떼굴 굴러온 공이 재스퍼 가까운 곳에 멈추었다. 공을 주워든 재스퍼는 꼬마에게 몇 발자국 좀 더 가까이 다가가 "자, 받아라!" 하며 공을 던졌다. 꼬마는 가뿐하게 공을 받아 안았고, 이에 누나와 나는 "브라보!" 하고 탄성을 지르며 박수를 쳤다. 신이 난 꼬마는 이번에는 내 쪽으로 공을 던졌다. 이런 식으로 우리 셋은 약 1분가량 꼬마와 공을 주고받으며 놀아주었다. 그런 다음 꼬마에게 잘 가라는 인사를 하고 원래 있던 자리로 돌아왔는데, 그 사이에 그만 재스퍼의 가방이 감쪽같이 사라져버린 게 아닌가.

우리는 호텔 곳곳을 이잡듯 뒤지고 다녔지만 가방은 보이지 않았다. 빌레 누나는 마치 귀신에 홀린 것 같다고 했다.

"누가 그 돌멩이를 훔쳐갔다니? 정말 돌아버리겠다, 이거!"

재스퍼는 로비 가운데 있는 두꺼운 가죽의자에 앉아 닭똥 같은 눈물을 뚝뚝 흘리다 나중에는 꺼이꺼이 흐느끼기 시작했다. 어찌나 많은 눈물을 흘렸던지 배들레햄 주변 옷자락까지 몽땅 젖었을 정도다.

그때 엄마와 아빠가 내려왔다. 사태를 파악한 엄마는 여기서 발만 동동 구른다고 사라진 가방이 나타날 리는 없다고 했다. 그러면서 엄마는 말하길, 겉보기에 비싸 보이니까 그 안에 카메라 같은 값나가는 물건들이 들어 있는 줄 알고 가방을 가져갔을 게 분명하니 가방 속에 돌멩이 밖에 없다는 걸 어떻게든 도둑놈에게 알려주는 게 상책이라고 했다. 그 사실을 알면 도둑놈이 굳이 그 무거운 가방을 들고 가겠느냐, 설혹 가방은 가져가더라도 돌멩이는 어디다 버리지 않겠느냐는 게 엄마의 판단이었다.

어쨌거나 우리는 먼저 로비에 있던 가방이 사라졌다고 호텔에 알렸다. 그러자 '케처비'의 알루미늄 가방을 찾기 위해서 종업원 모두가 팔을 걷고 나섰다. 이렇게 많은 사람이 분주히 움직이며 자신을 돕고 있음에도 재스퍼는 여전히 세상 다 끝난 사람의 얼굴을 하고 있었다. 우리 엄마한테 몸을 기대고, 토닥거려주는 엄마의 손길을 피하지 않았다. 심지어 엄마 가슴에다 얼굴을 파묻고 흑흑 흐느끼면서 자기는 그저 죽고 싶을 뿐이라고 했다.

"I wish I were dead!"

엄마는 그런 소리 하면 못 쓴다고 달래며 재스퍼를 위로해주었다.

"Oh no, my dear, oh no!"

그때 아빠가 갑자기 큰소리를 쳐가며 상황을 정리하기 시작했다. 자기가 맹세하건데, 그냥 나가서 실컷 놀다 오면 틀림없이 돌멩이들이 모두 다 제자리에 돌아와 있을 거라는 얘기였다.

"Jasper, my honour word! We drive first off, when all stones are back!"

강력하게 자기의 의견을 말하는 아빠의 모습은, 마치 남몰래 부하 직원들을 풀어 가방을 찾아 놓고야 말겠다는 신념으로 가득찬 조폭 두목 같아 보였다. 하지만 나는 솔직히 아빠가 저렇게 뻥을 쳤는데도 돌멩이를 찾지 못하면 어떡하나 싶어 상당히 걱정이 됐다. 그런데 재스퍼가 웬일로 아빠의 엉터리 독글리시를 알아듣고는 거짓말처럼 울음을 뚝 그치는 게 아닌가. 그는 제 뺨에 남아 있던 눈물과 콧물을 우리 엄마 소매에다 쓱쓱 문지르더니, 이제는 정말로 괜찮다는 듯 고개를 치켜들었다.

눈물겨운 가방 탈환 작전

아쉽지만 이날 저녁의 요트 파티는 취소할 수밖에 없었다. 대신 우리 가족 네 명과 재스퍼, 아빠 친구 부부와 그 아줌마의 남동생, 그리고 아침 먹을 때 알게 된 호텔 손님 세 사람까지 여러 명이 함께 호텔 로비에 모여 긴급회의를 열고, 다음과 같은 호소문을 써서 호텔 주변 곳곳에 붙이기로 결정했다.

호소문!

샵베르크 호텔 로비에서 알루미늄 가방(60cmX40cmX20cm)을 분실했습니다. 이 가방의 주인은 열다섯 살짜리 영국 소년으로, 그 속에는 작은 돌멩이들밖에 없습니다. 다른 사람에게는 전혀 쓸모가 없는 것들이지만, 이 소년에게 돌멩이들은 무엇보다 소중한 보물이오니(흑흑 ㅠ.ㅠ) 꼭 찾을 수 있도록 도와주시기 바랍니다.

아마도 어떤 분이 뭔가 혼동하여 가방을 들고 가신 것 같습니다. 그렇다면 이 호소문을 보시는 즉시 그 가방을 샵베르크 호텔에 갖다 주시길 간절히 비옵나이다. 만약 가방이 너무 맘에 드신다면 가방은 그냥 가져가셔도 좋습니다. 하지만 가방 안에 든 돌멩이들은 필요가 없을 터이니 아무 가방에라도 그냥 담아서 제발 돌려주세요. 부디, 부디, 부탁드립니다.

아빠가 대표로 작성한 이 호소문을 재스퍼는 영어로 번역해서 다시 썼다. 그뿐만 아니라 아빠 친구 부인인 아줌마는 프랑스어로, 그 아줌마의 남동생은 이탈리아어로, 그리고 호텔 문지기 아저씨는 네덜란드어로 번역을 해서 옮겨 적었다. 이곳 호텔에는 독일어를 모르는 외국인들도 많이 찾아오는 데다, 혹시 그 도둑 분이 외국인일 가능성도 있기 때문이었다. 엄마는 호텔 사무실에 가서 여러 나라 언어로 번역된 호소문을 일일이 타이핑했고, 아빠는 그것들을 출력하여 각 언어별로 수백 장씩 복사했다.

밖은 이미 어두웠지만 우리는 네 개로 조를 나누어 각각 자동차를 타고 동서남북으로 길을 떠났다. 호숫가 주변의 가게와 호텔, 식당, 술집 등에 호소문을 붙이기 위해서였다. 우리는 눈에 띄는 장소뿐 아니라 길거리 가판대나 광고 안내판, 또 도로 표지판과 버스 정류장과 놀이터 등 사람들이 모이는 곳이면 어디든 호소문을 부착했다. 심지어 구석구석에 놓인 가로수며 전봇대, 우체통에는 물론이고, 호숫가의 둑이며 목장 어귀 등 사람들이 지나다니는 길목에도 모두 붙이고 다녔다. 솔직히 말해 그건 좀 썰렁하고 황당한 코미디 같은 짓이었다. 하지만 재스퍼의 비통함이 하늘을 찌르는 수준이었기에 그렇게 하지 않을 수 없었다.

다들 발바닥이 닳도록 열심히 돌아다니며 호소문을 붙였지만, 그중에서도 가장 돋보이는 활약을 펼친 사람은 바로 아빠였다. 아빠는 최선을 다하는 게 어떤 건지 이번에 확실히 보여주었다.

모두가 한밤중에 호텔로 돌아와 파김치처럼 지친 모습을 보일 때도 아빠는 반드시 돌멩이를 찾아낼 것이라는 믿음을 심어주며 재스퍼를 격려했고, 그에 더해 따뜻한 위로의 말도 잊지 않았다.

"We made what we could."

워낙 쉬운 표현이라 그런지 아빠의 영어는 참으로 오랜만에 정확했다. 하지만 너무 열심히 최선을 다해 그런 건지는 몰라도, 아빠의 영어는 또다시 바닥을 드러냈다.

"and tomorrow I think what other out!"

내일은 뭔가 새로운 방식을 찾아낼 수 있을 거라는 말을 하고 싶었던 걸 텐데, 다행히도 다음날 아침 우리는 그럴 필요가 없다는 것을 알았다. 그와 동시에 아빠도 더 이상 새로운 영어 표현을 구사해 바닥을 드러내지 않아도 되었다.

호텔 입구에 놓인 알루미늄 가방을 가장 먼저 발견한 건 매일같이 아침 일찍 출근하는 호텔 청소부 아줌마였다. 되찾은 가방의 손잡이에는 조그만 주머니가 하나 매달려 있었다. 주머니를 열고 안에 든 걸 꺼내니 "Sorry!"라고 적힌 쪽지와 돌멩이 두 개가 나왔다. 하얀 줄무늬가 새겨진 납작한 분홍색 돌멩이와 짙은 회색에 하얀 줄무늬가 들어간 계란 모양의 돌멩이였다. 도둑님의 고마운 선물에 재스퍼가 너무도 기쁜 나머지 한 마디도 못하자, 그를 대신해 엄마가 이렇게 속마음을 표현해주었다.

"정말 마음씨가 고운 도둑님도 다 있네요."

8월 15일 토요일(성모승천일)

그들이 볼차노에 가려는 이유

호숫가 휴양지를 떠난 우리는 먼저 모차르트의 고향 잘츠부르크로 갔다. 가는 길에 '토마젤리'에 들러 맛있는 아이스크림을 먹었다. 가방 실종 사건 이후로 재스퍼는 잠시도 알루미늄 가방을 손에서 놓지 않았다. 마음 같아서는 아예 가방을 손목에다 붙들어 매고 싶다고 했다.

점심 무렵에는 인스부르크*를 향해 떠났다. 차 안은 어느새 아궁이 속처럼 뜨거워져 금방이라도 피자 한 판을 구워 먹을 수 있을 것만 같았다. 인스부르크로 가는 도로 위에는 독일과 이탈리아로 가는 길 표시가 자주 눈에 띄었다. 그걸 보았는지 재스퍼가 내게 인스부르크에서 로마까지는 얼마나 머냐고 물었다. 얼마나 먼지는 정확히 모르지만 대략 천 킬로미터쯤 될 것 같다고 대답해주었다. 왜 그러냐고 이번엔 내가 물었더니 재스퍼는 심드렁한 목소리로 그냥 한번 물어본 거라고 했다.

인스부르크에서 우리는 그 유명한 황금지붕**을 돌아보고,

---

* 오스트리아의 서쪽, 독일에서 이탈리아로 넘어가는 길 중간쯤에 위치해 있다. 알프스 산맥 가운데 있는 아름답고 오래된 도시로, 요들송으로 유명한 티롤 지방에 속한다.

** 15세기를 앞둔 시기에 신대륙이 발견되면서 유럽은 머지않아 망할 거라는 소문이 돌고 민심이 흉흉해지자, 당시 티롤의 왕이던 막시밀리안이 결코 그렇지 않다는 걸 증명해 보이기 위해 황금으로 지붕을 장식한 멋진 왕궁을 지었다.

티롤의 향토음식인 슈펙 크뇌델*도 맛있게 먹었다. 재스퍼는 식당에 가기 전에 미리 감자튀김 세 봉지로 배를 채웠다. 슈펙 크뇌델 전문 식당에서는 케첩이 나오지 않는다는 게 그 이유였다.

한편 빌레 누나는 인스부르크에는 전에도 여러 차례 와봤으니 이제 알프스 산맥을 타고 서쪽으로 가는 건 그만두자고 계속해서 투덜거렸다. 그러면서 조금만 남쪽으로 내려가면 이탈리아와의 국경이 나오고 바로 볼차노로 갈 수 있다고 주장했다. 누나는 인스부르크보다 볼차노의 자연환경이며 거리 풍경이 "훨씬 예쁘다"고 강력하게 주장했지만, 나는 누나가 진짜로 원하는 게 뭔지 그 속내를 알고 있었다. 그건 볼차노에 가서 옷이나 구두 같은 이탈리아 물건을 구경하며 잔뜩 사들이는 거였다. 유행에 민감한 빌레 누나는 이탈리아 물건이라면 사족을 못 쓴다. 그 점에서라면 딸과 일심동체가 되는 엄마 역시 손뼉을 치며 자기도 그리로 가고 싶다고 했다.

하지만 아빠와 나는 볼차노에 가는 걸 원하지 않았다. 거기 가면 둘 다 인내력의 한계를 시험받을 게 뻔하기 때문이었다. 누나와 엄마는 분명히 스웨터며 바지며 구두며, 세일하는 가게만 눈에 띄었다 하면 종류를 가리지 않고 기웃댈 것이고, 그러면 아

---

* 티롤 지역의 향토음식. 다진 베이컨과 으깬 빵으로 빚은 아기 주먹만 한 동그랑땡 두어 개를 맑은 육수에 넣고, 그 위에 다진 파를 동동 띄워서 낸다.

빠와 나는 그 앞에서 멀뚱거리는 얼굴로 시간을 죽여야 할 게 분명하다. 한 가게당 머무는 시간이 어디 짧기나 한가? 그들이 수도 없이 입었다 벗었다, 신었다 벗었다 하면서 거울 앞을 왔다 갔다 하는 동안 아빠와 나는 대체 뭘 하라는 것인가? 우리 둘이 할 수 있는 거라곤, 푹푹 한숨을 내쉬며 이제나저제나 두 여자의 옷 바꿔 입고 신발 바꿔 신는 놀이가 끝나기를 바라는 것밖에는 없지 않은가?

행선지를 정하는 이런 안건에 대해서는 다수결로 결정을 하고 싶어도, 우리 집은 보통 2대 2로 패가 갈리는 바람에 그럴 수도 없다. 그런데 이번엔 천지신명의 도움으로 재스퍼가 함께 있는 것이다! 결정권이 재스퍼의 손에 달린 상황에서, 그는 먼저 아까와 비슷하게 볼차노에서 로마까지 얼마나 머냐고 물었다.

그러더니 좀 더 구체적으로, 로마까지 가려면 볼차노에서 가는 것과 티롤에서 가는 것 중 어느 쪽이 더 가깝냐고 다시 물었다. 우리가 볼차노에서 가는 게 당연히 더 가깝다고, 티롤에서 로마를 향해 남쪽으로 내려가다가 있는 게 볼차노라고 알려주자, 그는 두 말 없이 볼차노 행을 선택했다. 이로써 아빠와 나는 별수없이 인생의 쓰디쓴 아이러니를 또 한 번 맛보게 되었다.

쇼핑으로 일심동체가 된 두 여자

예상대로 누나와 엄마는 볼차노의 수많은 가게를 전전하면서 새로운 신발과 치마와 바지와 스웨터들을 쉬지 않고 입었다 벗었다 했다. 그와 동시에 아빠와 내가 가게 앞에서 서성거리는 시간도 늘어갔다. 이 무의미하고 지루한 놀음은 밤이 되어 가게문을 닫을 때까지 계속되었는데, 그 때문에 얼마나 스트레스를 받았던지 나중엔 다리가 너무 아프고 머리는 알프스 꼭대기에 오른 것보다 더 어지러웠다.

사실 아침부터 내 몸 상태는 별로였다. 예약을 못하고 호텔에 간 바람에 2인용 침실과 3인용 침실 두 개에 나눠 잔 탓이다. 누나, 재스퍼와 한방을 쓴 나는 재스퍼의 코 고는 소리에 도저히 잠을 잘 수 없었다. 내 평생 재스퍼처럼 요란하게 코를 고는 사람은 본 적이 없을뿐더러, 앞으로도 보고 싶지 않았다. 어디 그뿐이랴! 재스퍼는 한술 더 떠 부득부득 이도 갈았고, 때로는 뭐라고 한참 중얼거리면서 잠꼬대도 했다. 한 번은 무슨 악몽을 꾸었는지 재스퍼가 흐느껴 우는 소리를 내기에 깜짝 놀라 자리에서 일어났는데, 가만 보니 그는 그저 쿨쿨 잠만 잘 자고 있었다.

이튿날도 빌레 누나와 엄마의 쇼핑은 계속됐다. 도대체 뭐 그렇게 살 게 많은지, 실제로 그들이 뭘 샀는지는 나도 정확히 모르겠다. 기억나는 건 오직 단 하나, 그들이 쇼핑백 네 개를 채울 만큼의 물건을 샀다는 것뿐이다! 그러고 나서 엄마는 혹시 물건을 잃어버릴까 걱정되는지, 잠시 쉬러 아이스크림 가게나 카페에 들어갔다 나올 때면 보따리 개수를 세고 또 셌다.

저녁 무렵에는 아빠와 나 그리고 재스퍼, 이렇게 세 사람만 호텔에서 나와 산책을 했다. 빌레 누나와 엄마는 하루 종일 쇼핑한 것들을 걸쳐보느라 바빠서 아예 호텔에서 나올 생각을 안 했다. 우리가 나오기 전부터 그 두 사람은 거울 앞에서 마치 패션쇼를 하듯 폼을 잡았다. 그리고 옷이나 신발을 바꾸는 사이사이에는 서로에 대해 품평도 해주면서 깨가 쏟아지는 시간을 보내고 있었다.

"빌레, 이 분홍색 바지는 나한테 잘 안 어울린다. 네가 한 번 입어볼래?"

"엄마가 산 노란색 샌들 넘 이쁘다. 그런데 엄마, 이건 나한테 더 잘 맞는 것 같애."

평소 죽어라 몸매 관리를 하는 덕분에 몸짱을 유지하고 있는 엄마는, 최근 들어 조금 살이 쪄서 고민인 빌레 누나와 옷이며 신발 사이즈가 똑같다는 것을 아무나 붙들고 자랑하곤 한다. 무엇이든 둘이 바꿔 사용할 수 있으니 이 얼마나 알뜰살뜰한 모녀인가! 일심동체가 되어 쇼핑에 열중하는 이 모녀를 처음 본 사람이라면, 아마도 평소 그들이 어떻게 지내는지 상상조차 못할 것이다. 누나가 엄마한테 얼마나 밉살스럽게 신경질을 부리는지, 또 엄마가 딸에게 얼마나 잔소리를 해대는지 말이다.

하지만 엄마와 누나는 볼차노에서만큼은 정말로 친한 모녀, 아니 서로 죽고 못 사는 자매처럼 보였다. 서로를 챙겨주는 건 물론이고, 얼마나 둘이 똘똘 뭉치는지 아빠와 나한테는 말도 걸지 않고 관심조차 없어 보였다. 그건 아마도 아빠와 내가 두 사람의 쇼핑에 거리를 두고 무심하게 대하기 때문인 것 같았다. 그런 우리를 보기가 좀 멋쩍었던지 아니면 뭐 다른 이유가 있는 건지, 아무튼 엄마는 이상하게 넘겨짚으며 간혹 생사람 잡는 소리까지 벅벅 해댔다.

"우리가 쇼핑 중독으로 보이나 보지? 자기네는 뭐 대단히 검소한 사람들이라고!"

내가 비록 두 사람의 쇼핑을 지루해하긴 했어도, 그렇다고 쇼핑 중독이니 하는 생각은 정말로 눈곱만큼도 해본 적이 없었다. 그런데 엄마 입에서 그런 말이 튀어나오는 순간, 나는 비로소 그게 사실이라는 걸 실감했다. 심지어는 '이러다 우리 집이 파산하기라도 하면 어쩌나' 하는 걱정마저 슬슬 들기 시작했다. 아빠 표정을 보니 속으로 나와 똑같은 생각을 하는 게 틀림없어 보였다. 하지만 엄마랑 누나가 우리를 자꾸 수전노에다 심술보인 양 몰아가는 바람에, 아빠와 나는 차마 그런 생각을 입 밖에 내지 못한 채 침묵만 지킬 뿐이었다.

8월 18일 화요일

아르마니를 찾아 피렌체로

여행한 지 얼마나 됐다고 벌써 재스퍼의 코 고는 소리에 익숙해
진 것일까? 아니, 익숙해진 정도가 아니라 완전히 그에 동화되었
다고 해야 정확할 것이다. 이제는 그의 코 고는 소리를 벗삼아
잠을 청할 수 있게 되었으니 말이다. 전날 밤에도 분명 재스퍼는
엄청 코를 곯았을 텐데, 어찌된 일인지 나는 꿀잠을 자고 난 뒤
에만 맛볼 수 있는 개운함을 느끼며 자리에서 일어났다. 오히려
내 심기를 께름칙하게 만든 건, 아침부터 갑자기 남쪽 타령을 하
면서 아빠를 졸라대기 시작한 엄마와 누나였다.

"아빠, 우리 피렌체*까지만 가요."

누나는 난데없이 코맹맹이 소리까지 내기 시작했다.

"우리 미술 쌤이요, 피렌체의 문화유산은 늦어도 청소년기에
는 꼭 한번 봐야 한다고 추천하셨걸랑요?"

음하하, 문화유산이라고라? 나는 누나가 말하는 피렌체의 문
화유산이 무엇인지 알 것 같았다. 그건 이탈리아의 역사 유적이
결코 아니고, 명품으로 손꼽히는 아르마니나, 뭐 그와 비슷한 수

---

*   이탈리아 토스카나 지방의 중심 도시. 14~15세기 당시 피렌체에서 가장 부자였
던 메디치 가문의 후원에 힘입어 르네상스 문화를 꽃피운 덕에, 지금도 도시 전체가
박물관으로 보일 만큼 문화 유적이 산재해 있다. 한국의 경주 같은 곳이라 하면 이
해가 빠를 것이다.

준의 유명 브랜드에서 판매하는 옷가지와 신발일 게 틀림없다. 그러니까 누나가 피렌체의 문화유산을 경험하고 싶다는 건, 예전부터 탐을 내왔던 아르마니의 트렌치코트를 사서 직접 몸에 걸치고 싶다는 말을 다르게 표현한 것뿐이라고 할까? 일단 피렌체에 가면 물건을 세일 중인 가게 하나쯤은 찾아낼 거고, 엄마와 누나는 거기서 또 한 번 우리 집의 가산을 탕진할 기회를 얻을 수 있겠지!

누나가 미술 선생님의 추천 운운한 건, 선생님의 추천이라면 사족을 못 쓰는 우리 엄마의 생리를 알기 때문이다. 재스퍼가 우리 집에 온 것도, 따지고 보면 영어 선생님이 옥스퍼드 어학연수를 추천했기에 가능한 일이었다. 하지만 선생님의 추천이 없었대도, 아르마니의 트렌치코트 정도 되면 엄마 역시 마다할 이유가 없어진다. 하나만 구입해도 누나와 엄마가 돌려가며 두루두루 입을 수 있으니 말이다. 게다가 면세점에 가서 사면 세금까지 면제되니 일거양득 아닌가. 이런 걸 두고 누이 좋고 매부, 아니, 엄마 좋다고 하는 거 아닐는지?

하지만 아빠와 나는 이렇듯 갑작스럽게 일정이 바뀌는 걸 원치 않았다. 더욱이 우리 두 사람은 피부 알러지가 심해서 직사광선이 쏟아지는 바닷가로는 절대 휴가를 가지 않는다. 아무리 경치가 아름답다 한들 무슨 소용인가. 이탈리아 바닷가의 작열하는 태양 아래서 반나절만 보내도 금세 온몸이 벌게지고 가려워 밤새 잠을 설칠 게 분명한데 말이다.

이 같은 사정을 알고 있음에도, 빌레 누나와 엄마는 앞으로 며칠 동안 이탈리아의 날씨는 그리 좋지 않을 거라면서 우리를 설득하려 했다. 당장 오늘 아침부터 피렌체는 구름이 많이 끼고 이따금 가랑비가 내릴 거라고 이미 기상청에서 예보를 했다나? 아르마니, 피요루치, 로라스 빠뇰리… 이탈리아의 명품 가게들이 즐비한, 유네스코 선정 문화유산 도시 피렌체로 가고 싶은 엄마와 누나의 속물스런 열망은 한여름 날씨까지도 바꿔버릴 만큼 대단했다.

하는 수 없이 이번에도 결정은 재스퍼의 몫으로 돌아갔다. 재스퍼는 결정에 앞서 지난번과 비슷한 질문을 던졌다. 볼차노와 피렌체 중 로마와 더 가까운 곳이 어디냐고 말이다. 볼차노와 로마의 중간쯤에 피렌체가 있다고 알려주니, 그럼 자기는 로마와 더 가까운 피렌체로 가고 싶다고 했다. 어찌하여 재스퍼가 조금이라도 더 로마와 가까운 곳으로 가려 하는지, 나는 그 이유가 못내 궁금했다. 아빠도 좀 이상하다는 표정을 지었지만, 어쨌든 우리는 재스퍼의 결정에 따라야 했다.

피렌체로 출발하기 전, 아빠는 여름휴가 동안 쓸 수 있는 돈이 이제 얼마 남지 않았다고 선포했다. 먹고 자는 경비 외에는 여유가 없다는 것이다. 아빠는 또한 누나와 엄마를 겨냥한 듯, 만약 지금까지 해온 것처럼 쇼핑을 계속한다면 예정보다 휴가를 일찍 끝내고 집으로 돌아가는 수밖에 없다고 못을 박았다.

그의 주머니 속 낡은 편지

엄마와 누나는 대체 어디서 일기예보를 들은 것일까. 두 사람의 말과 달리 피렌체는 내리쬐는 태양으로 도시 전체가 이글거리고 있었다. 오래된 도시의 골목골목마다 아름다운 건물의 그림자들이 너무나 선명했다. 하늘도 새파란 게, 거기서 빗방울이 떨어질 가능성은 거의 없어 보였다.

누나와 엄마는 신이 나서 태양 아래를 달려 명품 가게로 향했지만, 아빠와 나는 식당 테라스나 길가에 내놓은 파라솔 밑에 앉아 온몸을 북북 긁고 있어야 했다. 아르마니 트렌치코트 따위엔 관심 없는 재스퍼도 우리와 함께 남았다. 그는 생전 처음 와본 이탈리아의 낯선 도시에서 자꾸 영어가 들리니까 기분이 이상하다고 했다. 아닌 게 아니라 여기저기서 다들 영어로 떠드는 소리가 요란했다. 지구 상에서 영어를 쓰는 사람들은 전부 피렌체로 몰려든 것만 같았다.

아빠는 부풀어오르고 가려운 몸도 괴롭지만, 무엇보다 엄마와 누나가 아빠의 현금카드를 들고 명품 가게로 달려갔다는 사실에 심기가 편치 않은 것 같았다. 아빠 말에 의하면 볼차노에서의 광적인 쇼핑으로 현금이 얼마 남지 않았다고 한다. 더군다나 카드로 물건을 사면 현금과 달리 돈이 빠져 나가는 느낌이 덜해서 과소비의 유혹에 빠지기가 더 쉽다는 것이다. 그런데 다행히 엄마와 누나는 점심도 되기 전에 쇼핑을 끝내고 호텔로 돌아왔다. 볼차노에서 구입한 새 신발이 우리의 구세주였다. 그걸 신었더니 발에 물집이 잡혀 더 이상 돌아다닐 수가 없게 되었기 때문이다. 두 사람은 이른 시간부터 침대에 누워 신음 소리를 냈다. 저녁 먹으러 나갈 때도 제대로 걷지 못하는 두 사람 때문에 우리는 차를 타고 움직여야 했다.

피렌체는 어딜 가나 관광객들로 인산인해여서 차 세울 곳을 쉽게 찾지 못했다. 아빠는 우리보고 먼저 차에서 내려 식사를 하라고 했다. 우리가 저녁 식사를 끝내고 나서도 얼마간 더 기다린 후에야 비로소 아빠가 들어오셨다. 뒤늦게 혼자 식사를 하시는 아빠를 멀뚱멀뚱 쳐다보기가 뭣해서 아이스크림을 시켰는데, 그 맛이 가히 환상적이어서 피렌체의 노곤한 저녁을 달래기에 더없이 좋았다. 그때 재스퍼가 우리를 둘러보며 피렌체에서 로마가 얼마나 머냐고 또 물어보았다. 정확한 거리는 모르지만 아마 차로 네다섯 시간 걸릴 거라고 아빠가 대답하자, 재스퍼는 놀란 표정을 지었다.

"Only four?"

정말 네 시간밖에 안 걸리느냐고 반문하는 재스퍼의 눈빛이 어쩐지 좀 묘했다. 짙은 그리움이랄까 아련함 같은 게 엿보였다고 할까? 그걸 본 우리들의 가슴에도 휘익 하고 찬바람이 스쳐

지나가는 듯했다. 우리는 왠지 모를 먹먹함에 입을 다물었다. 먼저 그 침묵을 깬 건 엄마였다.

"재스퍼, 너 로마에 가고 싶어서 그러는 거니?"

느닷없는 엄마의 질문에 아빠는 서둘러 삼키려던 스파게티가 목에 걸린 듯 벌게진 얼굴로 캑캑댔다. 고개를 끄덕인 재스퍼는 잠시 망설이는가 싶더니 바지 주머니에 손을 넣어 꼬깃꼬깃 접힌 종이 하나를 꺼내 엄마에게 건네주었다. 그건 흡사 중세시대 문서처럼 보이는 낡은 편지였다. 그냥 구겨진 정도가 아니라 귀퉁이가 닳고 닳은 걸로 보아, 아마도 재스퍼는 런던에서부터 그 편지를 여러 차례 들여다본 것 같았다.

알고 보니 그건 메리 아줌마가 재스퍼에게 보낸 것이었다. 편지 쓴 날짜가 7월 5일인 점으로 미루어, 우리는 재스퍼가 런던에서 빈으로 출발하기 직전에 그 편지를 받았음을 짐작할 수 있었다.

편지에서 메리 아줌마는 자기는 남편과 함께 잘 지내고 있으며, 며칠 전 작은 주택으로 이사해 마당을 가꾸고 있다고 했다. 아줌마는 또한 재스퍼가 더 이상은 "바보 같은" 짓을 하지 않길 바란다면서, 앞으로는 의젓하게 잘 지내겠다고 약속해 달라고 부탁했다. 그리고 편지 끝부분에다, 자기는 8월이 되면 남편과 로마로 여름휴가를 갈 거라면서 이렇게 가슴 찡한 문구를 적어두었다.

"우린 트레비 분수 바로 곁에 묵게 될 거야. 널 생각하며 매일 분수에 동전을 하나씩 넣을게. 그럼 너의 소원이 모두 이뤄진단다."

메리 아줌마를 찾아라!

편지를 다 읽은 우리는 뭐라고 말을 해야 좋을지 몰랐다. 재스퍼가 지금껏 메리 아줌마에 대해 한 마디도 언급한 적이 없었기 때문이다. 물론 페터 형이 들려준 얘기를 통해 메리 아줌마가 재스퍼의 새엄마였으며 이혼 후에도 재스퍼를 키우고 싶어했다는 정도는 알고 있었다. 하지만 그 아줌마가 재스퍼와 어느 정도 가까운 사이였는지, 또 재스퍼는 그 아줌마를 어떻게 생각하는지에 대해 아는 바가 전혀 없었기에, 우리에게는 그 편지가 마냥 당혹스러웠다.

"Who is Mary?"

엄마는 시치미를 떼며 메리 아줌마가 누구냐고 재스퍼에게 물었다.

"My mother!"

재스퍼는 서슴없이 메리 아줌마가 자기 엄마라고 대답했다. 그렇게 뻔한 걸 왜 묻느냐는 투였다. 평소에 좀처럼 상대방의 눈을 마주보는 법이 없는 재스퍼가, 웬일인지 이번에는 어이가 없다는 표정을 지으며 우리를 똑바로 쳐다보았다.

"And what is Mrs. Pickpeer?"

반면에 아빠는 마치 사자에게 잡힌 먹잇감처럼 기어들어가는 소리로 "그럼 픽피어 부인은 뭐냐"고 물어보았다. 재스퍼는 어깨를 으쓱하고 잠시 생각하다 대답했다.

"픽피어 부인은, 음… 나를 낳았어. 하지만 나는 그녀를 사랑하지 않아. 그녀도 나를 사랑하지 않아."

"She only loves Tom!"

자기를 낳아준 친엄마가 동생인 톰만 사랑한다는 재스퍼의 말에, 우리는 아무 말 없이 그저 고개만 끄덕였다. 다들 무슨 마법에 걸려 벙어리라도 된 것처럼, 우리 중 그 누구도 재스퍼에게 왜 그렇게 네 맘대로 생각하느냐고 물어볼 엄두조차 내지 못했다.

가장 먼저 입을 뗀 건 이번에도 역시 엄마였다. 하지만 엄마는 재스퍼가 아닌 아빠를 향해 묻고 있었다.

"당신은 어떠세요?"

아빠는 아직 어찌해야 좋을지 모르겠다는 듯 말끝을 흐렸다.

"글쎄, 나는 뭐 그냥…"

그러다 아빠는 확신 없는 목소리로 중얼거렸다.

"여기 있으나 로마로 가나 피부 알러지야 뭐 비슷하겠지. 하지만 지금 당장 로마로 달려가기는 좀… 트레비 분수 근처 호텔이 한두 군데도 아닐 거고, 그들이 정말 거기 있을지도 모르는 일이고. 그냥 8월이라고만 했지 날짜도 확실치가 않잖아."

식당을 나온 우리는 호텔까지 택시를 타고 가기로 했다. 아빠가 차를 세워둔 곳이 너무 먼 데다, 다들 몸이 힘들어 거기까지 걸어가기 어려운 상황이었기 때문이다. 엄마는 발에 물집이 여섯 개나 잡혔다며 한 발자국도 걷지 못하겠다고 했다. 하루 종일 알러지에 시달린 아빠 역시, 차는 내일 찾겠다며 우리와 함께 택시에 올랐다.

호텔에 도착하자마자 아빠는 야간 근무를 하는 경비 아저씨와 무슨 얘기인가를 한참 나눴다. 그러고는 잠시 후 아저씨가 가져온 전화번호부를 펴놓고, 두 분이 서로 도와가며 로마 시내 트레비 분수 근처에 있는 호텔 중에서 좀 '괜찮은' 호텔들을 찾아서 전화번호를 적기 시작했다. 괜찮은 호텔들을 선별한 이유는 단순했다. 경비 아저씨도 엄마도, 미국 사람들은 돈이 많아서 별세 개 이하 호텔에는 묵지 않는다고 주장했기 때문이다.

그로부터 또 얼마 후. 경비 아저씨와 아빠는 종이 위에 적힌 전화번호를 하나씩 짚어가며 일일이 호텔에 전화를 걸어 거기에 메리 아줌마와 아줌마 남편이 묵고 있는지를 묻고 또 물었다. 이탈리아는 전화 사정이 좋지 않은지 통화 중에 끊기는 일이 퍽 잦았다. 호텔에 전화를 걸어 숙박 담당자를 바꿔달라고 한 다음 "죄송하지만 거기에 혹시 맥스 골드너 씨 내외분이 묵고 계신지" 묻는 그 잠깐 동안에도 전화가 자꾸 끊기는 바람에, 한 호텔에 열 번 이상 전화를 거는 일이 반복되기도 했다.

두 분이 지겹도록 같은 말을 하고 또 하는 동안, 재스퍼는 그 곁에서 지근지근 손톱을 물어뜯으며 서 있었다. 나와 엄마와 누나는 로비에 앉아 음료를 마시며 결과가 나오기를 기다렸다. 엄마는 이맛살을 찌푸리며 크게 한숨을 내쉬더니, 우리와 아무 상관도 없는 사람들의 사생활에 얼마나 깊이 끼어들 수 있는지, 설사 그게 가능하다고 해서 그래도 되는 건지 잘 모르겠다고 했다. 또한 저렇게 전화를 거는 방법으로 과연 골드너 씨 내외가 묵는 곳을 찾아낼 수 있을지, 그조차도 의문이라고 말했다.

"트레비 분수 하나 갖고 대체 어떻게 사람을 찾아내겠니?"

엄마는 절레절레 고개를 흔들었다.

"우리가 작년에 갔던 펜션 기억하니? 바다가 보이는 펜션이라 그래서 예약했는데 막상 가보니 어떻데? 한 시간은 족히 걸어야 겨우 해안에 닿았잖아!"

아, 그런데 이게 웬 기적 같은 일이람! 경비 아저씨가 한 시간 남짓 전화통을 붙들고 씨름한 끝에 마침내 메리 아줌마 부부가 묵고 있는 호텔을 찾아낸 게 아닌가. 경비 아저씨로부터 수화기를 넘겨받은 아빠는 호텔 관계자에게 맥스 골드너 씨 내외와 통화하고 싶다는 의사를 알렸다. 그러나 그들은 지금 외출 중이었다. 아빠는 차선책으로 메리 골드너에게 현재 상황을 알리는 메모를 남겼다. 우리 가족과 함께 피렌체에 와 있는 재스퍼가 엄마인 당신을 너무나 보고 싶어 한다는 내용이었다. 우리 가족의 이름과 우리가 묵고 있는 호텔 전화번호도 남겼음은 물론이다. 그러고 나서 아빠는 호텔 담당자로부터 메모를 메리 골드너의 열쇠 보관함에 넣어두겠다는 약속을 받아낸 다음 전화를 끊었다.

낳은 엄마, 기른 엄마

그날 밤 나와 누나는 재스퍼 곁에서 다시 곤욕을 치러야 했다. 재스퍼가 여느 때와 마찬가지로 코를 심하게 골아서가 아니라, 그와는 반대로 한시도 눈을 붙이지 않고 우리에게 이야기를 들려주느라 밤을 꼬박 새웠기 때문이다.

재스퍼의 이야기는 이튿날 새벽이 되도록 끝나지 않았다. 우리 집에 온 이후로 재스퍼가 그렇게 말을 많이 한 건 처음이었다. 그 하룻밤 사이에 털어놓은 이야기가 우리 집에 와서 그 전까지 한 이야기의 총량보다 훨씬 더 많게 느껴졌다. 그가 이끌어간 화제의 중심은 단연 메리 아줌마였다. 재스퍼는 메리 아줌마가 얼마나 예쁘고 마음씨가 고우시며 또 훌륭한 엄마인지를 거듭 강조했고, 우리는 졸린 눈을 부릅떠가며 그 얘기에 귀 기울여야 했다.

재스퍼는 메리 아줌마만큼 아름답고 멋있는 엄마는 세상에 없다면서, 이제 아줌마를 다시 만나게 된 이상 자기가 영국으로 돌아갈 필요는 없다고 했다. 아줌마와 함께 빈의 우리 집으로 돌아갔다가 유럽을 조금 더 돌아본 후 미국에도 같이 가길 원한다는 절실한 바람도 털어놓았다. 그러면서 재스퍼는 자기 나이가 벌써 열다섯 살임을 힘주어 강조하면서, 그 나이가 되면 이혼한 부모 중 누구와 함께 살 것인지를 결정할 권리가 있고 자기는 당연히 메리 엄마를 선택할 거라고 밝혔다.

"하지만 메리 아줌마는 너의 친엄마가 아니잖아."

왠지 재스퍼가 걱정스러워 내가 조심스레 물었더니, 재스퍼는 말도 안 된다는 듯 펄쩍뛰었다.

"내가 줄곧 엄마라 그러고 살았다니까!"

재스퍼는 자신의 친모인 픽피어 부인이 메리 아줌마한테 자기를 "넘겼다"고 생각하고 있었다. 그리고 일단 자식을 남에게 넘긴 이상, 아무리 부모라도 그걸 멋대로 무를 수는 없는 법이라고 그는 단호하게 주장했다.

"정말이라니까! 픽피어 부인은 나를 낳기만 했을 뿐이야. 내가 메리 엄마 집에 사는 동안에도 나를 보러온 적이 한 번도 없었어. 나한테 편지 한 장 보내기를 했나, 뭐 아무것도 한 게 없다구. 근데 그게 무슨 엄마야?"

"아무리 그래도 법은 법이잖아…."

자기 말을 있는 그대로 수용해주지 않는 내게, 재스퍼는 그런 법이 무슨 법이냐고, 그렇게 웃기는 법이 세상에 어디 있냐고 투덜거렸다. 나는 더 이상 왈가왈부하고 싶지 않았다. 솔직히 말하면 너무 졸려서 빨리 자고 싶은 마음밖에 없었다. 하지만 재스퍼는 내가 듣거나 말거나 계속 자기 얘기를 해댔고, 나는 억지로라도 듣는 척을 하느라 뭐라고 꽥꽥거렸지만 자꾸만 눈이 감겨 그조차도 어려웠다.

그때 내 옆에 있던 누나는 뭘 하고 있었는지, 재스퍼의 얘기를 어디까지 듣고 잠이 든 건지, 내겐 아무런 기억이 없다. 나중에 들어보니 누나 역시 나와 다를 바가 없었다. 우리 둘 다 잠들어 버리면 재스퍼를 한밤중에 혼자 허공에 대고 떠드는 바보로 만드는 게 아닌가 싶어서, 누나도 나처럼 졸음을 참아가며 아무 말이나 꽥꽥거리느라 무지 힘들었다는 것이다. 그러다 결국엔 잠이 들고 말았는데, 누나는 그 와중에도 설핏 잠에서 깰 때마다 재스퍼의 손을 잡아주었다고 한다. 네 소원대로 이뤄질 거라는 격려의 표시로 말이다. 나로서는 생각조차 할 수 없는 일을 한 누나가 새삼 대단해 보였다.

태풍 속을 통과하는 법

※

8월 20일 목요일

감당하기엔 너무 큰 슬픔

이날 일은 가능한 한 짧게 요약하겠다. 정말 다시는 생각하기도 싫을 만큼 끔찍한 소동이 일어났기 때문이다.

아침에 엄마가 문을 열고 우리 방에 들어왔고, 동시에 나는 잠에서 깨어났다. 재스퍼가 누운 쪽 침대발치에 엄마가 걸터앉자, 재스퍼는 벌떡 일어나 메리 엄마한테서 전화가 왔는지 물었다. 엄마는 그렇다고 고개를 끄덕였다. 재스퍼는 좋아서 소리를 지르며 침대에서 뛰어내리려고 했다. 그런 재스퍼를 엄마가 붙들었다. 그리고 천천히 가라앉은 목소리로, 영어가 아닌 독일어로 자초지종을 설명하기 시작했다.

"메리 아줌마는 우리가 가는 걸 원치 않는단다."

멍한 눈으로 엄마를 쳐다보는 재스퍼에게, 엄마는 이번엔 영어로 같은 말을 한 번 더 했다. 재스퍼는 마치 그 자리에 얼어붙은 듯 꼼짝도 않고서 계속 엄마를 바라보았다.

"오지 말았으면 좋겠다는구나."

엄마가 말을 이었다.

"마음만 더 아플 거라고… 공연한 짓이니 그렇게 하지 말라고 하셔. 더 이상 서로 만나지 않는 게 좋겠다는구나."

재스퍼가 고개를 흔들며 소리쳤다.

"거짓말!"

재스퍼는 화가 나 견딜 수 없다는 듯 엄마에게 거칠게 쏘아붙였다.

"그럴 리가 없어!"

엄마는 며칠 전 돌멩이를 잃어버렸을 때처럼 재스퍼를 달래주려 했지만, 재스퍼는 그 손길을 뿌리쳤다. 몸도 마음도 얼어붙어 도저히 움직일 수 없는 듯했다. 그런 그가 간신히 한 마디를 소리 내어 물었다.

"왜요?"

엄마가 아무 대답도 못하고 가만히 있자 재스퍼는 더 크게 소리 질렀다.

"메리 엄마가 왜 그러는 거냐고 묻잖아요!"

엄마는 마땅한 답을 찾지 못한 채 그저 어깨만 들썩하고 재스퍼를 바라보았다.

"Tell me!"

재스퍼는 우리가 익히 들어 알고 있는 짐승 소리를 내기 시작했고, 엄마는 그걸 도저히 듣고 있을 수 없는지 귀를 막고 그 자리에 주저앉았다.

"정말 오지 말래요?"

빌레 누나가 사태를 진정시키려는 듯 차분하게 물었다.

"참 이상하네. 아줌마도 재스퍼를 몹시 그리워하는 줄 알았는데…"

"물론 메리 아줌마도 재스퍼가 보고 싶지."

엄마가 다시 정신을 차리고 말을 이었다.

"하지만 아줌마 말씀은, 이제 와서 바꿀 수 있는 게 없다는 거야. 그리고 재스퍼도 이제 많이 커서 어른이나 다름없으니 자기 앞가림을 혼자 해나갈 수 있을 거라고… 메리 아줌마 말씀은 그러니까, 지금 만나면 오히려 서로의 상처만 더 헤집는 결과를 가져올 수 있다는 거지."

엄마의 말을 듣고 있던 재스퍼가 버럭 소리를 질렀다.

"아줌마가 우리 엄마 말을 어떻게 알아들어? 아줌마는 영어 못하잖아! 우리 엄마 말 틀리게 알아들은 거라고!"

"그렇지 않아."

엄마가 재스퍼의 말을 가로막았다.

"메리 아줌마 말도 알아들었고, 게다가 아줌마 남편인 골드너씨는 독일 말을 잘하시더라. 마침 옆에 계셔서 아저씨하고도 한참 얘기를 했어. 다시 한 번 말하지만, 메리 아줌마는 좀 더 시간이 지나고 나서, 그러니까 한 이삼 년 뒤에 재스퍼가 완전히 어른이 되면 그때 만나고 싶다 하서. 그땐 꼭 너를 다시 만나겠다고 그렇게 말씀하셨어."

재스퍼는 우리 엄마 말을 도저히 믿을 수가 없다고 했다. 엄마는 탁자에 놓인 전화기를 들고 호텔 카운터에 연락을 해서, 메리 아줌마가 묵고 있는 호텔과 연결시켜 달라고 부탁했다. 전화가 연결되기를 기다리면서 엄마는 재스퍼에게 말했다.

"메리 아줌마는 굳이 그럴 필요가 없다고 했지만, 재스퍼, 네가 정 내 말을 믿기 어려우면 직접 통화를 해보렴!"

재스퍼는 고개를 끄덕이며 오른손을 통째로 입에 넣고 손가락 네 개를 지근지근 물어뜯었다. 트레비 근처 호텔과 연결된 엄마는 전화 받은 종업원에게 메리 골드너 부인과 통화하고 싶다고 부탁한 뒤, 재스퍼에게 전화를 받겠냐고 물었다. 재스퍼는 입속에 넣은 손을 빼서 전화기를 달라는 시늉을 했고, 엄마는 곧바로 수화기를 넘겨주었다. 재스퍼는 잠시 고개를 숙이고 기다리다가 갑자기 아까와 같은 짐승 소리를 내며 울부짖기 시작했다.

"어엄마, 엄마아!"

저쪽에서 메리 아줌마가 뭐라고 말씀하시는지, 재스퍼가 울부짖음을 멈추고 조용히 듣고만 있었다. 우리 역시 숨을 죽인 채 전화기에서 흘러나오는 메리 아줌마의 목소리를 함께 들었다. 상당히 높은 톤에 소녀 같은 음성이, 내가 상상했던 메리 아줌마의 느낌과는 많이 달랐다.

엄마는 문득 침대에서 일어서더니 우리보고 밖으로 나가자는 눈짓을 했다. 재스퍼가 메리 아줌마와 단둘이서만 많은 이야기를 나누고 싶어 할 거라고 생각한 것 같았다. 우리는 잠옷 차림 그대로 엄마와 함께 방을 나와 아빠가 계시는 옆방으로 부리나케 건너갔다. 침대에 누워 있던 아빠는 우리 얘기를 듣더니 마구 화를 내면서 메리 아줌마를 욕했다.

"거 참, 나쁜 사람이네. 아니, 여기까지 찾아온 애를 어떻게 그리 매몰차게 내칠 수가 있지? 불쌍한 애한테 인정머리 없이 굴기는 친부모들과 매한가지잖아!"

재스퍼는 메리 아줌마를 따라서 미국으로 함께 갈 생각을 하고 있다고 내가 전하자, 아빠도 메리 아줌마의 난처한 심정이 조금은 이해되는지 아까보다는 누그러드는 모습이었다. 엄마는 같은 여자여서 그런지 적어도 아빠보다는 메리 아줌마를 더 잘 이해하는 것 같았다. 또한 어떤 게 재스퍼에게 가장 좋은 건지 분명하게 말할 수 있을 만큼 우리가 그 아이를 잘 아는 것도 아니라고 했다. 이에 아빠는 "우리는 재스퍼에게 최고로 좋은 운명을 찾아주려는 게 아니라 최소한의 인간적 배려를 해주려는" 것이라며, 메리 아줌마를 만날 수 있게 돕는 것이 바로 그 최소한의 배려라고 주장했다.

잠시 후, 엄마는 이제 재스퍼와 메리 아줌마의 통화가 거의 끝났을 거라고 했다. 우리는 재스퍼가 또 얼마나 상처를 입었을지 몰라서 마음이 무거웠다. 아닌 게 아니라 벽 너머 옆방에서 흡사 죽어가는 황소의 울부짖음 같은 소리가 들려오기 시작했다. 그리고 곧이어 우르릉 꽝꽝 지축을 흔드는 듯한 요란한 소리도 났다.

엄마와 누나와 나는 혼비백산하여 옆방으로 달려갔다. 아빠도 잠옷 바람으로 우리 뒤를 따라왔다. 방문을 열고 안을 들여다보니 재스퍼가 방바닥에 주저앉아 통곡을 하고 있었다. 그의 옆에는 뚜껑 열린 가방이 엎어져 있고, 거기서 쏟아진 돌멩이들이 여기저기 아무렇게나 널려 있었다. 돌멩이들이 쏟아지면서 생긴 진동음이 아직도 윙윙대며 온 방 안을 떠도는 것 같아 귀가 아팠다.

재스퍼는 방바닥에 떨어진 돌멩이들을 주워서 아무데나 집어던졌다. 우리가 오기 전에 이미 다른 물건들도 닥치는 대로 내던진 모양인지, 내 청바지는 방 모퉁이 등잔 위에 엎어져 있고, 어깨에 메고 다니는 누나 가방은 열린 옷장 문고리에 매달려 있었다. 옷장 앞면에 붙은 거울에 없던 금이 생긴 걸로 보아, 재스퍼가 던진 돌멩이에 맞은 게 분명했다. 심지어 재스퍼에게 달려가던 엄마도 돌멩이에 정강이를 세게 얻어맞았다.

엄마는 아픈 정강이를 한 손으로 꽉 붙든 채 재스퍼 손에서 가방과 돌멩이를 빼앗기 위해 안간힘을 썼다. 그러자 재스퍼는 발길질을 하고 짐승처럼 비명을 질러대다 급기야는 바닥에 드러누워 데굴데굴 구르며 제 몸으로 바닥을 마구 짓찧기까지 했다. 이처럼 재스퍼가 난동을 부리는 소리에 여기저기서 사람들이 몰려오기 시작했다. 청소부 아줌마가 제일 먼저 달려왔고, 식당에서 일하는 까만 옷차림의 종업원도 뛰어올라와 그 광경을 보고는 믿을 수 없다는 듯 손으로 이마를 탁탁 쳤다. 호텔 손님 두어 명도 호기심 가득한 표정으로 우리 방을 기웃거렸다.

그때 아빠가 더는 두고 볼 수 없다는 듯 재스퍼에게 큰 소리를 질렀다.

"Jasper, shut up!"

아빠는 이제 그만하라고 연속해서 다그쳤다.

"재스퍼, 입 다물고 조용히 해! 그만하라고!"

엄마는 아직도 눈물 나게 아픈 정강이를 꽉 붙들고는 누나에게 부탁했다.

"빌레, 재스퍼 좀 진정시켜 봐. 쟤가 그래도 네 말은 잘 듣잖니."

아빠는 허공을 향해 주먹질과 발길질을 마구 해대며 짐승의 소리를 내는 재스퍼를 와락 안아서 침대 위에 메다꽂고는, 씨름

선수가 하듯이 위에서 내리눌렀다. 엄마의 말에 잠시 망설이던 빌레 누나가 침대 가까이 다가가 재스퍼에게 말을 붙이려 했다. 그런데 그때 마침 재스퍼가 아빠를 확 제치고 일어나면서 온몸을 버둥거리다, 자기 팔로 그만 누나의 뺨을 냅다 갈기고 말았다. 일부러 그런 건 아니지만 재스퍼로부터 갑작스레 싸대기를 얻어맞고 얼이 빠진 누나는 아빠에게 말했다.

"내버려두세요!"

방문 너머에는 무슨 일인지 궁금해서 몰려든 많은 사람들이 서성대고 있었다. 엄마가 문을 닫자 아빠도 재스퍼를 붙잡고 있던 손을 놓아주었다. 재스퍼는 마치 킹콩처럼 제 몸을 두드리다 허공을 향해 주먹질을 하더니, 침대 위에 엎드려 머리를 베개에 파묻고 흐느꼈다. 빌레 누나가 그런 재스퍼 곁으로 다가가 몸을 토닥이며 달래다가 잠시 후 우리보고 나가 있으라는 손짓을 했다. 자기 혼자 재스퍼를 돌볼 수 있으니 이제 다들 옆방으로 건너가 쉬라는 신호였다. 누나와 재스퍼만 남겨두고 우리가 방 밖으로 나왔을 때, 문 앞에는 청소부 아줌마만 혼자 서 있었다.

어둔 길을 달려 집으로

얼마간 시간이 흐른 뒤에 우리는 아래층에 있는 호텔 사무실로 내려가 우리가 묵고 있는 방의 옷장 거울 하나를 깼다고 신고했다. 승강기를 타고 내려가는 중에 엄마와 아빠는 바로 숙박비 계산을 하고 짐을 싸자고 했다. 호텔에 있는 모든 사람들이 재스퍼가 난동 부리는 것을 봤거나 적어도 들어서 알게 됐으니, 더이상 이곳에 머물고 싶지 않다는 게 그 이유였다. 하기는 나도 사람들이 자꾸만 우리를 흘끔거리는 통에 낯이 뜨겁기는 했다.

아빠는 숙박비를 계산하면서 깨진 거울 값과 엄청 많이 나온 전화비까지 모두 치러야 했다. 현금이 모자라 카드로 계산하면서, 아빠는 생각보다 거울 값이 비싼 것에 투덜거렸다. 하지만 말도 제대로 통하지 않는 낯선 나라에 와서까지 꼬치꼬치 따지며 싸우고 싶지 않고 그럴 엄두도 나지 않는다며 제값을 치르고 끝냈다.

점심 무렵 우리는 피렌체를 떠났다. 나와 빌레 누나 사이에 끼어 앉은 재스퍼는 아무 말도 하지 않았다. 아침에 그 엄청난 소동을 벌인 이후 재스퍼는 줄곧 침묵을 지키고 있었다. 더 이상 생떼를 쓰거나 고집을 부리지도 않았다. 그저 우리가 오라면 오고, 옷 입으라면 옷 입고, 차에 타라면 올라타고, 잠깐 쉬었다 가자면 또 차에서 바로 내렸다.

또한 재스퍼는 그토록 아껴온 돌멩이 가방에도 더 이상 집착하지 않는 모습이었다. 방안에 흩어진 돌멩이를 주워 가방에 담은 것도, 그걸 차까지 끙끙대며 가져온 것도 재스퍼가 아닌 빌레 누나였다. 차에 가방을 실을 때 아빠는 뒷좌석에 앉은 재스퍼에게 그 가방을 넘겨주려 했지만 재스퍼가 싫다며 고개를 내저었다. 그래서 처음으로 가방을 트렁크에 실었다. 하지만 차를 멈추고 어디에 들어가서 쉴 때는 누나가 트렁크에서 가방을 꺼내 항상 들고 다녔다. 그리고 어디 앉을 때면 자기 무릎 사이에 가방을 꼭 끼고 앉았다. 누나는 재스퍼를 대신해서 돌멩이를 지켜야 한다고 생각하는 것 같았다.

뉘엿뉘엿 해가 질 무렵에야 우리는 볼차노에 도착했다. 재스퍼는 여전히 침묵을 지키는 중이었다. 고속도로 휴게소에서 우리가 배를 채우는 동안에도 그는 물만 조금 마시고 아무것도 먹지 않았다. 아빠는 볼차노에서 하룻밤 자고 가자고 했지만, 이미 늦은 시간이어서 그런지 빈방을 구하기가 어려웠다. 다섯 군데나 되는 호텔을 알아보았으나 방 두 개가 비어 있는 곳은 단 한 군데도 없었다.

엄마는 빨리 휴가를 끝내고 싶다면서 그냥 집으로 가는 게 어떠냐고, 그러면 밤늦게야 집에 도착할 텐데 괜찮겠냐고 우리한테 물어보았다. 하룻밤 호텔비를 절약하면 대신 빈의 근사한 식당에서 한 번 정도는 식사를 할 수 있다고도 했다. 나와 누나는 고개를 끄덕이며 그러자고 했다. 재스퍼는 이번에도 아무 답을 하지 않았다.

볼차노에서 집에 오는 길에는 엄마가 운전대를 잡았다. 정신없이 곯아떨어진 아빠를 곁에 두고, 엄마는 미친 듯 속력을 내어 빈을 향해 달렸다. 평소에 엄마는 자기처럼 모범적인 운전사도 드물 거라고 자부하곤 한다. 그런 만큼 좀처럼 과속운전을 하는 법이 없다. 그런데 갈 길이 멀어서 그런 건지, 아니면 아침부터 특별한 사건을 겪어서 그런 건지, 엄마는 이날 유독 속력을 냈다. 다행히 밤 깊은 고속도로엔 인적이 드물었다.

인스부르크 근방에 왔을 즈음, 재스퍼의 머리가 빌레 누나의 어깨에 툭 하고 떨어졌다. 재스퍼가 곯아떨어진 것이다. 잠시 후 그는 코까지 골기 시작했다. 생각 같아선 나도 얼른 잠이 들고 싶었지만 재스퍼의 코 고는 소리가 그것을 방해했다. 전속력으로 달리는 차에서 나는 소리도 장난 아니게 요란했다.

잘츠부르크를 지날 때쯤 재스퍼의 머리는 누나의 허벅지 위에 놓였다. 재스퍼의 코가 누나의 통통한 뱃살에 파묻혀 있어서 그런지 코 고는 소리가 한결 덜했다. 덕분에 나도 곤히 잠들 수 있었다. 그러고 나서 얼마나 시간이 지났을까. 눈을 떠보니 어느새 우리 집 앞이었다. 그러나 차 안에서 몸이 굳은 탓에 나는 바로 일어설 수가 없었다. 빌레 누나는 나보다 더 심한 상태였다. 뚱뚱보 재스퍼가 누나의 허벅지를 베고 잠이 들었으니 오죽하랴. 누나는 다리가 너무 뻣뻣해져서 펼 수가 없다고 했다. 운전을 도맡아 한 엄마 역시나 너무 피곤해서 그냥 차에서 자고 싶다고 했다.

우리 중에서 쌩쌩한 건 아빠 혼자였다.

"난 정말 세상모르고 잤네!"

잘 자고 일어나 기분이 상쾌한 듯, 아빠는 재빨리 차에서 내려 여러 번 기지개를 켰다.

"짐은 나중에 꺼내고 우선 올라가 잠부터 자요."

노곤한 목소리로 말하는 엄마의 등 뒤로 벌써 아침해가 떠오르고 있었다. 우리는 한 줄로 서서 나선형 계단을 타고 올라가, 현관문에 채운 자물쇠들을 차례로 따고 집에 들어가 각자의 침대 앞으로 행진했다. 다들 완전히 녹초가 된 상태라 옷을 갈아입고 말고 할 정신이 없었다. 당연히 뒷감당은 혼자만 말똥말똥한 아빠 차지였다. 아빠는 재스퍼가 옷 벗는 것을 도와주고 이불도 덮어주는 등, 누구보다 먼저 재스퍼를 챙겼다. 곧 방안으로 쏟아질 햇빛을 차단하기 위해 창문 커튼도 내려주었다. 그리고 마지막으로, 푹 자고 일어나면 한결 기분이 괜찮아질 거라고 따뜻하게 위로의 말을 남기는 것도 잊지 않았다.

8월 21일 금요일

"난 이제 누구의 사랑도 필요 없어!"

빌레 누나와 나는 오후 늦게까지 침대 속에 늘어져 있었다. 좀처럼 잠에서 헤어나지 못하다가 부엌에서 퍼져 나오는 뭔가 향긋한 냄새를 어렴풋이 느끼며 비로소 깨어난 것 같다. 누나와 나란히 식당에 가니, 엄마와 아빠는 벌써 일어나 커피를 마시고 있었다. 엄마는 우리에게도 먹을 것을 챙겨주며, 재스퍼가 아직 자고 있으니 조용히 하라고 했다. 많이 잘수록 그만큼 회복도 빠를 거라고도 했다. 엄마에 이어 아빠 또한, 우리가 지금 할 수 있는 건 재스퍼를 그저 내버려두고 따뜻하게 대해주는 것뿐이라고 했다.

"그냥 편안하게 대해주면 그게 제일인 거야."

아빠는 어떻게 하면 재스퍼의 다친 마음을 달래줄 수 있는지를 얘기하면서 주의사항까지 섬세하게 일러주었다.

"절대로 오버하면 못쓴다. 재스퍼한테 너무 친절하게 굴면, 그게 또 상처가 될 수도 있으니까!"

누나와 나는 그냥 편안하게 대해주라는 아빠의 말을 곱씹으며 두 시간가량을 더 기다렸다. 이제 와서 이런 말을 하는 게 우습지만, 그때부터 나는 뭔가 이상한 기분이 들었다. 뭐라 딱 잘라서 말할 수 없는, 하지만 묘하게 불안한 느낌이 온 집안에 감도는 것 같았다고 할까? 그러다 문득 재스퍼의 방이 너무 조용하다는 생각이 들었다. 정말로 이상하게도 재스퍼의 코 고는 소리가 전혀 들리지 않고 있었던 거다!

나는 자리에서 벌떡 일어나 재스퍼 방으로 달려가 문을 열었다. 방은 텅 비어 있었다. 자고 있어야 할 재스퍼는 어디론가 감쪽같이 사라져버리고, 대신 그가 쓴 걸로 보이는 편지가 파랗게 칠한 탁자 위에 놓여 있었다. 얇은 반투명 종이 앞뒤에 영어와 독어를 섞어서 빡빡하게 끼적인 재스퍼의 글씨는 철자가 많이 틀린 데다 흐릿하기까지 해서, 정확한 의미를 파악하기는 어려웠다. 하지만 넷이 머리를 맞대고 궁리한 끝에 재스퍼가 말하고자 하는 내용이 무엇인지 정도는 대강 알아낼 수 있었다.

재스퍼는 메리 엄마가 더 이상 자기를 사랑하지 않는 게 분명하다고 편지에 썼다. 자기를 만나지 않겠다는 게 그 증거라는 것이다. 메리 엄마는 여러 이유를 댔지만, 그건 그저 말도 안 되는 핑계에 불과하다고 단정 짓고 있었다. 재스퍼는 또한 우리 가족도 더 이상은 자기를 좋아하지 않을 거라고, 자기가 너무 많은 추태를 부려서 다시는 그런 꼴을 보고 싶지 않을 게 분명하다면서, 자기는 그 마음을 충분히 이해한다고 했다. 그리고 이제는 그 누가 자기를 사랑하든 안 하든 아무 상관이 없다고도 했다.

재스퍼는 자기가 지금껏 가장 아껴온 돌멩이가 든 가방을 빌레 누나에게 통째로 넘겼다. 나에게는 자기 옷을 다 가지라고 했다. 그러면서 자기는 이제 빈 몸으로 길을 떠난다고 했다. 역으로 가서 자기가 가진 영국 돈을 오스트리아 돈으로 환전하여 기차표를 사겠다는 거다. 역으로 가는 길도 혼자 찾을 수 있고 환전하는 방법도 다 알고 있으니 아무 걱정하지 말라고 일단 우리를 안심시킨 재스퍼는, 그러나 그다음에 이런 말을 써서 우리를 기겁하게 만들었다.

"나는 빠른 기차를 탈 것이다. 무지하게 빨리 달리는 기차에서 뛰어내리면 아프지도 않고 아주 빨리 죽을 수 있을 테니까."

재스퍼는 자기가 왜 기차에서 뛰어내리려 하는지 그 이유도 밝혔다. 자기에겐 먹고 죽을 독약도 없고, 익사를 선택하자니 자기는 수영을 너무 잘해서 어떻게든 물에서 헤엄쳐나올 게 뻔하다는 거였다. 재스퍼는 끝으로 꼭 덧붙이고 싶은 말이 있다면서, 자기는 우리 가족 모두를 사랑하며 특히 빌레 누나를 정말로 사랑한다고 했다. 그게 그가 남긴 마지막 작별 인사였다.

비상경계령의 선포와 해제

재스퍼의 편지를 다 읽은 엄마와 아빠는 온몸을 부들부들 떨기 시작했다. 특히 아빠는 우리 모두 잠들어 있을 때 혼자 일어나 거실에서 신문을 보고 있었는데, 그때 현관문이 열리는 소리를 얼핏 들은 것도 같다며 자기의 무심함을 책망했다. 모두들 자고 있는 줄 알았기에 자기가 잘못 들었다고 생각했다는 거였다.

"어찌 사람이 이렇게 둔하고 무심할 수 있나!"

아빠는 사정없이 자기 머리를 쥐어박았다.

"한 번만 나가서 쳐다봤으면 괜찮았을 걸… 그 불쌍한 녀석을!"

서두르며 옷을 챙겨 입던 엄마는 이제 와서 그렇게 자책해 봤자 무슨 소용이냐고 아빠에게 면박을 주며 말했다.

"빨리 나갈 준비나 하자고요."

엄마는 나와 누나에게도 서두르라는 눈짓을 한 후 아빠한테 자동차 열쇠를 건네주었다.

"당신은 에발트하고 남부 역으로 가세요!"

엄마는 택시회사 명함을 찾아 전화를 돌리며 말했다.

"난 빌레하고 택시를 타고 서부 역*으로 갈게요."

하지만 택시회사 전화는 계속 통화 중이었다. 금요일 오후라 택시를 부르는 사람이 많은 것 같았다. 다행히 거의 포기하기 직전에 간신히 통화가 되었다.

"3분 후에 도착한대요."

엄마 말을 뒤로 하고 아빠와 내가 막 현관문을 벗어나려 할 때였다. 엄마가 갑자기 우리를 불러 세웠다.

"잠깐! 내 정신 좀 봐. 누구 한 사람은 집에 있어야 다른 데서 연락이 와도 전화를 받을 수 있잖아. 전화 받을 사람 하나는 남아 있어야지!"

---

* 방사형 구도로 돼 있는 유럽의 도시에는 대개 중앙역과 그 주변 역들이 존재한다. 하지만 19세기 철도가 건설되기 이전에 이미 시내 중심에 웅장한 건물들이 꽉 들어찬 큰 도시 중에는 중앙역이 없는 곳도 있다. 도시 한가운데에 중앙역을 지을 수가 없기 때문인데, 빈도 그런 경우여서 중앙역 없이 서부 역과 남부 역만 있다.

"누가 남지?"

빌레 누나가 물었다. 내가 남는 게 좋을 것 같아서 나는 집으로 들어오고, 엄마와 아빠와 누나는 서둘러 집을 나섰다. 그런데 잠시 후 엄마가 헐레벌떡 다시 계단을 올라와 집에 들어왔다. 깜빡하고 지갑을 두고 갔다는 것이다.

"걱정하지 마라, 에발트!"

지갑을 챙겨 황급히 집을 나서며 엄마는 내게 말했다.

"금세 찾을 수 있을 거야. 그러니 아무 걱정 마라!"

나는 전화기 옆 작은 의자에 쪼그리고 앉아 신문을 뒤적이며 아무 기사나 읽으려고 애를 썼다. 하지만 글자 하나도 머릿속에 들어오지 않았다. 재스퍼에 대한 걱정으로 이미 머리가 꽉 차서 다른 생각은 들어설 자리가 없었다. 내게 희망이 있다면, 재스퍼가 길을 잃고 역을 찾지 못하는 것, 오직 그뿐이었다. 반면에 재스퍼가 이미 역을 찾았다면? 만약 그렇다면 더 이상 손쓸 여지는 없어 보였다. 고속기차들은 하루에도 열 번 이상 빈 역에 와서 승객을 태우고 간다. 그러니 재스퍼가 일단 역을 제대로 찾아 들어갔다면 고속기차에 올라타는 것쯤은 문제가 아니리라.

가족들이 나간 지 30분가량 지났을 때 전화벨이 울렸다. 아빠였다. 남부 역에는 재스퍼가 오지 않은 것 같다고 아빠는 말했다. 그리고 경찰에 신고를 했다는 것과, 재스퍼처럼 생긴 애가 나타나면 바로 붙잡아 연락을 해주겠다는 약속을 받았다는 사실도 내게 전해주었다. 아빠는 또한 15분 전에 역을 출발한 초고속기차의 대장 아저씨와도 통화를 했다며, 그 아저씨가 기차의 모든 칸에 사람을 보내서 재스퍼처럼 생긴 애가 있으면 당장 붙들어 오도록 조치를 취했음은 물론, 30분 전에 출발한 기차와 그 기차가 곧 정차할 역에도 전갈을 보내 똑같은 절차를 밟도록 하겠다는 약속까지 해주었다고 말했다. 나는 그 짧은 시간 안에 많은 일을 처리한 아빠가 새삼 대단하고 자랑스레 여겨졌다. 그리고 이런 식으로 여럿이 합세하면 재스퍼를 지켜낼 수 있으리라는 생각에 비로소 안도감이 들었다.

아빠와 통화한 지 얼마 안 되어 이번에는 엄마로부터 전화가 걸려왔다.

"오, 에발트구나! 아이구, 우리 강아지."

엄마의 목소리에는 크리스마스 저녁의 따뜻한 온기와 눈 덮인 소나무 사이로 찰랑거리는 꼬마 솔방울들의 재잘거림 같은 명랑함이 함께 묻어났다.

"찾았어!"

오, 하느님! 재스퍼가 무사했구나! 방금 전 아빠와 통화한 이야기를 엄마에게 전하니, 엄마는 우선 서부 역 경찰서로 가서 빈을 통과한 모든 기차에 내려진 '재스퍼 추적' 비상경계령의 해제를 요청해야겠다고 말했다.

그로부터 한 시간 남짓 후, 우리 가족은 모두 집으로 돌아왔다.

물론 재스퍼도 함께였다. 한바탕 난리를 치고 난 다음이라 분위기가 어색해진 탓일까? 식구들은 괜히 이상한 짓들을 골라서 했다. 엄마는 일없이 부엌을 들락거리며 재스퍼에게 생선구이를 먹고 싶지 않느냐는 한심한 질문을 자꾸 던졌다. 방금 전까지 고속기차에서 뛰어내려 죽으려 했던 사람에게 뭔 놈의 생선구이란 말인가. 아빠는 또 텔레비전 프로그램을 뒤적이며 재스퍼에게 보고 싶은 게 없냐고, '황금머리 소년'과 만화영화 중에서 어떤 걸 보고 싶냐고 물어 옆에 있는 나를 황당하게 만들었다.

하지만 나 역시도 뭘 해야 할지 모르기는 마찬가지였다. 재스퍼를 쳐다보며 그저 어색한 웃음만 날리는 것 말고는 할 수 있는 게 없는 것 같았다. 그러고 보면 혼자 아무 짓도 안 하고 가만히 있던 빌레 누나가 우리 중 제일 멀쩡했던 듯싶다.

저녁밥을 먹은 후 누나는 화장실에서 이를 닦으며 내게 말했다.

"솔직히 난 재스퍼가 걱정되지 않았어. 나는 걔가 절대 기차에서 떨어지지 않을 거라는 걸 알고 있었거든!"

내가 어떻게 알았냐고 묻자 누나는 그걸 모른다는 게 더 이상하다는 투로 대답했다.

"재스퍼는 죽을 생각이 아니었다니까? 걔는 그냥 자기의 고통을 우리에게 하소연하고 싶었던 거야."

"그걸 누나가 어떻게 아냔 말이지!"

나는 입에 있는 거품을 뱉으며 다시 물었다.

"그걸 왜 몰라?"

누나는 너무나 뻔한 걸 왜 눈치 채지 못하느냐고 오히려 나를 타박했다.

"역에 가서 기차 시간표를 보니까 재스퍼가 역에 와 있는 동안 고속기차가 벌써 세 대나 떠났더라고. 이게 뭔 뜻인 줄 아직도 모르겠어? 재스퍼는 처음부터 기차에 올라탈 생각이 없었던 거야. 그저 자기 신세를 한탄하는 편지를 남겨놓고 기차 역에 가서 기다렸던 거라고. 우리가 와서 얼른 자기를 다시 데려가주기를 말이야!"

나는 잠들기 직전까지 누나의 말을 계속해서 곱씹어보았다. 누나의 말은 분명 일리가 있었다. 하지만 엄마가 서둘러 재스퍼를 찾아내지 못했다면 어떻게 되었을지는 아무도 장담할 수 없는 것도 사실이다. 설사 재스퍼가 우리를 기다리고 있었다 해도, 만약 타이밍이 맞지 않았다면 그는 편지에 쓴 대로 했을지도 모른다. 그런 일이 절대 일어나지 말라는 법도 없으니까. 재스퍼 역시 집으로 돌아온 후에 이야기하지 않았나. 뛰어내릴 생각이었는데, 그 생각만으로도 너무너무 힘이 들었다고 말이다.

아주 특별한 약혼식

8월 22일 토요일

있는 그대로 사랑한다는 것

엄마는 슈퍼에 좀 다녀오라며 나와 누나에게 심부름을 시켰다. 그러면서 덧붙이길, 재스퍼와 둘이 나눌 이야기가 있으니 좀 오래 있다가 오라고 했다. 나는 그제야 엄마가 왜 엊저녁부터 할머님을 염려하며 오늘 아침 일찍 아빠를 할머님 댁에 보냈는지 이해할 수 있었다. 하기는 재스퍼를 집에 들인 이후로 우리 가족이 할머님에게 좀 무심하기는 했다.

"얘들아, 엄마는 말이다…"

집을 나서려는 누나와 내게 엄마는 자못 심각한 얼굴로, 게다가 비장함이 묻어나는 목소리로 말을 걸었다.

"나는 너희가 꼭 모범생이 아니더라도 너희를 사랑해. 재스퍼에게도 이 말을 해주고 싶어. 재스퍼가 피렌체에서 거울도 깨고 생떼도 쓰고 했지만 말야, 아무리 걔가 버르장머리 없이 군다고 해도 엄마는 그 애를 있는 그대로 사랑하거든. 그건 사랑이 아니고 동정심일 뿐이라고 또 따지면 할 말이 없지만… 그래도 내가 그 애를 걱정하고 아끼는 게 꼭 동정심에서 그러는 것만은 아니란 걸 그 애가 알아줬으면 좋겠구나.”

빌레 누나는 아무런 대꾸도 하지 못하고 커다란 장바구니를 손에 든 채 주뼛거리기만 했다. 그러다가 그냥 집 밖으로 나가려는 누나의 등에 대고 엄마는 계속 말을 이었다.

“그럴 일이야 없겠지만, 너희들이 혹시 마약을 하거나 어디 가서 도둑질을 하거나 아니면 학교에서 F학점을 맞는다 해도, 설사 그렇대도 엄마는 너희들을 사랑한다.”

“알았어요. 엄마, 고마워…”

누나는 간신히 입을 떼고 엄마에 대한 마음을 드러냈다. 하지만 어색해서 그런지 누나는 입속에서만 작게 웅얼댔고, 하필이면 그때 현관문이 닫히는 바람에 엄마는 끝내 그 말을 듣지 못했을 것 같다.

슈퍼마켓에 간 우리는 엄마가 적어준 물건들을 모두 장바구니에 담아서 계산한 다음, 아이스크림 가게에 들러서 콘 하나씩을 사 먹었다. 누나와 나는 인생의 온갖 아이러니에 대해 그리고 재스퍼에 대해서도 많은 이야기를 나누었다. 이번 여름 동안 우리 엄마가 얼마나 달라졌는가에 대해서도 얘기를 막 시작했는데, 아무래도 장바구니 속의 버터가 녹으면서 물렁물렁해지는 것 같아 서둘러 집으로 돌아왔다. 까딱하면 우유까지 맛이 갈 것 같아서였다.

집에 와보니 재스퍼는 엄마와 부엌에서 이야기를 나누고 있었다. 전날 먹다 남은 생선구이를 맛있게 먹고 있는 걸로 보아, 그는 기분이 한결 좋아진 듯했다.

우리 셋은 오후 내내, 그리고 아빠가 할머님 댁에서 돌아온 뒤에는 다섯이 모여 앉아 자정이 넘을 때까지 줄곧 텔레비전을 보았다. 이렇게 식구들이 온종일 텔레비전 앞에 앉아 있는 건 우리 집에서 대단히 보기 드문 일이다. 나는 우리 가족이 다 같이 큰일을 겪고 난 뒤에서, 평소 같지 않은 모습도 서로서로 그냥 봐주고 있다는 걸 알았다. 마음의 상처가 아물기까지는 시간이 필요한 법이니까.

8월 23일 일요일

감자튀김 대 캐모마일 차

이날은 참으로 늘어지게 한가한 날이었다. 재스퍼는 침대에서 책을 읽으며, 입으로는 감자튀김을 계속해서 먹어댔다. 접시가 바닥을 보일 만하면 엄마가 얼른 새로 튀긴 감자를 갖다주었기 때문이다. 그 바람에 재스퍼의 손과 입은 기름 범벅이 되었지만 좋아하는 음식을 실컷 먹을 수 있어 즐거운 모양이었다. 재스퍼는 오랜만에 『피네간의 경야』를 꺼내서 온종일 그 책에 빠져 있었다.

나는 재스퍼한테는 눈곱만큼도 화가 난다거나 질투가 난다거나 하지 않았지만, 솔직히 엄마에게는 괜히 분하고 짜증이 났다. 지금 재스퍼에게 하는 것의 반의반만큼도 내게는 해준 적이 없다는 생각 때문이었다. 내가 병원에 입원해 있던 때를 제외하고는, 엄마는 내가 아무리 아파도 저렇게 큰 관심을 보이거나 내가 좋아하는 음식을 무제한으로 만들어주거나 한 적이 없었다. 할머님한테 하듯이 캐모마일 차나 열심히 끓여다 주었을 뿐이다.

나는 아무래도 안 되겠어서 엄마한테 따져 물었다. 그러자 엄마는 전혀 미안한 기색도 없이 재스퍼가 지금 많이 아프니까 그런 거라고 대답했다. 배탈이 났을 때는 캐모마일 차가 최고지만, 재스퍼는 워낙 마음을 많이 다쳤기 때문에 사정이 다르다는 것이다. 마음의 상처는 캐모마일 정도로는 별로 도움이 되지 않는다나 뭐라나.

지워진 날들, 얼마 남지 않은 날들

아침에 픽피어 부인에게서 전화가 왔다. 엄마는 상대가 누구인지 확인하고는 좀 언짢은 얼굴로 아빠에게 수화기를 건네주었다. 아빠가 통화를 하는 동안 엄마는 작은 소리로 내게 말했다.

"난 이제 저 여자하고는 말도 하기 싫다!"

하지만 아빠는 이날도 너무나 공손하고 깍듯한 태도로, 재스퍼는 우리 집에서 정말 "happy"하게 잘 지낸다고, 그는 말할 수 없이 착한 아이, 그러니까 "a good child"에 영리하기까지 한 소년이라고 엄청 칭찬을 해댔다. 거의 굽실거리는 듯한 자세로 예의를 갖추는 아빠를 지켜보면서, 재스퍼는 조금 못마땅한 얼굴이 되었다. 얼마 후 픽피어 부인과의 통화를 끝내고 수화기를 내려놓은 아빠는, 방금 전까지와는 사뭇 다른 투로 엄마에게 말했다. 아빠 딴에는 엄마 귀에 대고 소곤거린 거였지만 나는 무슨 말을 하는지 다 알아들을 수 있었다.

"제멋대로야! 이 여자는 도대체 사태 파악을 못하고 있어!"

이에 엄마는 그렇게 뭐하러 그렇게 예의를 차리면서 입에 발린 소리만 늘어놓느냐고 핀잔을 주었다. 뒤에서만 흉을 보니 정작 당사자는 자기 문제가 뭔지도 모르는 거 아니냐고, 엄마는 계속해서 잔소리를 했다.

"재스퍼만 해도 그렇지. 자기한테 무슨 문제가 있는지조차 몰랐잖아요!"

아침에 걸려온 그 전화 말고는 아무런 일 없이 하루가 조용히 흘러갔다. 저녁에 재스퍼 방에 들어가니 파랗게 칠이 된 책상 위에 놓인 종이 하나가 눈에 띄었다. 거기엔 22부터 28까지 숫자가 적혀 있었다. 23과 24에는 빨간 색연필로, 마지막 숫자인 29에는 까만 색연필로 표시가 되어 있는 걸 보고 처음엔 이게 뭔가 싶었는데, 방을 나와 곰곰 생각해 보니 8월 29일이 재스퍼가 런던 집으로 돌아가는 날이었다. 그는 얼마 남지 않은 날들을, 그렇게 하나씩 색연필로 지워가고 있었다.

8월 25일 화요일

그에게도 사랑이 찾아오다

어제 재스퍼의 방에서 본 숫자들이 자꾸만 눈에 아른거려 맘이 좀 이상했다. 그래서 엄마에게 재스퍼가 그냥 우리 집에서 살면 안 되냐고 물어보자 엄마는 고개를 저었다.

"픽피어 부인이 그걸 두고 보겠니? 친엄마처럼 따르던 메리 아줌마한테도 재스퍼를 보내지 않았는데."

엄마의 말에 나는 따지듯이 물었다.

"하지만 그 사람들은 재스퍼를 사랑하지도 않잖아요!"

엄마는 웃으며 그건 아니라고 했다.

"재스퍼도 너랑 똑같은 말을 하더라. 근데 픽피어 부인이 너희 얘길 들으면 기가 막힐걸? 재스퍼 친엄마는 자기 나름의 방식으로 아들을 사랑하고 있어. 누나도 엄마한테 그랬잖니. 엄마는 너희를 잘못된 방식으로 사랑한다고 말야!"

나는 가슴이 뜨끔해서 누나 말에 너무 마음 쓸 필요는 없다고 했다.

"그거랑은 다르지. 누나는 그냥 심통이 나니까 엄마한테 괜히 해본 말이었다구."

그때 엄마가 문득 한숨을 내쉬었다.

"아휴, 그런데 도대체…"

엄마는 무슨 말을 하려다 그만두었다.

"재스퍼는 또… 아휴 참…"

아무래도 재스퍼와 엄마 사이에 무슨 심각한 얘기가 오간 것 같았다.

"그 녀석은 그러니까…"

나와 이야기를 시작할 때부터 식탁에 앉아 튀김에 쓸 커다란 감자의 껍질을 벗기던 엄마는, 자꾸 무슨 말을 하려다 감자만 만지작거리면서 머뭇거렸다. 궁금증이 머리끝까지 치솟은 나는 도저히 참을 수 없어 엄마에게 물었다.

"재스퍼가 뭐라 그래요?"

엄마가 답하려는 찰나, 빌레 누나가 불쑥 부엌으로 들어왔다.

"무슨 얘긴데?"

엄마는 빌레 누나의 갑작스런 출현에 다시 입을 다물고, 방금 껍질을 벗긴 커다란 감자를 유심히 바라보았다. 마치 세상에 태어나 처음으로 감자란 물건을 보는 것처럼 말이다. 그렇게 한참 동안 뜸을 들이다 마침내 크게 숨을 내쉬고 난 엄마는 빌레 누나를 보며 입을 열었다.

"재스퍼가 너를 사랑한단다!"

"뭐?"

빌레 누나는 코웃음을 쳤지만 별로 기분이 나쁜 것 같지는 않았다.

"빌레 너하고 약혼을 하고 싶대!"

누나의 얼굴이 갑자기 창백해졌다.

"아놔, 나한테 대체 왜들 이러는 거야!"

누나는 입을 비죽거리며 탁자 옆에 있던 쓰레기통 뚜껑을 찾아 덮은 후 그 위에 앉아서 푹푹 한숨을 내쉬었다.

말로 하는 싸움에서는 누구한테도 지는 적이 없는 우리 누나가 꿀 먹은 벙어리처럼 아무 소리도 못하고 있는 걸, 나는 태어나서 정말 처음 보았다.

"그게 세상을 뜨고 싶었던 이유 중에 하나였대."

엄마는 물끄러미 누나를 바라보다 말을 이었다.

"재스퍼는, 네가 절대로 자기랑 약혼을 안 해줄 거라는 거야."

누나는 별일 다 있다는 듯 몇 번 혀를 차더니 짜증을 부리기 시작했다.

"불결해, 불결해! 머리에 피도 안 마른 녀석한테 내가 이런 수모를 받아야 하겠냐고!"

"너보다 딱 한 살 아래라던데?"

어쩐지 엄마의 말투는 재스퍼의 편을 드는 것 같았다.

"그래서 나더러 어쩌라고?"

주먹을 불끈 쥐며 누나가 대들었다. 엄마가 피식 웃으며 몸을 피했다.

"글쎄, 나도 모르겠다. 나는 그냥 재스퍼한테 부탁을 받은 것뿐이야. 빌레가 자기랑 약혼을 하고 싶어 하는지 아닌지 그걸 알아봐 달라고 재스퍼가 엄마한테 고백을 했거든."

누나는 펄쩍뛰며 엄마 말을 치고 나왔다.

"아휴, 엄마는 도대체 뭐하는 사람이야? 넌 너무 어려서 어림도 없다! 이렇게 딱 잘라 말했어야지, 재스퍼가 부탁한다고 그걸…"

"아니!"

엄마의 태도는 생각보다 단호했다.

"재스퍼한테는 그게 지금 너무나 중요한 문제란다. 그 말을 꺼내기까지 제딴에는 상당히 망설였던 모양이야. 어쨌든 재스퍼가 무사히 돌아와서 엄마는 진짜 기쁘거든. 그래서 부탁을 들어주고 싶었어."

엄마의 설명에 누나는 더욱더 화가 난 듯 씨근거렸다.

"진짜 미친놈이네. 어떻게 그런 생각을 다 해?"

누나가 계속해서 따지려 하자 엄마는 손가락으로 입을 다물라는 신호를 하며 재스퍼가 있는 방을 가리켰다.

"재스퍼로서는 그런 생각을 하는 게 차라리 다행인 거야."

엄마는 자못 심각한 얼굴로 재스퍼의 처지를 설명하기 시작했다.

"이 세상에 내가 사랑할 사람이 있고 나를 사랑해줄 사람이 있다는 게, 재스퍼한테는 살아야 할 중요한 이유가 되는 거란다. 여태까지는 메리 아줌마가 그런 사람이었잖니? 근데 더 이상 메리 아줌마가 그 역할을 하지 않겠다니까, 재스퍼는 대신 빌레 누나를 사랑하겠다는 거야. 에발트나 엄마를 사랑할 수는 없는 거잖니!"

엄마의 말에 나는 코끝이 찡해졌다. 그래서 누나에게 이야기했다.

"누나, 재스퍼랑 약혼해라!"

빌레 누나는 기가 막혀 죽겠다는 듯 멍한 눈으로 나를 바라보았다.

"토요일이면 재스퍼는 자기 나라로 돌아가잖아."

키 작은 뚱뚱보라 안 된다고?

인생의 아이러니는 바로 이런 경우를 두고 하는 말이 아닐까? 누나와 나는 '약혼'을 놓고 갑자기 처지가 뒤바뀌고 말았다. 여름방학 전 옥스퍼드 어학연수 문제로 내가 골머리를 앓고 있을 때, 누나는 내게 베레나랑 약혼하겠노라고 선포하면 간단히 해결될 거라 조언했었다. 그랬던 누나에게 이제는 내가 재스퍼와 약혼을 하라고 부추기게 된 것이다.

"겨우 나흘인데 뭐. 나흘 동안만 약혼자가 돼주면 되는 거라고!"

내 말에 빌레 누나는 안면 근육을 파르르 떨면서, 아니 요즘 세상에 어떤 미친 사람들이 약혼 같은 걸 하느냐고, 자기는 약혼 같은 코미디는 평생토록 할 생각이 없을 뿐더러 만에 하나 정신이 나가서 약혼을 한다 해도 그건 피둥피둥한 연하의 어린애가 아니라 키도 크고 검은 머리에 초록 눈, 빛나는 근육과 구릿빛 피부를 지닌 몸짱 오빠랑 할 거라고 잘라 말했다.

시도 때도 없이 터져 나오는 저 꿈속 왕자님 얘기라니! 그런 허무맹랑한 얘기를 더 이상은 듣고 싶지 않았기에, 나는 빌레 누나가 전에 엄마에게 퍼부었던 비난을 누나에게 그대로 돌려주었다.

"누나, 꿈 좀 깨시지! 누나가 엄마한테 뭐라 그랬어? 엄마는 공부 잘하는 모범생만 사람 취급하는 속물이라고 그렇게 악을 쓰더니, 뭐? 큰 키에 검은 머리에 초록 눈? 아니, 그럼 키 작고 뚱뚱하면 사람도 아니네? 누나야말로 속물이란 생각 안 들어? 재스퍼도 사람이고, 쟤도 남자야. 그냥 한번 있는 그대로 사랑해 주면 안 돼?"

"저 얼간이, 뭐라고 떠드는지 엄마도 들었어?"

누나는 분하다는 듯 발을 굴렀다. 하지만 엄마는 담담했다.

"아닌 게 아니라 재스퍼는 이번 토요일에 떠나니까 우리와 함께할 날도 며칠 안 남았구나…."

"뭐라고? 아니, 엄마도 에발트랑 한통속이야?"

누나는 다시 발끈하며 쓰레기통 위에 털썩 주저앉았다.

"나도 잘 모르겠다만…"

엄마는 곰곰 생각하며 말을 이었다.

"그렇게 하는 게 우리가 재스퍼에게 정말 도움을 주는 일이 아닐까 싶구나. 정말로 약혼을 하라는 건 아니고, 다만 재스퍼에게는 우리들이 진짜 한가족이고 친척이라는 그런 느낌을 주는 게 중요한 것 같아. 무슨 말인지 알아듣겠니?"

"난 몰라!"

엄마는 누나의 투정에도 아랑곳 않고, 계속해서 재스퍼의 생각을 대변하며 설득에 나섰다.

"재스퍼한테 약혼은 우리가 흔히 알고 있는 그런 게 아냐. 그 애가 나한테 묻더라. 빌레와 약혼하면 우리가 친척이 되는 게 아니냐고. 그러니까 걔가 정말 원하는 건 우리와 친척이 되는 거라구."

엄마는 감자 하나를 집어 들더니 열심히 껍질 벗기는 데만 몰두했다. 그러다 갑자기 한숨을 내쉬더니 고개를 흔들며 중얼거렸다.

"괜한 짓인지도 모르지. 실은 나도 잘 모르겠다…."

"아냐, 엄마. 절대로 괜한 짓이 아니에요!"

나는 재빨리 엄마 편을 들었다.

"엄마 생각이 맞아!"

누나를 설득하려 나선 엄마의 말을 들으며, 나는 엄마가 재스퍼의 눈높이에서 그 애를 있는 그대로 바라보고 있다는 것을 느꼈다. 그건 여태까지 내가 한 번도 상상하지 못했던 우리 엄마의 새롭고도 훌륭한 면모였다. 그런 엄마에게 깊이 감동해서일까. 나 또한 엄마처럼 재스퍼의 눈높이에서 그 아이의 문제를 바라보게 되었고, 그래서 재스퍼의 심정을 충분히 이해할 수 있었다. 엄마도 말했듯이 재스퍼는 이번에 메리 아줌마와 그런 일을 겪으면서 혈연으로 엮이지 않은 관계가 갖는 한계를 절감했던 것 같다. 두 사람이 아무리 서로를 사랑하고 아껴줘도 결국 남남이기 때문에 한집에 살 수도, 아무 때나 만날 수도 없다고 생각했을 거란 얘기다.

일단 여기까지 파악하고 나니, 재스퍼가 누나와의 약혼을 원하는 이유도 간단히 이해가 되었다. 그는 우리와 어떤 식으로든 혈연관계를 맺고 싶어 한다. 재스퍼한테 약혼이란 남남이 아닌 사이가 되는 것, 딱 그만큼의 의미가 있을 뿐이다.

"그럼 나보고 재스퍼하고 키스라도 나누란 말이야? 재스퍼가 나를 자기 신부로 여길 만큼 내가 걔한테 진하게 뽀뽀라도 해주면 좋겠어?"

빌레 누나는 억울해 죽겠다는 듯 엄마와 나한테 신경질을 부렸다.

"그만해라, 빌레!"

엄마는 기겁을 해서 누나의 입을 막았다.

"지금 그 소리가 아니잖니. 네 말대로 누가 요즘 세상에 그런 식의 약혼을 하고 산다니? 재스퍼는 키스가 뭔지도 모르는 그냥 아이야! 너랑 뭐 연인이 된다거나 그런 걸 바라는 게 아니라니까. 네가 생각하는 사랑이랑 재스퍼가 생각하는 사랑은 지금 여기서 아무런 상관이 없어."

"하지만 내년 여름에 또 우리 집에 오겠다면 어떡해요? 내년이면 많이 자랄 텐데, 정말 사랑을 하자 그럼 어떡하냐고!"

누나는 이렇게 말하고 나서 자기도 좀 멋쩍은지 피식 웃었다.

"내년은 아직 멀었잖니."

엄마가 말을 이었다.

"그때가 되면 재스퍼도 많이 변해 있을 거야. 앞으로 일 년 동안 상처도 많이 아물고, 자기 가족들과도 좀 더 좋은 관계를 만들어가겠지. 그러니까 우리는 일 년 후를 생각할 필요가 없어. 지금 당장 재스퍼에게 필요한 도움을 주는 정도면 충분하다고."

"그 얘기는 이제 그만해요."

더 이상의 얘기는 부질없는 것 같아서 나는 엄마의 말을 중단시켰다.

"감자는 이제 그만 깎아도 될 것 같아요. 오늘 저녁에 먹을 만큼은 충분해요. 이제 엄마는 생선구이부터 준비하고, 감자튀김도 한 소쿠리 담아낸 다음… 음, 식탁에 하얀 보를 깔고 접시마다 분홍 장미 한 송이씩 놓으면 되지 않을까요? 그럼 나는 나가서 뽑기 반지 예쁜 걸로 두 개 골라 올게요. 그 정도면 우리 가문의 약혼식은 충분할 것 같아!"

내 말에 누나는 위아래로 나를 훑어보다 갑자기 팔짱을 끼고 선언했다.

"생각 좀 더 해보고 결정할게. 시간을 좀 줘!"

"그래. 아직 며칠 남았으니 급할 거 없지."

엄마가 흐뭇한 얼굴로 누나에게 말했다.

"네가 조금이라도 마음에 거리낌이 있다면 억지로 할 필요 없어. 이건 스스로 흔쾌히 마음을 낼 때만 가능하지, 절대 누가 누구한테 강요할 수 없는 일이거든."

약혼을 둘러싸고 엄마와 누나가 대화하는 것을 들으면서 나는 여자들이란 역시 이해하기 힘든 존재라는 생각을 했다. 약혼이 뭐 별건가? 함께 모여 배부르게 먹고 마시고 반지 두 개 사다가 서로 끼워주면 그뿐인데, 뭐 그리 고민이 많고 설명은 왜 또 그렇게 길고 장황한 건지. 하여간 여자들은 별것도 아닌 일에 너무 많은 의미를 부여하는 게 탈이라고 나 혼자 속으로 흉을 보고 있는데, 침대에 누워 있던 빌레 누나가 갑자기 툭 내뱉듯 말했다.

"약혼하지 뭐."

말은 그렇게 해도 누나는 아직 마음에 걸리는 게 많은 모양이었다.

"있잖아, 너 이거 하나는 명심해! 내년 여름에 재스퍼가 또 우리 집에 와서 만약에 지가 열여섯 살이 넘었으니까 나랑 결혼을 하겠다든지 뭐 그런 헛소리를 떠들어대면 너랑 엄마랑 모든 걸 책임져야 해. 나는 그 자리에서 당장 가출해버리고 말 거니까. 그리고 또 하나! 만에 하나 누군가 다른 사람이 이 사건에 대해 알게 되면, 그때도 난 가출이야. 특히 너, 학교 가서 이 얘길 떠들었다간 그 자리에서 죽음인 줄 알아!"

나는 내 목숨을 바쳐 이 비밀만은 무덤까지 가져가겠노라고, 죽는 날까지 어느 누구에게도, 심지어 낮말을 듣는 새 한 마리와 밤말을 듣는 쥐새끼 한 마리한테도 이 얘기만은 입도 뻥긋하지 않겠노라고, 엄마와 아빠와 그 밖에 내가 아는 모든 인연을 걸고 단단히 맹세했다.

무심한 약혼자 같으니라구!

빌레 누나는 아침에 일어나자마자 엄마에게 재스퍼와 약혼을 하겠다는 자신의 결심을 밝혔다. 엄마는 아빠에게, 아빠는 또 재스퍼에게 누나가 한 말을 그대로 전했다. 아빠가 재스퍼에게 이 소식을 알릴 때 과연 어느 나라 말로 어떻게 표현했는지, 그건 나도 잘 모르겠다. 다만 분명한 건 아빠가 딸의 결심에 엄청 당황했다는 사실이다. 훗날 이 이야기가 다시 나왔을 때 아빠는 "그토록 황당한 얘기를 입에 올린 기억은 그 전에도 후에도 없다"며 껄껄 웃었다.

나는 재스퍼가 어떤 반응을 보일지 좀 궁금했는데, 겉보기엔 그저 덤덤했다. 별일 아니라는 듯 그냥 얌전하고 편안한 자세로 맛있게 점심을 먹었을 뿐이다. 아니, 평소보다 좀 많이 먹은 게 그나마 눈에 띈 차이였다.

오후에 우리는 도나우 강으로 뱃놀이를 갔다. 배를 타기 전에 갑자기 소나기가 쏟아져 뱃놀이를 포기하고 선착장 위로 올라가는데, 이번엔 돌연 비가 그치고 햇빛이 환하게 쏟아지기 시작했다. 우리는 다시 오던 길을 되돌아 배를 타러 갔다. 그런데 또 빗방울이 후두둑 떨어지는 게 아닌가. 변덕스런 날씨 탓에 같은 길을 오고가는 바보짓을 세 차례나 되풀이하던 우리는, 이 건 도저히 아닌 것 같아서 요트를 반납하고 놀이공원으로 향 했다.

놀이공원 오락실에 들어간 아빠와 재스퍼는 마치 물 만난 고기처럼 게임에 열을 올렸다. 빌레 누나와 나는 그냥 뒷전에서 서성거리다, 나중엔 그럴 기운마저 없어 오락실 앞 벤치에 앉아 두 사람을 기다렸다. 빌레 누나는 자기의 약혼 결심을 듣고도 재스퍼가 별다른 관심을 보이지 않는 데 마음이 상한 눈치였다. 나 역시도 재스퍼가 평소보다 더 무관심한 태도로 누나를 대하는 것이 좀 이상하긴 했다. 도대체 누가 그를 사랑에 빠진 약혼자로 보겠는가? 재스퍼는 그런 것과는 아무 상관이 없어 보였다.

8월 27일 목요일

선남선녀, 의형제로 맺어지다

마침내 약혼 잔치가 열리는 날이 밝았다. 앞서도 말했지만 이 약혼식은 보통의 약혼식과 달리 그저 서로의 건강과 행복을 빌어주는 정도의 의미가 있는 자리였다. 그래도 잔치는 잔치인지라 엄마는 한껏 솜씨를 발휘해 감자튀김과 생선구이는 물론, 소시지와 샐러드에 과자와 케이크까지 푸짐하게 음식을 준비했다. 또한 아빠는 '진짜' 샴페인을 한 병 터뜨려 우리 모두에게 축하주로 한 모금씩 돌렸다.

이날의 주인공인 재스퍼는 약혼자와 의형제가 어떻게 다른지를 전혀 모르는 것 같았다. 그는 항상 배에 차고 다니는 주머니칼로 자기 손가락을 살짝 베어 핏방울을 돋게 하더니, 빌레 누나한테도 똑같이 하라고 요청했다. 그런 다음 누나 손가락에 자기 손가락을 겹쳐 상처끼리 맞닿게 하고는 "이제 우리는 서로의 약혼자"라고 씩씩하게 선서를 했다. 그 모습이 마치 후크 선장을 무찌른 피터 팬처럼 늠름해 보였다. 내가 선물로 구해온 반지 두 개를 내놓자, 그는 더욱 신나고 기쁜 얼굴이 되었다. 그 반지는 지난번에 프라터에서 쓰고 남은 돈을 탈탈 털어 산 것이다. 그로써 나는 빈털터리가 되었지만, 재스퍼의 유쾌하고 기쁜 표정을 보니 마음이 뿌듯했다.

간단한 예식을 마치고 우리는 다 같이 노래를 불렀다. 유치원 때 배운 것부터 최신 유행곡까지, 또 영어로 된 팝송부터 왈츠곡에 가사를 붙인 오스트리아 민요와 행진곡과 오페라 주제가까지, 아는 노래란 노래는 가리지 않고 전부 다 불렀다. 그런데 〈터키 행진곡〉을 신나게 부르고 있을 때 난데없이 전화벨이 울려 받아보니 아래층에 사는 아줌마였다. 아줌마는 겁에 질린 목소리로 대체 한밤중에 무슨 일이냐고, 혹시 집에 무슨 문제가 생긴 게 아니냐고 물었다. 깜짝 놀라 시계를 보니 벌써 자정을 지나 있었다. 우리는 아주머니께 정말 죄송하다고 사과한 후 각자 침실로 향해 잠을 청했다.

모두가 잠자리에 누운 그때, 한 사람만은 미처 열기를 식히지 못했는지 자기 방에 들어가서까지 계속해서 노래를 불러댔다. 그건 바로 재스퍼였다. 부활절 무렵에 어린이 합창단에서 많이 부르는 교회 성가를 거칠고 낮은 목소리로 꽥꽥대는 재스퍼의 노래를 들으며, 누나는 자기 약혼자가 엄청난 바리톤 가수라고 킥킥거렸다. 그러다 문득 웃음을 그친 누나는 정말 걱정스런 표정을 지으며 지금 상황을 한탄하기 시작했다.

"이건 편안하게 웃을 수 있는 상황이 아니야. 난 재스퍼가 너무 불쌍해. 이런 연극까지 벌여야 하는 게 정말로 슬프고 한심하다고."

누나는 어느새 흘러내린 눈물을 닦고 있었다.

"누나가 속상해하면 재스퍼는 더 슬퍼할 거야."

나는 누나를 위로하며 재스퍼가 있는 옆방 벽을 톡톡 두드렸다. 이제 노래는 그만하고 어서 잠을 청하라는 신호였다. 혹시 또 아래층 아줌마가 전화를 할지 몰라 걱정스러웠기 때문이다. 하지만 재스퍼는 내 신호를 잘못 알아들은 건지, 목소리를 더 크게 높이고 심지어는 박자에 맞춰 벽을 쿵쿵 치기까지 했다.

아니나 다를까 곧바로 전화벨이 울렸다. 이번에는 아래층 아줌마가 아니라 위층에 사는 아저씨였다. 아빠는 그 아저씨한테 정말 죄송하다고 사과를 한 후, 하지만 우리가 이 집에 들어와 산 게 벌써 20년이 돼 가는데 처음으로 소란 좀 떨었다고 이렇게 바로 항의 전화를 하는 건 너무한 거 아니냐고 예의를 갖춰 따져 물었다. 아빠 말이 먹혀들었는지 아저씨는 자기 생각이 짧았던 것 같다고 공손히 사과를 했다. 그걸 보면서 나는 이런 게 바로 인생의 아이러니이자 살아가는 묘미라고 생각했다.

마침내 사방이 어둡고 조용해진 가운데, 웃음과 눈물로 범벅이 된 특별한 약혼식은 막을 내렸다. 옥스퍼드 어학연수에서 시작된, 내 인생에 다시없을 코미디 또한 오늘을 클라이맥스로 서서히 끝을 향해 가리란 것을 예감하면서, 나는 잠이 들었다.

※
남은 인생이 이 여름만 같다면

8월 28일 금요일

우리의 마지막 늦잠

빌레 누나와 재스퍼 그리고 나는 이날 완전히 곯아떨어져 늦잠을 잤다. 엄마는 한 번도 우리를 깨우러 방에 들어오지 않았다. 나중에 엄마가 말하기를, 재스퍼가 우리 집에서 마음껏 늦잠을 잘 수 있는 마지막 날이어서 그랬다고 한다.

점심 무렵이 되어서야 우리는 자리에서 일어났다. 재스퍼는 떠날 준비를 하는지, 한군데 모아놓았던 돌멩이들을 다시 종류별로 나누어 알루미늄 가방에 담고 있었다. 엄마는 한나절 내내 재스퍼의 옷들을 모두 빨고 다림질해서 초록색 가방에다 차곡차곡 넣어주었다. 그러나 재스퍼가 어디엔가 쑤셔박아둔 제 속옷들을 자꾸 가져오는 바람에, 엄마의 그 일은 좀처럼 끝나기가 어려워 보였다.

휴가의 마지막 주말이 시작되는 이날, 아빠는 온종일 집 밖에 나가 있었다. 친구 분과 함께 낚시를 간다고 했다. 기분이 이상하다고, 가슴 한쪽이 자꾸 미어지는 것 같다고 혼잣말처럼 중얼거리던 아빠는, 아침 일찍 집을 나가 무척 늦게야 돌아오셨다.

8월 29일 토요일

이제 괜찮아, 진심을 아니까

우리는 재스퍼와 함께 공항으로 나갔다. 평소와 다름없이 우리는 이번에도 시간을 딱 지키지 못하고 터무니없이 일찍 공항에 도착하고 말았다. 재스퍼와 함께 비행기에 오를 사람 중 그 누구도 보이지 않았다. 시간을 때우기 위해 공항 식당에 들어갔지만 재스퍼는 아무것도 먹고 싶지 않다고 했다. 목도 마르지 않다고 했다.

재스퍼는 자기 돌멩이 중에서 제일 아끼는 것으로 네 개를 골라 우리에게 나눠주었다. 엄마는 감정을 자제하지 못하고 눈물을 보이기 시작했다. 아빠는 재스퍼가 준 파란색 납작한 돌멩이를 편지봉투에 넣어 소중히 간직하겠다고 말했다. 그 돌멩이는 특별한 거라서 아빠 책상에 넣어두면 좋은 일이 자꾸 생길 거라고도 했다.

드디어 런던으로 가는 비행기의 체크인을 시작한다는 방송이 흘러나왔다. 늘 시간을 앞당겨 사는 우리 엄마가 웬일인지 평소답지 않게 느긋한 얼굴로 말했다.

"보통은 저 방송을 세 번씩 하더라. 이제 딱 한 번 했으니까 아직 시간이 좀 있는 거지!"

엄마의 말대로 잠시 후 시간차를 두고 같은 방송이 두 차례 더 흘러나왔다. 아빠는 불현듯 정신을 차린 것처럼 자리에서 벌떡 일어섰다.

"자, 일어들나자!"

엄마도 깊은 한숨을 내쉬며 말했다.

"그래, 이제 가야지!"

재스퍼는 돌멩이가 가득 담긴 알루미늄 가방을 나더러 들어달라고 했다. 평소의 재스퍼로서는 상상도 할 수 없는 부탁이었다. 내가 그런 특별한 선택을 받았다고 생각하자 말할 수 없이 가슴이 뿌듯했다.

저쪽에 다른 교환학생들과 그들을 런던까지 인솔하는 선생님이 한 군데 모여 있는 게 보였다. 재스퍼도 이제 곧 그 무리 속으로 들어가야 했다. 엄마는 자꾸 눈물이 나는지 손가락으로 눈가를 꾹꾹 눌러댔다. 아빠 또한 무슨 말을 해야 할지 모르겠다는 얼굴로 그저 한 발을 다른 발로 밟으며 딴청을 부렸다. 그때 빌레 누나가 재스퍼 옆으로 가더니 그 애의 손을 꼭 잡아주었다.

그러고는 재스퍼가 짐을 모두 들고 길게 늘어선 줄 가운데서 자기 차례를 기다리는 동안 계속 그 옆에 있어 주었다.

토요일이라 공항은 그야말로 인산인해였다. 하도 사람이 많으니 나중엔 재스퍼가 어느 줄에 서 있는지, 누나가 그 옆에 있는지 어떤지 보이지도 않았다.

"잘 가라고 손 한번 잡아주지도 못했네."

내 말에 엄마는 훌쩍이던 코를 풀고 눈물을 닦으며 맞장구를 쳤다.

"그러게 말이다. 이렇게 갑자기 사라질 줄은 정말 몰랐어."

인파를 헤치고 빌레 누나가 모습을 드러냈다. 우리 쪽으로 헐레벌떡 달려오는 누나의 한쪽 뺨이 빨개져 있었다.

"재스퍼가 내 뺨에 뽀뽀를 세 번이나 해줬어!"

누나가 자랑스럽게 이야기했다.

"엄마랑 아빠랑 에발트한테 각각 뽀뽀 하나씩 전해 달래. 어때, 해줄까?"

우리 집 사람들은 모두 애정 표현에 서툰 편이라서 평소에도 가족끼리 뽀뽀하는 일이 드물다. 이번에도 역시나 다들 쑥스러운 표정을 지으며 손사래를 쳤다.

집으로 오는 길에 차창 밖으로 파란 하늘을 내다보던 엄마가 감탄인지 탄식인지 모를 소리를 했다.

"찬란했던 여름이 드디어 가는구나!"

그 말만으로는 좋았다는 건지 나빴다는 건지 판단하기가 어려웠지만, 아빠는 긍정적으로 받아들였다.

"우리 에발트한테도 드디어 친구가 하나 생겼어!"

아빠의 말에 엄마는 갑자기 한숨을 쉬며 말했다.

"그런데 영어 발음은 글쎄… 얼마나 좋아졌는지 모르겠다!"

빌레 누나는 내 옆구리를 꾹꾹 찌르면서 또 시작이라는 듯 엄마 뒤통수를 향해 두 눈을 치켜떴다. 그걸 보니 누나가 엄마에 대해 민감한 건 여전하구나 싶었다. 하지만 나는 우리 엄마와 아빠에 대한 불만이 그리 크지 않았다. 아니, 두 분이 이번 여름처럼만 사려 깊고 열린 마음으로 우리를 대해준다면 나는 더 이상 바랄 게 없을 것 같았다. 그렇잖은가. 나를 있는 그대로 사랑하는 부모님들에게 뭘 더 원하고 바라겠는가.

원래 사람은 상대의 진심을 알면 작은 일에는 너그러워지는 법이다. 나 또한 엄마의 진심 어린 사랑을 알기에, 설혹 엄마가 나와 누나의 성적을 비교히면서 나를 다그친다고 해도 그 정도는 얼마든지 애교로 받아줄 용의가 있다. 그리고 앞으로는 공부도 조금은 더 열심히 할 생각이다. 나라는 인간은 조금만 노력하면 곧바로 효과를 본다는 걸, 그 누구보다 내가 가장 잘 알고 있기 때문이다.

상상 놀이로 생각의 힘을 키우는 글쓰기 안내

김재희(이 책의 옮긴이)

'교환학생'이 된다는 것은 학업에 지친 일상에서 벗어나 다른 문화를 맛보고, 덤으로 외국어까지 '좀 더 쉽게' 배울 수 있는 절호의 기회로 알려져 있습니다. 그래서 많은 청소년들이 그에 대한 호기심을 갖고 있을 뿐 아니라, 부모님들 또한 자녀들이 그 기회를 잘 활용하여 언어 실력을 향상시키고 자립심도 키우길 바랍니다. 그런 기회가 부러웠던 부모 입장에서는, 자식이 교환학생이 되는 것만큼 대리만족이 크고 가슴 설레는 일도 드물 것입니다.

한국인들이 흔히 쓰는 엉터리 영어를 '콩글리시'라고 하듯이, 독일어권의 사람들끼리만 알아듣는 미터마여 가족의 어설픈 영어는 '독글리시'라고 하나 봅니다. 에발트와 빌레의 아빠인 미터마여 아저씨가 영어로 말하기 위해 무던히 애쓰는 모습을 보면, 영어에 대한 심적 부담이 비단 한국인들의 문제만은 아님을 알 수 있습니다. 독일어와 영어는 친척 말이라 배우기가 훨씬 쉬운 데도 사정은 우리와 크게 달라 보이지 않으니까요.

언어뿐 아니라 사실은 삶도 그렇습니다. 우리에게 오스트리아는 알프스의 소녀 하이디나 모차르트의 나라로 알려져 있지만, 미터마여 가족이 살아가는 모습은 한국의 여느 가정과 별반 다르지 않아 보입니다. 실제 거리는 멀지만 삶의 거리는 그렇게 동떨어져 있지 않다는 거지요. 그래도 교환학생이 되어 낯선 사람들과 어울리는 게 어떤 건지 실감나지 않는다면 이렇게 해볼까요? 내가 교환학생이 되어 재스퍼 다음으로 에발트네 집에 가서 살게 됐다고 가정해보는 겁니다. 그러면 이 책을 읽으며 알게 된 내용을 바탕으로 에발트네 가족과 더 자세한 얘기를 나눌 수 있겠지요.

그럼 먼저 여름방학을 잘 넘기고 훌쩍 자란 우리 친구 에발트에게 다음 질문을 던져봅니다.

- 아빠가 강조하는 '진정한' 친구에 대해 아무런 관심이 없던 이유가 뭐니?
- 왜 할머니 농장에 가서 혼자 지내고 싶은 거야? 그곳에서 사흘 정도 보낸 후 일기나 감상문을 쓰고 그걸 내게 좀 보여줘.

- 만약 네가 교환학생이 된다면 어느 나라에 가서 얼마 동안 지내고 싶어? 낯선 나라의 낯선 가정에 들어가 지내야 하는데, 재스퍼랑 함께 지낸 경험에 비추어볼 때 어떤 준비를 하는 게 좋을 거 같아? 교환학생으로 다른 나라에 가는 게 여전히 내키지 않는다면, 그 이유는 뭐야?

이번에는 같은 상황을 대하는 미터마여 가족의 입장이 각각 어떻게 다른지 확인해볼까 합니다. 아래의 내용에 해당하는 부분을 책에서 찾아 직접 글로 정리해보면 이해가 더 잘 될 것입니다.

- 아들의 영어 점수를 올리기 위해 노심초사하다가 영어 선생님을 찾아간 엄마에 대한 에발트의 불만, 그리고 그에 대한 미터마여 아줌마의 변명.
- 저항을 하기에는 너무 순하고 참을성이 많지만 종종 배 속에서 피가 끓어올라 괴로운 에발트의 답답한 심정과, 착하고 성실하게 자란 아들을 대견스러워하는 미터마여 아줌마의 속마음.
- 자녀들이 나쁜 친구와 접촉하는 것을 막으려고 수단과 방법을 가리지 않는 극성스런 엄마, 미터마여 아줌마의 입장과 이에 대한 빌레의 매서운 비판.
- 메리 엄마 대신 빌레 누나를 사랑하게 된 재스퍼의 가슴 떨리는

고백과, 이를 딸에게 전달하며 재스퍼를 배려하는 아름다운 마음을 드러낸 미터마여 아줌마의 이야기.

이 책 『뒤바뀐 교환학생』에는 에발트가 다니는 오스트리아 빈의 어느 학교 분위기와 아울러 재스퍼가 다닌 영국 사립학교 기숙사의 분위기를 짐작하게 만드는 부분이 있습니다. 그것과 한국 학교 분위기를 비교해서 공통점과 차이점을 설명할 수 있을까요? 또한 현재 자기가 다니고 있는 학교를 더 괜찮은 곳으로 바꾸기 위해 무엇을 할 수 있을지에 대해서도 친구들과 함께 토론해볼 수 있겠지요?

이 주제에 대해 친구들과 얘기를 나눈 뒤 내용을 정리해 담임 선생님이나 교장 선생님께 제출해보세요. 처음부터 거창해야 한다는 부담을 가질 필요는 없습니다. 아무리 큰 변화도 대개 그 시작은 매우 작을 수밖에 없으니까요. 하지만 여러 사람의 생각과 행동이 모이면 문제를 풀어갈 수 있는 힘은 분명히 커진답니다.

교육은 학교에서만 이루어지는 게 아니지요. 부모님의 교육은 자녀의 인격을 바로 세우는 바탕이 되고, 또 그분들은 인생의 선배라는 점에서 자녀에게 가장 중요한 교사 노릇을 맡게 됩니다. 하지만 부모님도 역시 실수를 저지르는 인간이니, 그 점 또

한 이해하고 존중하길 바랍니다. 이미 어른인 부모님도 시시때때로 자식을 통해 자신을 성찰하며 더 좋은 가르침을 찾기 위해서 고민합니다. 이 책의 주요 인물 가운데 한 명인 미터마여 부인도 그런 모습을 보여줍니다.

미터마여 아줌마는 자녀의 성적 향상과 완전무결한 살림을 인생의 최대 목표로 삼고 있던 현모양처였지요. 그런데 세상에 둘도 없는 문제아 재스퍼를 만나 그의 성장 과정을 이해하게 되면서 놀랄 만큼 변모합니다. 그 결과 나중엔 아들 에발트로부터 "더 바랄 게 없다"는 말까지 듣게 되지요. 만약 여러분 스스로 미터마여 아줌마가 되어 자기의 변화에 대한 솔직한 생각을 털어놓고, 그다음엔 에발트와 빌레 입장에서 엄마의 그런 변화를 어떻게 받아들이는지를 얘기해본다면, 그들 각각에 대해 더 잘 이해할 수 있게 되지 않을까 싶습니다.

똑같은 상황이어도 그에 대한 태도와 입장은 사람마다 다를 수밖에 없습니다. 에발트, 빌레, 미터마여 아줌마와 아저씨도 마찬가지입니다. 그렇다면 여러분 자신은 이 책에 등장하는 여러 상황에서 어떻게 생각하고 행동할까요? 예컨대 에발트의 부모님은 체벌을 가해서라도 자녀를 바른 길로 이끌어야 한다는 교육 철학을 갖고 있지요. 반면에 사춘기 저항 소녀 빌레는 사사건건 부모의 약점을 지적하고 공격하며, 그로 인해 따귀를 맞으면서도 고집스레 자기 입장을 내세우는 도도함을 지니고 있습니다. 그런데 과연 이 둘을 적절하게 조절하여 최선의 결과를 얻을 방법은 없는 걸까요?

여러분이 겪은 비슷한 경험이 있다면 그걸 떠올려보는 것도 좋습니다. 부모님은 어떤 경우에 자녀에게 신체적 폭력을 행사할 수 있는 걸까요? 모든 부모님들이 항상 이성을 잃지 않고 자녀들을 언제나 자애롭게 대하는 게 가능할까요? 친구네 부모님은 절대 그러지 않는데, 내 부모님만 유독 수시로 폭력을 남용하는 것 같다고 생각하나요? 가정폭력에 대해 혹시 친구들과 진솔한 이야기를 나눠볼 수 있을까요?

여러분은 이 책에 나온 말 중에 가장 가슴에 와닿은 것들에 밑줄을 긋고, 실제 내가 겪은 사건 중 그 말에 해당하는 상황을 떠올리며 글을 써볼 수도 있습니다. 또한 어느 지역에 교환학생으로 가서 2주 정도 지냈다 치고, 부모님이나 친구 앞으로 보내는 편지를 써보는 것도 좋습니다. 여러분이 새로 만난 가족과 학교 친구들에 대해 말이지요. 이 편지를 쓸 때는 자기의 상상력에만 의존하지 말고, 평소 알고 싶었던 지역의 역사나 지리에 대해 인터넷으로 찾아보고 거기서 얻은 정보를 토대로 작성해보세요. 그러면 더 훌륭하고 생생한 편지가 될 것입니다.

혹시 여러분 중에서 자기 안에 숨어 있는 작가의 기질을 확인하고 싶은 사람이 있다면, '1년 후' 재스퍼가 다시 에발트의 집을 방문했다고 가정하고 '교환학생 속편'을 직접 써볼 것을 적극 권합니다. 아니면 에발트가 재스퍼와 함께 미국에 사는 메리 아줌마네 집에 교환학생으로 갔다고 치고, 거기서부터 이야기를 시작해도 재미있겠습니다.

무엇을 상상하든 좋습니다. 장르도 상관없습니다. 여러분이 어떻게 쓰느냐에 따라 그건 추리소설이 될 수도, 로맨틱 코미디 대본이 될 수도 있겠지요.

중요한 것은 여러분이 새로 쓰는 이야기를 통해 에발트와 재스퍼는 물론 여러분 자신도 한층 더 성숙할 거라는 바로 그 점입니다. 이 책에서보다 그들은, 그리고 여러분은 훨씬 합리적으로 사고하고 남을 배려할 줄 알며 또 자신의 삶에 책임감을 느낄 만큼 한결 의젓해질 게 분명합니다. 그래서 미터마여 아저씨가 그렇게도 강조하던, "뜨거운 땀과 눈물을 함께 쏟으며 빛나는 청춘의 진지한 의미를 새겨보는" 시간을 가질 수 있을 것입니다.

옮긴이의 말

『뒤바뀐 교환학생』은 유럽에서 가장 유명한 청소년문학 작가 중한 사람인 크리스티네 뇌슬링어의 작품으로, 지난 20여 년 동안 18개국에서 읽히며 청소년문학의 고전이 되었습니다. 독일어권 중학교에서는 국어시간에 이 책을 읽은 학생들 사이에서 활발한 토론이 일어나곤 합니다. 제가 앞에서 제시한 여러 질문과 다양한 가정들은, 학생들의 이야기를 더 풍부하게 이끌어내기 위해 선생님들이 고안해낸 것입니다. 다시 말해 앞의 과제를 열심히 수행하는 독자는 곧 독일이나 오스트리아나 스위스의 어느 중학교에 교환학생으로 가서 그들과 함께 공부하는 거나 마찬가지인 셈입니다.

청소년들의 세계는 이미 국경 없는 하나의 지구촌이 된 지 오래입니다. 그만큼 다른 문화권에 사는 친구들과 공동 주제를 놓고 함께 따져 보고 이야기를 나누는 것은 대단히 중요합니다. 아마도 이것이 가까운 미래에 지구시민의 소양을 키우는 교육이 될 거라는 점도 의심할 여지가 없습니다. 하지만 한국의 교육 현실은 그렇지 못한 것이 사실입니다. 이런 점에서도 이 책을 읽고 앞서 제시된 방법대로 스스로 묻고 대답하는 법을 훈련하는 것은, 자기 성찰의 능력을 싹틔우고 나아가 훌륭한 지구시민으로 성장하는 데 대단히 유용하다 여겨집니다.

주위를 둘러보면 모든 길이 꽉 막힌 것 같고 더는 움직일 수도 없는 것 같지만, 조금 더 생각할수록 우리가 선택할 수 있는 일은 훨씬 많아집니다. 세상에는 3차원을 훌쩍 뛰어넘는 거의 무한대의 주름들이 여기저기에 숨겨져 있기에, 조금만 꾀를 내도 누구나 새 길을 찾을 수 있고, 또 그 길을 통해 지금까지와는 비교가 안 될 정도로 너른 지평이 열리는 것도 경험할 수 있습니다. 더욱이 그 길을 찾아내고 새로운 지평을 여는 마법의 열쇠는 다름 아닌 여러분이 일상에서 체험하는 '성장통'에 있으니, 『뒤바뀐 교환학생』을 만난 청소년 여러분 모두가 부디 자기 안에서 그 열쇠를 발견하기를 진심으로 바랍니다.

이 책을 우리말로 옮기는 과정에서, 때마침 질풍노도의 시기로 막 접어든 아들 박영재 군과 그 친구들의 도움을 많이 받았습니다. 번역을 시작할 때부터 마칠 때까지 그들이 에발트의 또래언어를 살려내는 훌륭한 마법사 노릇을 해주었다 할까요? 지금은 물론 에발트보다 키도 훨씬 크고 나이도 훌쩍 뛰어넘어 의젓한 형들이 되어 있지만요.

옮긴이의 글이 너무 교과서 같이 돼버렸다고 마지막까지 비판을 늦추지 않은 야속한 아들이지만, 한편으로는 쉬지 않고 딴죽을 걸어댐으로써 에발트의 누나 빌레보다도 더 야멸차게 엄마의 허점을 짚어내며 단단한 땅으로 인도해준 총명하고 속 깊은 영재에게 고맙다는 말을 해주고 싶습니다. 그리고 영재와 그 친구들의 청소년기가 어느덧 빛나는 청춘으로 거듭났듯, 또 다른 에발트와 재스퍼들도 그처럼 아름답게 '무한변신' 하기를 기원합니다.